飞鸟与鱼

陆十八 著

台海出版社

图书在版编目（CIP）数据

飞鸟与鱼 / 陆十八著. -- 北京：台海出版社，2024.1
ISBN 978-7-5168-3751-1

Ⅰ.①飞… Ⅱ.①陆… Ⅲ.①长篇小说—中国—当代 Ⅳ.①I247.5

中国国家版本馆CIP数据核字(2024)第021332号

飞鸟与鱼

著　　者：陆十八	
出 版 人：薛　原	总 策 划：王思宇
产品经理：聂　晶	封面装帧：王珍珍
责任编辑：王　艳	版式设计：康　妞

出版发行：台海出版社
地　　址：北京市东城区景山东街20号　　邮政编码：100009
电　　话：010-64041652（发行，邮购）
传　　真：010-84045799（总编室）
网　　址：www.taimeng.org.cn/thcbs/default.htm
E - mail：thcbs@126.com

经　　销：全国各地新华书店
印　　刷：武汉市籍缘印刷厂
本书如有破损、缺页、装订错误，请与本社联系调换

开　　本：880毫米×1230毫米	1/32
字　　数：224千字	印　　张：11.75
版　　次：2024年1月第1版	印　　次：2024年5月第1次印刷
书　　号：ISBN 978-7-5168-3751-1	

定　　价：68.00元

版权所有　翻印必究

在一个充满混沌不清的宇宙中,这样明确的事只可能出现一次,不论你活几生几世,以后永不会再现。

——《廊桥遗梦》

前言

一只飞鸟与一条鱼

很久了，每晚都会做梦的陈朵却很少梦到常阳，她难过但也无可奈何，谁又管得了自己的梦？尽管只有在梦里才能与常阳温柔相拥，陈朵仍然无比渴望，可就连这样的梦对于她而言都是奢望。

这痛楚，除了无声无息的时光与默默无语的自己，再没有谁知道。

或许，不知身在何处的常阳知道。

常阳却经常梦到陈朵。梦里的陈朵就像第一次在江州见到时那样灿烂。常阳自己却黯然神伤，常常半夜从梦中醒来，看着窗外清冷寥落的街道，摇曳婆娑的树影……他的痛楚同样无人可以诉说，也不可能向谁诉说。他只能默默点燃一支烟，默默等待着晨曦的到来，默默地吟着那首《月光光》："月光光，月是冰过的砒霜，月如砒，月如霜，落在谁的伤口上。"

烟草的味道依稀能化解些心中的思与念。但清亮如银的月光下，往事却一幕一幕从记忆深处由远至近，潺潺涌出。全世界都已沉睡了，只有常阳还醒着，或许不知道在哪里，还有一个人也醒着……

不知道泰戈尔经历了什么，才会写出这样的诗句："世上最远的距离，不是我不能说我爱你，而是想你想得痛彻心扉，却只能深埋心底……世上最远的距离，不是彼此相爱却不能在一起，而是明明无法抵挡这种思念，却装作毫不在意。"

常阳与陈朵，一只飞鸟与一条鱼，一个在天空，一个只能深深地潜入海底。

目录

上部　情之所起 / 001

鹰沟里的苍鹰 / 002

本真 / 008

"我觉得你没吃" / 013

气息、灵魂、懂得 / 018

真水无香 / 026

仙女姐姐 / 031

绍兴女儿红 / 037

独行侠 / 043

匆匆一拥 / 048

唯有君依旧 / 055

把全世界给你 / 061

一地鸡毛 / 067

只剩下了回忆 / 076

龙州太远了 / 083

爱上一座城 / 090

人间烟火气，最抚凡人心 / 095

悬崖边上的花 / 100

又是一个少年 / 107

行也思君，坐也思君 / 113

风情 / 118

有序又混乱 / 124

知道你会来，所以我会等 / 131

谷雨时节 / 136

中部　情之所至 / 145

熟悉的亲切 / 146

有人爱的孩子 / 153

气球 / 158

心肝宝贝 / 165

所谓天堂，不过如此 / 171

离别之苦 / 178

常熟的蛋饼与北宁的雨 / 183

永远都不要让我找不到你 / 189

一个背影 / 194

生命的自由 / 200

回家 / 207

独角兽 / 215

毛茸茸的刺 / 221

私奔 / 230

魔都哭泣 / 236

他撒谎了 / 242

邻家女孩的味道 / 251

下部　情之所终 / 259

幻灭 / 260

陈迹残影 / 266

战争 / 272

煮熟的种子 / 277

这就是爱 / 283

我爱你 / 289

爱是成全与守护 / 295

皆已成沙 / 300

只有廊阁依旧 / 307

她依然在 / 312

靠近 / 318

一缕青丝 / 323

分寸与亲近 / 327

十年 / 334

父亲 / 341

人生长恨水长东 / 346

现在就是未来 / 353

天堂对话 / 357

后记 愿人世间的爱不早不晚 / 362

上部　情之所起

鹰沟里的苍鹰

从飞机里向下望，全是冷峻、萧然，无边无际的巍峨群山，那些山好像就在脚下，近得似乎一弯腰就能摸得到。

眼前，仿佛一半是天堂，一半是人间。

2019年6月的一天。

云山飞往浦江的航班上，飞机中部靠舷窗的位置坐着个身材魁梧的中年男人，头发修剪得短而整洁，胡须也刮得干干净净，一看就知道是刚刮过，还泛着铁青，一件合体的白色T恤映衬出受过良好教育的温润男人的味道，却始终微皱着眉，散发着一丝并不十分明显却又有几分迷人的成熟男人的忧郁。

这个男人偶尔扭过头，望向舷窗下方终年覆着白雪的云山之巅，一路上面无表情、一语不发。

几个小时前，常阳还在云山脚下的鹰沟，这里的确有半眯着眼的苍鹰偶尔在半空中傲慢地盘旋。置身墨绿挺拔的塔松下，吹着硬朗的山风，听着哗哗啦啦的山泉流过碎石的声音，闻着带些牛粪味的涩涩草香，看着不时从眼前蹁跹飘过的白色蒲公英……

这会儿，却已坐在了拥挤得像胶囊似的飞机上了。

常阳性格中有些伤感的特质，这是一种微妙的自我折磨的习性，他自己已经意识到却始终无法改变。这次到浦江开会，他就很压抑，从一个大区总经理阴错阳差成了龙州一个毫不起眼小地方的总监。倒不是他不称职或出了什么重大过失，而是因为他的妻子出了意外。

常阳的妻子，汪雨，半年前意外检查出了早期胃癌，常阳请假陪她四处看病，治疗的结果还算理想，但因冬季寒冷，汪雨不愿继续在西北生活，常阳便在广东澎江又安了一个家。夏季，汪雨可以在清朗气爽的西北生活，冬天，就能在温暖湿润的澎江过冬。

澎江还是很合常阳的性情的。

第一次到澎江，出了飞机舱门，站在舷梯上就能嗅得到迎面而来的风里有些咸咸的海的味道。每个城市自有它独有的味道，常阳认为，这海风的味道便是澎江的味道。

下了飞机，澎江机场竟然是旅客散漫地自行走过停机坪，这应该是三十年前常见的场景吧，不过这种感觉常阳倒很喜欢。有人说澎江就是个大渔村，"大渔村"有什么不好？自然生态、返璞归真，对常阳而言，实在是难觅的福祉。

汪雨的病情相对稳定后，常阳选择了回原公司上班。老板欣赏常阳的人品与能力，对常阳一直照顾有加，重情重义的他不忍拂老板面子，为方便照顾汪雨，常阳调至距离澎江最近的城市分公司，龙州公司。

龙州公司规模很小，常阳只能接受降职降级不降薪的安排。这次到总部开半年会，常阳就是第一次以新的身份来到浦江。尽管还未去龙州报到，尽管内心很不情愿，但不得不来。

开会前，常阳专门回了一趟西北老家，休息了一个礼拜。

多年以来，尽管感情充满坎坷，事业倒是一路坦途。事业便成了常阳最重要的精神支撑。这次变故是他第一次面对事业的重大波折，一贯顺风顺水的他一时很难适应。已经有段时间了，他努力尝试过，但一直没有什么好的办法能走出眼前的心理困境。

飞机已经穿越到了厚厚的云层之上，舷窗外只有无边无际的云，有些单调。这段时间持续睡眠不好，常阳迷迷糊糊地睡着了……

不知道睡了多久，飞机突然强烈地抖动了一下，常阳醒了。

睁开还有些惺忪的睡眼向下望去，已经飞临浦江的上空，可以清楚地看到江州河了。常阳很不情愿地皱了皱眉头。

一下飞机，就被扑面而来的浦江浓稠湿热的空气包围了。

原本常阳就不怎么喜欢浦江这个地方，甚至还有些排斥，总觉得浦江有一股与自己性情格格不入的香粉情调，矫揉造作，小家子气。这对于从小在广袤质朴的大西北长大的常阳来说倒也不奇怪。这次，还带着消沉与无奈，常阳对浦江的感觉简直糟透了。

出了机场大厅排了好久的队才上了出租车，T恤被汗水浸透了，这让常阳更加烦躁。这种天气对于浦江乃至南方的夏天而言是再正常不过了，但常阳就是觉得难受，他很清楚，还是自己的心在作祟。

出租车的空调丝毫没让常阳感觉凉爽、平静，反而更加燥热、躁动。

"麻烦你把空调温度调低一点！"

有些不耐烦地对着司机嘟囔了一句，常阳把头转向了窗外。

出租车司机是一个白白净净的浦江小哥，常阳一上车还没开口，浦江男人的敏感与细腻就已让他感觉到了常阳的情绪。回头看了常阳一眼，似乎想说什么，还是忍住了。小哥无奈地摆弄了一下空调按钮，将车朝前开去。

过了一会儿，司机小哥有些谨慎地轻声向始终绷着脸的常阳问了一句："先生，您还没告诉我去哪儿呢？"

"我这是怎么了？"

常阳对自己有些失控的情绪有了些警觉。调整一下心态，平静地回答司机小哥："对不起，有点走神，吴中路。"

"没事，看得出 gugu（哥哥）心情不好。一个人出门在外，还是要尽量让自己开心点儿，侬说是哇？"

常阳并没有回答，只是勉强地笑了笑。

不过常阳还是努力在让自己开心些。因航班很早，不想直接去酒店报到，便去了一家他喜欢的日式书店。

这家日式书店，每次到浦江，常阳一定会去。

书店是常阳的童话城堡，每当遇到痛苦与烦恼时，他就会选择躲进这城堡，"管他冬夏与春秋"，这是他的自我修复方式。

读书，也是常阳面对这个时代心生无力感时，最好的抵御方式。

常阳对书有一种独特的情结。

虽常年漂泊在外，每年，常阳都会把当年看过的书寄回西北老家，存在自己的茶室里。不仅为了存书，更为了存下感受，因为每本看过的书里都装满了看书时的感受，他依恋这感受。

有时，常阳甚至认为，自己置身的世界是一个虚幻的世界，书的世界才是真实的世界。只有进入了这个世界里，自己才可以真实地哭、真实地笑。

这家由日本著名设计师安藤忠雄设计的书店，位于浦江一家购物广场内。对于金碧辉煌的奢华街区、巨型的音乐喷泉、漫天花海等毫无一丁点兴致，"书能香我不须花"，常阳径直进了书店。

本真

书店入口处，黑白光影中印着安藤忠雄的名言：在现实社会里，想认真地追求理想，必然会跟社会冲突。恐怕人们大都不会如自己所愿，过着连战连败的日子。尽管如此，仍然不断地挑战，这是作为建筑家的生存方式。

停下脚步，常阳看了好一会儿。

一踏进书店，常阳瞬间一扫阴霾，就像一只夏日里欢快的青蛙，在荷塘里自由自在地畅游，从一片荷叶蹦到另一片荷叶，还不时跃入水中和小鱼小虾捉捉迷藏。

常阳最喜欢这家书店里像一扇扇窗棂的书架，如同一条深不见底的书的隧道，面对这隧道常阳会不由自主心生一股冲动：走进这隧道，一直走下去，永远都不回头。

"有句名言，天堂应该是图书馆的模样。说得真好！"

无意间，常阳看到了不远处一个有些熟悉的身影。

那是个年轻、娇小的女孩正襟危坐地在看书，一件雪白长袖丝质衬衫，配一件湖蓝色长裙，素雅又不失明朗，尤其与众不同的是挺拔的身姿,毫无浦江女孩的慵懒与随意,安静、专注之中流淌着书香之气熏陶过的清新气息。这一幕,就像清晨草叶上灵动的晶莹露珠,好像都能闻得到有些青涩与清纯的沁香。

常阳悄悄走近了几步,果然认识,公司的一个小同事,陈朵。

常阳并没打扰她,或者说当下的常阳也不想被任何人打扰。

"读书的女孩儿好美!"常阳内心赞美着,"读书,能让一个人脱了世间的俗媚,能让一个人抬头仰望日月星辰。"

看着这明朗脱俗的身影,常阳心里突然冒出一个问题:人为何要坚持读书?思量片刻,回答自己:"读书是为了持续获得纯真的力量,支撑起风骨,不向苟且低头,不向试图懦弱的自己投降。这应该就是千百年来人类社会始终推崇读书的源动力吧!"

"陈朵为什么喜欢读书?难道也是为了挺起自己的风骨?或许,女孩子读书是为了保持持续的洞察力与持续感受美好的能力。不管她为了什么,凡喜爱读书之人定是向往美好、纯粹本真的人。"

常阳认为,真正的美不是无限追求艺术造诣,而是真实再现本真。比如葬身熊爪的日本传奇摄影师星野道夫,每看他的作品都是一次对心灵的激荡与洗涤,让人无比渴望能和他走过相同的时间之河。

"真正的幸福并不是待在光明之中。从远处凝望光明,朝它奋力奔去,在拼命忘我的时间里,才有人生真正的充实。"

"天之道，利而不害；人之道，为而弗争。"

虽置身名利场，常阳却对金钱始终提不起什么兴趣，曾有机会挣很多钱，最终还是放弃了。"为了钱改变自己的心意，那是最无聊的事。何况，持续已久的生活方式完全可以让自己满足，实在不需要那么多钱来改变什么。"

"花费了一生中绝大多数最好的时光用于挣钱，却把对于人生的美好体验留在最无可奈何的年龄，实在是对生命无情而愚蠢的浪费。"

只是，人要先安身才能安心，为了生存，常阳只能让自己无奈地暂时停留在名利场中。毕竟，作为读书人，还得有一份不以读书为生的生计。何况，保持审美也需要经济基础。

常阳的世界，左边是现实，右边是幻想，他就漂浮在二者之间，一会儿在左边，一会儿在右边。但绝大多数时间里，他会刻意让自己的心停留在右边。右边实在是太美了。

常阳选了一本喜欢的书，转身进了书店的日式茶室。

无意间，常阳看到一把特别的茶壶，这是一把银质的日式锤纹茶壶，说它特别是因为它没有任何特别的修饰，让人直接感受到了"大道至简"。

对这把茶壶，常阳说不出地喜欢。

常阳喜好器皿尤其喜欢茶器，但他并非刻意追求风雅之人，而是顺应造化，喜以四时田园为友，以清寂淡泊为本，故很少买茶器。他认为自己已经过了沉迷于占有的阶段，所有美好的东西欣赏就好。

但今天，他没有任何犹豫，直接买下了这把茶壶。

常阳泡了一壶玉露茶，用的就是刚买的那把茶壶，然后，一边喝茶，一边看起刚才挑选的书。

"玉露蒸汽杀青的茶香与绝大多数锅炒杀青的茶香有明显的不同，难怪日本人称之为'覆香'，确是一种由内而外散发的内敛的香气。尤其特别的是纯粹的清，那是一种不食人间烟火的透骨之清，最宜精行俭德之人。"常阳暗自赞道。

时间不早了，不得不离开书店了。常阳喝了杯子里最后一口茶，合上了书。

出租车上，常阳回味起刚才遇到的那个读书的身影。

"像一幅有着淡淡轮廓的传统水彩画，明亮轻快、清新怡人。"

"我觉得你没吃"

报到酒店的不远处,常阳极不情愿地下了车。

酒店门前几个其他区域的同事兴致盎然地闲聊着,一看便知,定是久别重逢后的热烈叙旧。常阳停下脚步,皱了皱眉头,转身走到一隅,把头转向了酒店相反的方向。从裤兜里掏出一支烟,不慌不忙地点燃,慢条斯理地抽了起来。

门口的熟人终于散去了,踩灭了烟蒂,常阳板着脸走了过去。

报到住进了酒店,常阳连房间的门都不愿踏出一步,他不想遇到往日的同事们,自尊心极强,甚至还有些清傲的他实在不堪面对那些奇奇怪怪的眼神,他知道自己肯定受不了,也不愿解释降职的缘由。

或许只是常阳自己的心在作祟,但没办法,他就是这样一个人,绝大多数时间很男人,有时却很敏感,敏感得连自己也无能为力。

一个人躲在房间,常阳开始安静地看刚从书店买的一本书《我只向美好的事物低头》,"好花,好茶,好酒。读书,写作，旅行。保管好内心的苍老天真，即使孤独，也孤独得有美意。我们来到这个世间相逢，只为向美好低头。"

只要有书，常阳纷乱的心就能澄静下来，享受寂寞的欢愉。

天黑了，好饿。这会儿应该遇不到什么熟人了吧？

常阳悄悄溜出了酒店，走的是后门。

手机突然响了声，"吃过晚饭了吗？"

发信息的正是下午书店遇到的公司小同事，陈朵。

"奇怪，她怎么会突然发来这样的问候？"

"吃过了。"

常阳敷衍着，对陈朵的关切还有些莫名其妙。同时，也有着一丝暖意。

"我觉得你没吃。"

关切，越是细致越是动人，因为用了心。这出乎意料的六个字，就像一只手，没遮没拦地直接触到了常阳心底最敏感的地方。

一个人落魄时，对于关切感触会更深、更切。这关切来自陈朵，也让常阳颇感意外，两人过往的交集并不怎么密切。

谁能想到，这简简单单的六个字，竟然就此开启了一段刻骨铭心的爱情。如果陈朵知道，她还会说出这六个字吗？她依然会说，即使知道这份爱接下来将有多痛，因为她还知道，这段情接下来将有多浓。

那常阳呢？

当时的常阳肯定想不到这六个字对于他一生的特殊意义。

但是，两人都不知道，这仅仅是天上的一只飞鸟与海里的一条鱼在海平面的一次短暂邂逅。

飞鸟急速俯冲吻了这条鱼，马上就得飞回天空，否则将会被海浪吞没。跃出海面被吻了的那条鱼，尽管幸运而幸福，但也只能抬头看着天，它永远也游不出海洋，永远也游不进渴望的蓝天。

事后很久，常阳曾好奇地问陈朵，为什么会认定他没吃饭。陈朵的回答让常阳很意外："我也不知道，但感觉当时你就在我的面前。"

"我知道你住的那家酒店。出门之后右转，再右转，不远的地方有一家粥铺还不错。"

"知道了，谢谢。"

"不客气，快去吃饭吧。"

按照陈朵的提示很容易就找到了那家粥铺，顾不上味道，常阳匆匆吃了饭。还是偷偷地回到房间，常阳刚打开书，手机又响了，仍然是陈朵。

"酒店前台有一盒桃子。现在是浦江吃桃子的季节，你可以一边啃桃子，一边看书，我就不上去了。一路奔波，早点休息。"

风光无限时，常阳身边什么时候都是前呼后拥、毕恭毕敬的一大群人，没想到沦落天涯时，竟然是陈朵，一个平日里并未过多接触的女孩儿给了自己最暖的关切。

"我觉得你没吃"，普普通通的六个字，让心情失重、孤身漂在浦江的常阳几乎已冷透了的心暖了很多，与陈朵的心也贴近了很多。

最真挚的情感，并不需要什么华丽的词语。或许，最真挚的情感根本就找不到华丽的词语，因为，真挚。

其实，白天在书店，陈朵看到了常阳，但也从他紧锁的眉宇间看出了他的郁闷。她想，当时的他应该并不想和谁交流。
而且陈朵确定，常阳也看到了自己。

遇见只是起点，选择才是命运，人生不就是由一次一次的选择组成的吗？无论是谁，别轻易揭开称之为遇见的神秘面纱，因为，那面纱后面有黑暗中一双明亮而迷人的眼睛。

气息、灵魂、懂得

茫茫人海，两个人相遇、相识、相知、相近、相亲、相爱，看似偶然，实则是因为两个人有着相同的气息，这种气息会互相吸引，这种吸引会自然而然地把两个人牵引到一起，且从此紧紧相连。

情感的发生，一定有它的必然性。你是谁，便会遇见谁。

但是，缘起缘灭缘自在，情深清浅不由人。有的人注定长相厮守，有的人注定擦肩而过，有的人注定一眼万年却又不得不相忘江湖；有的人甚至从相遇的一瞬间，便已注定了山高水长、天上人间。

常阳与陈朵，相识于浦江书店偶遇的一年半之前。

2017年底，当时的常阳并不在这家公司任职，这家公司的老板正竭力花高薪挖他跳槽。常阳受邀来到这家公司考察，第一站是江州，接待他的江州公司现场负责人，就是陈朵。

公司恰好位于太湖之畔，"帘卷，帘卷，一任柳丝风软"之地，而常阳天性中有着"夜半钟声到客船"的随心与随性，一下车，似乎就进入了醉人的姑苏画卷。

天性就是宿命。

陈朵一身庄重合体的黑色套装,娇小但挺拔,职业又不失灵秀,迎面而来如春风拂面,惊鸿一瞥的常阳心荡神漾,好似在精致典雅的留园品了一杯清新香醇的碧螺春,听了一曲自在的《天上人间》。

常阳的心里自然泛出了"安之若素,甘之如饴"八个字。

得体的谈吐与举止,干练又不失知性的职业气息,还有娴熟专业的业务能力,陈朵立刻吸引了常阳。尤其是说话的语气,柔和但坚定,谦逊但自信,显然,这是一位个性极强的女人,因为她的柔和带着种凛然不可侵犯的力量感,她的谦逊不是谦卑,而是一种内在的骄傲。最令常阳意外的是,她的眼神除了坚定之外,还有一种母性的光芒,尽管看起来那么年轻。那光芒不仅照亮了她自己,也照亮了常阳。

原本都是不愿随意与陌生人交流的两人,尤其是常阳还有些敏感,敏感更容易加深与不熟悉之人的距离感,但敏感抵不过心意相通。两人不由自主地海阔天空聊了很多,从喜欢看的书,到喜欢喝的茶;从彼此的故乡,到海角天涯。一次简单得不能再简单的考察活动,投缘的两人竟聊了整整一上午,其间两个人都没有看过一次表,哪里还有什么"笑而不答心自闲"。

这让他们自己都觉得讶异。

"只有在看书的时候,全世界才会彻底地安静下来,静得能听到自己的心跳。但内心却汹涌澎湃、长啸呐喊,那种真实的触动感常常会让我感动不已。对不起,今天,我的话有点多。"

陈朵对自己的失态或者说情不自禁,有些不好意思。

"千万别这么说,我要感谢你愿意陪我聊天,我已经很久都没有这样开心地聊过天了。"

常阳的确很久没这样畅快地聊过天,尤其是与一个女孩儿。

常阳的坦然反倒让陈朵觉得自己有些矫情了。

"看得出你是个素静之人,一定不愿面对每个人都如此谈笑风生。你的素静应该是未遇知音前的众声俱寂。是否遇到了知音我不确定,但我确定,今天,你给了我特别的礼遇。"

面对女性,尤其是年轻女性,常阳绝对做不到游刃有余,甚至还有些腼腆,但今天,他对自己的状态颇感意外。

听了这番话,陈朵意外地抬起头又看了看常阳。常阳发现陈朵抬头的姿态很美,那种美,有一种养在深闺人未识的韵味。

彼此的懂,让他们始料不及。这种懂就像所有人都知道山的雄伟,只有水才懂山的丰富;就像所有人都知道月的皎洁,只有云才懂月的孤寂。彼此的懂得,需要彼此有相近的灵魂。灵魂相近,才能心意相通,才能触到对方内心深处那些不为人知的东西,而且,这些东西恰好是彼此心仪的、需要的,甚至是渴望的、珍惜的。

懂,是可遇而不可求的缘。

很奇怪,面前的陈朵突然让常阳想到了自己的妻子。

她是一个热衷社交的人,喜欢邀请同事与朋友来家里做客,家里经常是高朋满座、推杯换盏、把酒言欢、热闹非凡。

常阳最怕的就是热闹，总习惯把社交降到最低状态。他曾说自己骨子里就缺乏社交元素。尽管也会勉为其难地应付，但汪雨仍会嫌他态度敷衍。

"你就不能放下手里的书，到客厅陪他们多聊聊嘛！"

"你知道的，我历来排斥社交。"

"社交是社会的需要。"

"但你所谓的那种社交除了让我感觉无聊、厌烦，努力克制外，什么也得不到，还会破坏心灵的平静。"

"一家人就应该保持相同的生活目标与生活方式！"

"一个人选择自己喜欢的生活方式无可厚非，但有时会不可避免与亲近的人发生冲突。你若要绑架别人违背心意去和你一起过你想要的生活，就属于自私了。不打扰，是对一个人最大的尊重。"

"你就喜欢做那些永远无法实现的没有任何现实意义的梦。"

"梦，干吗一定要在乎能否实现！你在距离眼睛很近的地方即使放一个小小的东西，它也会遮住那个原本大大的世界。那个东西离你越近，遮得就越完全，这个世界在你眼中就越不真实。那个看似小小的东西叫欲望。欲望带给你的才是虚幻的海市蜃楼。你不觉得，我的世界比你的更美丽吗？幸福只能向内寻找，从自身发现并获得，外部不可能找得到。就像亚里士多德所说，幸福，意味着自我满足。"

汪雨，是一个需要在与人交往中才能获得能量的人；常阳，却是在不得不与人交往后需要独处才能补回能量的人。这样能量获取方式截然相反的两个人，怎么可能实现和谐？

常阳尤其反对汪雨和她从小一起长大的闺蜜穆月月交往。

两人自小就是形影不离的闺蜜。长大后，穆月月很早就结了婚，没多久又突然离了婚，去北宁漂泊多年，近几年又去了广州。表面上在做保险，其实，一直在做传销，生活奢靡。

汪雨一直想离开家乡去北上广生活，就是受了穆月月的影响。

平日两人虽不能经常见面，联系却很频繁。有时，穆月月回老家休假，两人便时时刻刻黏在一起，到处吃喝玩乐，常阳对此颇有微词。

"你还是少跟那个穆月月交往。"

"你就是嫉妒人家挣钱多，我偏不！"

"穆月月不会有意要害你，但你的阅历与心智根本经不起外界的诱惑，分不清真实与虚假。穆月月会扰乱你的心性，影响你对生活的态度。这种影响会悄无声息地给你洗脑，让你模仿、让你着迷，让你不由自主地变成另外一个人，且你还心甘情愿被改变，理直气壮地维护那个移植你大脑的人。这是典型的'种草心理学'。我了解你，你的大脑很适合被种植。"

"我就是要改变我的生活态度！不管哪方面，穆月月从小都不如我，她能得到的，我也一定能！"

"拿自己的人生与别人的比较不仅愚蠢，而且是一种自我折磨。你为什么一定要为了世俗的标准来过活呢？更何况，真正的幸福是无法用钱买来的内心的感受。别让自己至真至纯的心性彻底枯萎、凋零。"

"不管是世俗还是市侩，即使是愚蠢与折磨，我也愿意！"

"总有一天你会付出惨痛的代价。"

"我认了！"

"人生唯一不能间断的是教育，而教育的本质是自我教育，就是永久设立一个美好的自我，让现实的自我无限地持续靠近。你不觉得现在的你已经越来越像曾经你最讨厌的那种人吗？你不觉得你已经彻底放弃了自我教育吗？"

"曾经的我是幼稚的，所以，我曾经的喜爱和讨厌也是幼稚的。但我不会一直幼稚下去！"

"现在的你，活生生就是一个提线木偶，而提着线的，就是一双无形的、叫作欲望的手。"

当时的常阳对汪雨并没有放弃，只是怒其不争。

"你们总踮起脚尖从人堆里伸出脑袋，希望所有人都看到你们、仰视你们，多累啊！安安心心地留在人堆里，或者干脆离开人堆安安心心地做自己，不好吗？被虚伪与虚荣包裹得太紧，会窒息的。"

……

但是，试图通过讲道理来改变别人，这种想法本身就是愚蠢的，做法就更蠢了。关系中，能改变的只有自己。

常阳也曾与穆月月发生过冲突。

"你们之间的爱，是一种小爱，沉迷于这种爱，只能说明你们还不成熟。"穆月月甚至当面评价常阳与汪雨的感情。

"你口无遮拦地数落他人的感情，说明你最缺乏的、最想得到的恰好就是你所谓的那种小爱。"

"我只是对自己的姐妹和她的家人说些肺腑之言罢了。"

"以亲密为借口赤裸裸地干预他人的感情生活,不是把对方当成家人,而是强迫对方接受你的思想与影响。"

"常阳,住嘴!你怎么这样对待我的姐妹!"汪雨呵斥着常阳。

"你们的这种形影不离的感情看似亲密,其实缺乏足够的信任,如果彼此充分信任,就不必依赖于亲密的感觉来维系。何况,任何人都应该学会尊重他人的情感。"

"我自始至终都认为月月是对的!"

"你们对与错的评判标准是什么?对你们有害的就是错,有利的就是对,这是一种野蛮的利己主义。"

"你敢说你的内心没有藏着自私吗!"穆月月挑衅着常阳。

"每个人的内心都会有自私,但不能过分到失去理智。"

……

"干吗要想到她?"远在江州的常阳心里嘀咕了一句。

与陈朵的偶遇,一股已经有些遥远与陌生的幸福感从常阳的心底油然而生。他轻轻地摇摇头,把汪雨以及心中意外生出的不快赶出了自己的脑海。

真水无香

偶遇，常阳给陈朵也留下了深刻的印象。

妈妈给她起的小名叫"朵朵"，期望她的一生像盛开的花朵一般鲜艳，但美好的愿望总是事与愿违。

七年前，痛苦而无奈的陈朵离开了安徽老家独自到浦江、江州打拼。漫长的七年间，陈朵见过太多名利场上的男人，要么浅薄无知、圆滑油腻，要么唯利是图、卑躬屈膝，要么骄横狂妄、颐指气使。常阳是她遇到的完全不一样的男人，清澈、平和，有着说不出的静气，好似一股凛冽的清流从混浊的世间流过；另有一种独特的贵气，逸而不飘，就像绚烂的旭日出现在了密布阴霾的天空。

常阳的品性，源于他另一个角色，大学客座教授。

"人生最重要、最值得追寻的东西，与一个老师带给学生的东西，二者应该保持一致，那就是幸福。我们一起探讨并解决如何获得幸福，就是我与你们需要共同完成的任务。"

"一所大学要想培养高贵的灵魂，首先要让学生看到高贵的灵魂，那就是这所大学的老师首先要有高贵的灵魂。现在的大学，不再需要循规蹈矩、照本宣科的教书匠，而需要具有务实的专业水准与高贵的人格尊严的灵魂导师。"

……

常阳还钟情旅行。

旅行能发现自己从未接触过的世界。身随心走，人随心动，身后的路就是以脚为笔，画出的跋涉千里的画卷。这样的生活让常阳觉得自己是个富有得拥有了整个大自然的精神贵族。

在旅途中思考，在旅途中与自己的内心交流，这样的思考与交流会让一个人越来越通透。山可镇俗，水可涤妄，对心灵的长期滋养与浸润，让常阳不经意便流露出清透纯净、超然世外的气息。

"科技、智能、时代、潮流，在风驰电掣地向前飞奔着，而我却总想跳下这快车，在一个偏僻的小站，停一停，站一站，甚至想朝着来时的方向往回走一走。"

想象着穿一身随风飘荡的布衣长衫，站在风中，常阳自己都觉得洒脱。"这绝不是我的一时兴起，也不是完美主义，而是一种价值观或者简单地说就是一种态度的选择。这种选择，我将坚守一生，因为无论怎样，我绝不迷失自己。"

专业方面常阳也是一个优秀且低调的人。他主编出版了清华大学专业教材，还将全部稿酬以书的形式捐赠给大学新生，但他从不提及，陈朵也是后来在一个偶然的机缘巧合下才意外知道的。

她问常阳为何不告诉她，常阳回答："因为特殊的原因我没有上过清华，一直觉得很遗憾，但清华始终是我的一个梦。我不过是用另外一种方式圆我的梦罢了。"

"你对自己的成就很淡然。"

"那些所谓的成就原本不值一提,那些东西也只为了取悦自己。我从没想过要惊扰任何人。我只喜欢一个人躲在无人注意、也无须去注意任何人的角落里,悠然自得地和自己玩儿。"

"庸人难解,真水无香。这是个真实得近乎透明的男人,像山间的清泉,你都能清晰地听到它流过时发出的叮叮咚咚的回音。"陈朵心里默想着,"常阳应该是这样一个人,世上的每个人都在变,随着环境的变化而不停地变,好像只有他一个人对周围的一切变化都无动于衷,甚至毫不察觉,就那样云淡风轻地停泊在自己的世界里。那是一个安静的世界,他人无法轻易走进,只属于他自己的真实、美丽的世界。也是我异常向往的世界。"

"一个国家锤锤打打的石头,大部分后来不过变成了墓碑,它活埋了自己。"

"你也喜欢《瓦尔登湖》?"常阳太意外了。

陈朵点了点头,"'我不想坐在客舱,宁可到桅杆前,站在世界的甲板上,因为在那里我能把群山中的月光看得最清楚。'不仅喜欢,而且痴迷。"

"只有痴迷那些神圣、高尚之人、之物、之事,方才对得起自己的人生。"

陈朵再次看了看常阳一汪深潭般沉静又有些宿命般忧郁的眼睛。

《瓦尔登湖》抹去了两人之间最后的一点生涩。

两个人就好似稀少的植物好不容易遇到了适合自己生长的土壤，这是天性使然。

"人生总是会突如其来地遇到意料之中的那个人。"
陈朵发现，这种"遇到"既让她惊讶，却又合乎情理。

仙女姐姐

陈朵辨得出，常阳是一个工作能力与职业素质很高的人。
　　但陈朵认为，一个男人的真实，远比他的能力、名气、名望甚至名誉更为夺目，这才是一个男人最原始、最本质的魅力与力量。
　　"一个男人的才华与能力可以吸引一个女人的爱慕，但真正能够打动女人心灵的，却是男人内在的那些至真至纯的东西。"
　　偶然相遇的常阳就是这样一个猝不及防就打动了陈朵的男人，陈朵确定，打动她的是男人，而不是其他的什么能力与身份。

　　陈朵发现，常阳对很多奢华的东西视而不见，却会郑重地拿起个毫不起眼的茶杯，仔细地端详，那虔诚的神色就像授经的伏生。
　　那是他人看来稀松平常，甚至粗糙笨拙的茶杯。
　　"那么多器皿，你好像只对这个杯子情有独钟。"陈朵问道。

"只有这个茶杯是手工制作的,能清晰地看到刮片留下的痕迹。看得出,虽不是大家、名家之作,但对于那些光鲜亮丽的器物而言,它所具有的是一种剥离了表象,超越了艺术层次,以心传心的本质美。它不是一个普通的产品,是一件生动独特的作品。它的拙,是一种茁,茁壮的茁,倾注了智慧、情感与创造力,象征茁壮而鲜活的生命力,余韵无穷。这个茶杯应该得到认真的欣赏与充分的尊重。"

陈朵很惊奇,因为她也有同感,但从未向任何人提及,因为提了,也没有人会真心认同。

"你不会认为我这个人太守旧吧?"常阳反问陈朵。

"守旧有时就是守心,守住情怀。你很有智慧,热爱美好,这种热爱可以抗拒世俗的诱惑。"陈朵发自内心赞美着。

"美好是永远的天籁,向往美好是人类文明发展的原动力。虽不能至,心向往之。"常阳道。

"澄怀方能味象。"陈朵回应着。

"这个茶杯是我买的,很寒酸、很便宜的。"旁边,陈朵可爱的小同事冯娜插了一句嘴。

其实,这个茶杯是冯娜从男朋友的工坊里拿来的。

"炫耀性消费是一种病。我们不应该被事物的价格吸引,只应该为它自身的美好而折服。年轻人关注的是表象,追求的是所谓的现代与时尚的享受,等有一天你长大了就会发现,那些简单而原始的东西,才是人类精神文明最真实的体现。装饰外表,某种程度是为了他人,修炼内心却纯粹为了自己。就像衣服,能遮住美却遮不住丑。"

常阳认真地回应了冯娜。为什么那么认真?因为陈朵。

"你说得好复杂！"冯娜噘起了嘴。

"你批评得很对，是我错了。想把一件简单的事搞复杂很容易，但要把一件复杂的事搞简单就难了，需要人生的智慧。"

"简单，是宇宙的精髓。"旁边的陈朵补了一句。

"我可不怎么喜欢这位所谓的圣雄。"

陈朵并没有回应常阳的看法，继续着前一个话题："不过，文明似乎已离我们越来越远了。当今的社会已充斥了太多的粗暴甚至野蛮，精神的粗暴与野蛮。"

"文明，是走向天道自然，而不是走向被现代化包裹着的野蛮。就像尊重是一种自然本质的文化属性，而礼貌很多时候是一种程序化的刻意状态。"

调皮的冯娜突然打断了他们："嘻嘻，我什么都知道，朵朵姐教过我了，奢华不等于品位，对吧？告诉你吧！其实是我带回了杯子样品，还是朵朵姐亲手挑的。你最喜欢的这个，朵朵姐告诉我看似外表粗糙，内在却自然丰富，是一种侘寂之风。"

"看得出，你的朵朵姐姐一定是个非常有品位的人。"

"那当然啦！你不知道吧，大家都说我的姐姐是仙女！"冯娜亲昵而自豪地夸着陈朵。

"你这个傻丫头，总是长不大！别在这儿瞎捣乱了，快去忙自己的事吧！"

陈朵略显窘态，故作嗔怒地瞪了冯娜一眼。

"你说得对，你的姐姐的确有仙气。"

一边说着，常阳一边看了一眼旁边的陈朵。在常阳赞许的目光下，陈朵的脸竟然一下子泛出了些许绯红。

冯娜看出了陈朵的不自然,并没有说什么,心里觉得好奇怪。

常阳也看出了陈朵的羞涩,便转移了话题,转过身逗着冯娜:"从你的眼神里看得出,你也是一个很有品位的女孩儿。一定不会有炫耀性消费的通病。"

"你还看出了什么?"冯娜调皮地问道。

"你一定是个有钱不任性,没钱不认怂的女孩儿,对吗?"

"前半部分我不确定,因为我还没有经历过有钱人的日子,不过,虽然没钱我不会认怂。但我还是希望做个有钱人。哈哈!"

几句调侃,陈朵的尴尬被抹过去了。

楼梯转角处,常阳停下了脚步,开始认真地琢磨起一幅手工画。陈朵发现,常阳对手工的东西格外感兴趣。

陈朵对常阳说:"相比画而言,我更喜欢含蓄的诗歌。"

"诗是无形画,画是有形诗。诗画是相生的。"

"他们说这是埃及树皮画,内容全是古代埃及的神话传说。我不是很感兴趣,总觉得画面有些惊悚。我没有刻意关注过古埃及的文化,只是对曾看过的一幅古埃及画中一只特别的猫记忆犹新。"

"猫在古埃及被看作太阳神派来拯救人类的使者,地位很高。"

"那这幅树皮画中讲述的又是怎样的故事?"

"埃及树皮画并不是树皮做的,它是以一种几千年前的古老工艺,以尼罗河三角洲的纸莎草为原料所制,是古埃及文明的再现。这幅画中的内容是埃及最浪漫的情圣法老拉美西斯二世与他最心爱的妻子妮菲塔莉的幸福时光。"

"情圣？法老？"

"对呀，'当你轻轻走过我身边时，就带走了我的心。我对你的爱独一无二。'这句话就刻在拉美西斯为爱妻所建的小阿布辛贝神庙的柱子上。这位宠妻法老认为，因为有了妮菲塔莉，太阳才放出了光芒。他甚至说过：'你要我的命，我给你就是了。'"

"古埃及的法老真的会如此珍视自己心爱的女人吗？"

"真正的男人都会珍视自己心爱的女人，所以，拉美西斯二世对妻子的爱一定是真实的，就像他说的：'埃及是我的责任，但我需要她，因为她是我的全部。'"

"你很博学。"

"别调侃我了，应该说我很杂学。成于专而毁于杂，我应该已经被毁得差不多了。"

"你自己很清楚，你是一个具有才力的人。顺便提醒一下，过度的谦虚可是一种自负与傲慢！"

"嗯？"

"不过，你看到的真相未必就是全部的真相。金字塔就是古埃及法老炫耀自己至高无上权力的方式，这种炫耀与你刚才所说的炫耀性消费从本质上讲，完全一致。"

"说得好！但无论如何，我确定我们的三观是一致的。敬畏天理而不是权威；恪守良知而不计输赢；追求自己理想中的幸福而不追逐世俗的富贵。"

绍兴女儿红

参观结束，陈朵邀请常阳去办公室喝茶。

常阳的确不想马上离开，欣然应邀。

常阳不喜欢喝袋装茶和饮料，陈朵就把自己的茶拿来泡。虽不是特别好的茶，当时的陈朵也不精于此道，但喝茶一贯讲究的常阳依然品得非常认真。

"实在抱歉，我的茶不好。"

看着陈朵有些歉意的神情，常阳真诚地说："茶之道为意而非趣。茶叶是值得尊重的东西，绝无高低贵贱之分，茶的品取决于泡茶之人的品，这茶很好，我尊重它。对长期生活在都市无法接触到泥土、绿叶的人而言，茶就是春天。品茶，品的就是泥土的芬芳、春天的滋味、自然的清新。"

说完这番话，看着陈朵有些讶异的目光，常阳有些不好意思了，讷讷地说："你是不是觉得我有些幼稚可笑？我时常觉得自己似乎不应该生活在这个时代。"

"恰好相反，我觉得你非常可爱，而且拥有深刻而浓厚的情感。那些所谓的成熟其实是美丽而单纯的灵魂过早的衰亡，是浑浊而腐败的代名词，是感官机能的休眠或彻底的丧失。

你是一个始终走在精神朝圣之路上的人，所谓的幼稚是成熟却不失童心的一种智慧。这个时代需要更多你这样的人。我想，你一直在小心翼翼地呵护着自己理想主义的余温。"

这会儿，轮到常阳讶异了，讶异得甚至还有些莫名的羞涩。

常阳身上若隐若现的羞涩对女人而言很有味道，这羞涩虽与他的年龄、经历、阅历与社会角色极不相符，却能化解岁月留下的世故与油腻，对于成熟男人而言，又是极其难得的别致。

陈朵问："有些看似是缺点的东西，恰好是一个人的过人之处。只是知道这一点的人实在少之又少。你们男人对人生的定义不是江山就是美人，或许爱江山也爱美人，你呢？"

"我虽是个大丈夫，却习惯关注身边那些细微的美丽之处，那些美丽足以让我的一生享用不尽。我对人生的定义很简单，就是，爱，去爱这世间一切值得爱的美好。"

常阳的回答完全契合陈朵的心意。

"定义越简单、越清晰，人生就越简单、越清晰。对吗？"

"对，这个世界也就越来越简单，越来越清晰。"

"历经繁华之后的素简才是灵魂的需要，不是性格使然，不是趋炎附势，不是沽名钓誉，不是愤世嫉俗。"

"我还是多少有些愤世嫉俗。"常阳笑了笑。

陈朵心里暗道："这样的男人绝不是自命风雅，是真正的浪漫！男人的心越真挚越浪漫。看得出他是一个真正的男人，不需要任何修饰与雕琢，自然而然轻泻出来的是弃俗而又不厌世的成熟的男人味儿。"

就这样，陈朵对这个偶然相遇的成熟男人心生了一种亲近之感，就想去接近他、靠近他。

陈朵还有个发现，交谈过程中常阳偶尔会出去，大约五六分钟回来，经过陈朵的身边时会飘过一丝烟味。

忍了忍，没忍住，陈朵还是问了一句："你好像很喜欢吸烟。"

"实在对不起。我感觉得到，你很不喜欢烟的味道与吸烟的男人。烟，对我而言是一种情结。我不仅喜欢烟草的味道，更喜欢这个味道带给我安静与思考的氛围。这味道、这氛围让我很依恋。"

"不瞒你，我父亲也吸烟，但我从小最不喜欢的就是烟味。可是很奇怪，你身上的烟味并不使人反感，那淡淡的烟味好像生普的味道，很有岁月感与亲近感。"

常阳不得不离开了。

分别时，两个人都有些依依惜别之感。

常阳没有再说什么特别的话。看着常阳的背影，就像看着一片美丽的风景；常阳已经离开了，那风景似乎依然还在陈朵的眼前。

陈朵也没有表达特别的心念，她只想独自享受自己的风景，这风景是只属于她自己的秘密。

"世间的美好或许本质上就是一种悸动、一种幻想，未必一定要触碰、要拥有。他不知道我的喜欢，我也无须他知道，我只要独自喜欢着，悄悄收藏着，就好。"

最美的情感总是悄无声息、无须张扬，就像深埋在地下的绍兴女儿红，那么醇、那么香。

对于常阳的出现，陈朵认为："世间所有的美好都不是如期而至，而是不期而遇。所以，美好不是拼命找寻，而是安安静静等来的。"

陈朵发现，自己心中燃起了一簇小小的火苗，尽管知道，这火苗有一点危险，或许会烧成一片熊熊烈火，但她并不想熄灭它。她已经很久没有体会过热与暖的滋味了。她需要这火，渴望这火。

"这个人蛮有意思的。"冯娜随口说了一句。

这句无心之话却让有心的陈朵刷的一下，脸红了。

陈朵侧过了脸，打了个岔，生怕冯娜看破自己的心思。

冯娜看破了吗？应该看破了。

此时陈朵的眼神分明就是爱情中的女人才会有的眼神。

后来，常阳真的到了这家公司。是不是因为陈朵？应该不完全是。但一定有被陈朵吸引的原因。只是不在江州，而是在另外一个遥远的城市，云山，这让陈朵暗暗有些失落。

陈朵时不时会想："他会不会也和我一样，经常想起我？"

然而这些都被聪慧而知性的陈朵掩饰得滴水不漏，常阳一丝一毫都没有察觉。

缘来时未知。命运的转折，有时，就是一个人与另一个人在某个时点上意外的交汇，不早，也不晚。

人生有很多重大的事，都是没有任何征兆、看似平淡无奇地到来，只是当时并不知道这件事对自己的人生会产生那么大的影响。所以，选择宁静生活的人还应该避免意外的遭遇。

或许，这遭遇能要了一个人的命。

独行俠

打了一个喷嚏，陈朵从回忆中被唤醒，时光回到了现在。

会议间歇，有些闷闷不乐的常阳趴在桌子上打盹，不远处的陈朵偷偷看了他好几次。俯下身子整个人依然很有气质，像一个倔强但有些累了的风华少年，常阳身上确有股令人疼惜的少年之气。放在桌子上的那双手，修长而白皙，每次看到那双手总会让陈朵心生幻觉，仿佛对面是一位不折风骨、白衣纶巾的书生，捧着一卷线装书旁若无人地独自品读。

槐树燕巢，木门铜环，竹架线书，布衣陶瓯……

"一个灵魂丰满的人无论处于怎样的境地，都可以一眼就辨得出他自然流溢出的品质与味道。"

陈朵的心里再一次重现了与常阳的对话。

"你身上有一股怀旧的书卷气。我曾以为，当今社会这种书卷气已完全消失了，至少我没有遇到过。觉得它属于曾经的某个时代，但在你的身上我却意外地找到了。"

"你是说，我是农业时代的残留物，不是工业时代的产物？"

"耕读传家、清白明世的农业时代才是真正纯粹的时代。"

"我懂'今人不见古时月,今月曾经照古人'的感觉。"

"书卷气与读了多少书无关,是内在人格加深邃思考,经过灵魂的淬炼才能一点点生成。现在,太多普世的文人墨客,读书只是为了增加谈资、炫耀博才。你的书卷气是一种惊喜。"

……

眼前的常阳尽管看起来有些孤单,但陈朵知道,他绝不会孤独。心中无爱之人才可能孤独,就像自己,也同样孤单,但因为心中还有对美好之爱的向往,所以,孤单却不孤独,也不痛苦,且一直默默地等待着遇到另一颗孤单但美丽的心。

看着略有些沧桑却无丝毫暮气的常阳,陈朵很确定,现在的常阳一定比十年前更有味道,尽管十年前的常阳,陈朵并未见过。

"看来,时间在他的身上凝滞了很多美好的印记。"

随着时光划过,一个人的容颜、性情会变,唯一不变的是灵魂。因为灵魂中融入了曾经爱过的人、经过的事、走过的路、读过的书,还有深刻的思考。历经淬炼的灵魂才会坚不可摧。

成熟之外,常阳的身上还有一种扛住了岁月磨砺的单纯与率真,这些东西奇妙地形成了他独一无二的味道,这味道就是陈朵一直以来苦苦寻找却始终无法找到,但也不愿放弃寻找的味道。那是男人最真实而迷人的味道。

陈朵发现,自己的心里充盈着对常阳满满的感情,没错,是感情。想了半天,最符合当下陈朵心意的就是这个词,唯一的词,无可替代,也无法躲避。

可是,就在这几天,陈朵亲眼所见常阳遭遇的委屈。

公司有人在一直莫名嫉恨常阳的集团副总的授意之下隐晦地恶意对待常阳，一副副幸灾乐祸的丑恶嘴脸，一句句落井下石的恶语嘲讽正连绵不断地袭向常阳。

常阳如同庸常之中的一丝微芒。

陈朵知道，对逞巧作奸的污秽之人，常阳基本无能为力。凡有精神洁癖的人，都会由于长期的不屑而丧失了用污秽对待污秽的能力，但污秽之人只会用污秽对待干净之人。

陈朵更清楚，常阳始终是一个不会放弃尊严底线，不会曲尽心意去博求他人欢心的男人，即使全世界的人都下跪臣服，他依然会傲然站立，冷眼待时人。就像他说的："只想在干干净净的日子里做一个干干净净的人。"

但是，好像常阳的日子里越来越多的是泥泞。

此时看着那个有些委屈的身影就像远离大陆的孤岛，中间隔着一道无法逾越的海峡。尽管知道常阳并不喜欢那所谓的大陆，陈朵的心还是忍不住泛出了阵阵疼惜。

她不忍心继续看那身影，却又总是忍不住偷偷去看。

陈朵默默在心里对常阳说："我知道，你骨子里就是个朝闻道，夕死可矣之人；我知道，你的茅屋，风可进，雨可进，国王却不可进。这种委屈对你实在太不公平！真的希望你能像原来一样，清澈傲气、静水流深地在属于你的江湖一直走下去。不被束缚，不被惊扰。"

在陈朵的心里常阳就是"世间豪杰英雄士，江左风流美丈夫"的江东周郎，羽扇纶巾，谈笑间樯橹灰飞烟灭。如今却好似个满身是伤，踽踽独行的独行侠。陈朵好心疼。

突然陈朵冒出了一个念头："好想陪他、伴他一生。"

陈朵给常阳发了条信息:"虽然自古圣贤皆寂寞,看着你的背影还是有些难过。"

过了一会儿,常阳回复:"我哪里是什么圣贤,不过就是登高吾不说,入下吾不能,偏安一隅罢了,但我明白,一个人要想坚持些什么必须付出代价,我坦然接受这代价,无论这代价是什么,对我而言都是心甘情愿的。"

"生平最薄封侯愿,愿与梅花过一生。但我依然会禁不住心疼,心痛不已。这种疼,这种痛,才下眉头,却上心头。"

"放心,正气存内,邪不可干;我心清净,谁奈我何。我很好。人生的很多事,看清了,也就看轻了。"

"我懂,你不会活在别人的眼中、口中,只会活在自己的心里。"

原本还有一句"也在我的心里"。这句话是陈朵自然而然流出的,但临发送的时候,还是删了。

常阳没有再回复,也没有扭过头看陈朵。尽管他知道,陈朵就在身后的不远处,只是余光里不由自主地流露出了一丝感激。

陈朵根本看不到常阳的余光,但是常阳的心意,陈朵却能清晰地感受到,那心意是惺惺相惜。

匆匆一拥

会议结束了，公司聚餐。

大多数的人都在唱歌、嬉戏、聊天……各种娱乐，常阳一个人躲在角落里，默默地喝着一点红酒。

娱乐，是因为寂寞。陈朵知道，常阳丝毫都不会觉得寂寞。

隔着很远，陈朵时不时会偷偷看他几眼，不知为什么，陈朵好想摸摸他有些发红的脸颊，"一定是热热、暖暖的。"一想到这儿，陈朵自己的脸颊瞬间也变得热热、暖暖的。

陈朵对常阳的情感就像晨雾中呼之欲出的远山，依然模糊，轮廓却已依稀可辨。

陈朵偷偷给常阳发了一条信息："明天晚上一起吃饭吧。"

看到了信息，常阳抬起头四下里找着陈朵，当与人群中故作淡然的陈朵目光相遇时，常阳似乎从陈朵的眼睛里看到了闪烁着的星星。常阳对着"星星"微微地点了点头。

世间本无爱，渴望遇到渴望，便有了爱。

所谓强大的男人，内心也隐藏着不为人知的软弱，也需要女性对这软弱给予温柔的抚慰。不过，男人从来不会承认，更不会索要，甚至当女性主动给他们时，尽管内心禁不住暗喜，还是会故意摆出一副不屑的姿态。对此，他们一生都会抱着"得之我幸，失之我命"的态度。这就是为什么，表面看起来越坚强的男人，面对欣赏自己坚强的女人一般会无动于衷，但面对懂得自己软弱的女人却很容易深陷其中。

越坚强的男人越爱靠近母性，这是男人的自然属性。

母性永远是女人最美的一道光。这是一种源于自然的光，可以抚慰男人的心灵。在这道光的照耀下，男人眼中整个世界都会不由自主地退去、隐去。

其实也没什么嫌应该避，只是不想添任何麻烦，陈朵约在了距离公司很远的地方，两人吃了一顿简单的晚餐。

吃饭期间，两个人并没有太多、太深的交流，还莫名多了些原来不曾有的生疏与尴尬的意味，只是简单聊了些公司以及生活方面的普通话题。晚餐不是很久，便自然结束了。

出了餐厅，常阳发现，今天，浦江的夜晚并不十分湿热，还有着几丝意外的、凉爽而柔媚的夜风。

"我很快要辞职离开浦江了。"陈朵并没有看常阳，微微抬起头望着夜空，带着些淡淡的忧伤，好似自语般轻语了一句。

对于陈朵宣布的这个消息，常阳并不意外，到公司一年多，随着了解的深入，常阳对这个公司也有了很多不满，尤其无法接受不健康的氛围，常阳似乎猜得出陈朵离开的原因。坦率地讲，除了高薪，常阳留在这个公司也没有其他理由。但对陈朵的突然离开还是很不舍，甚至很失落。

陈朵似乎陷入了沉思，旁边的常阳说了句："蛋壳里的小鸡总会破壳而出。"之后便没有再说什么，陪着她一起沉默着。

两个人沉默的内容依然丰富。

暮色四合，有一种要把人包起来的感觉。

陈朵偷偷瞥了一眼身边的常阳。她发现，今天就连常阳的沉默都格外温柔，那沉默好似在抚摸着自己心里的伤。

"我们去旁边的星巴克坐坐吧。"

还是陈朵打破了沉默，她扭过头看着常阳，试探地问他。会议已全部结束，明天常阳就要去龙州赴任，于是欣然同意。

今晚的浦江，温度适宜，微风也很适宜，两人心有灵犀地选择了室外临近草坪的位置。都没有点咖啡，而是不约而同点了绿茶。常阳原本就不怎么喜欢咖啡，总觉得有股朦胧、魔幻的意味，陈朵也喜欢传统的中国茶，安静而透彻。

在已几乎被咖啡文化全面攻陷的都市中，一片绯红夕阳下，一杯清茶，便是一段情愫，一种闭门深山的意境与感受。那两杯茶，也为繁华的魔都画了一抹怀旧的味道。

星巴克的圆桌很小，常阳就坐在陈朵的对面，近得就连他呼吸中那股淡淡的烟味陈朵都能清晰地闻到。现在的陈朵依然很抵触烟味，但是，常阳呼吸中的烟味与其他所有人的烟味都不一样，是一种淡淡的焦香，很迷人。

常阳那双修长的手扶在杯子上，就在陈朵的眼前，从未如此近过，这双似乎已经非常熟悉、亲切的手，陈朵曾悄悄地看过不知多少次。就在昨天公司开会的时候，还曾瞥过。此时，陈朵突有一股想把自己的手放在常阳的手上握一握的冲动。

为什么会有这样的冲动？陈朵自己也说不清，就觉得常阳的那双手不仅好看，而且好亲。

"如果我真的那样做了，常阳会怎样？他肯定会炸毛！说不定还会板着脸严肃地训斥我一番！"

想了想，最终还是不敢，偷偷磨蹭了一会儿，陈朵悄悄把手放了下去。

怎么说呢？陈朵感觉常阳就像一座山，自己很想去触碰，但可能触不到，还会被山压了手指头。这是一种怎样的感情？难道是，爱？如果是爱，陈朵也好怕自己爱得太满，让自己对常阳的爱变得俗气；也好怕自己爱得太热烈，会吓到常阳。

陈朵知道常阳有家，但她只想爱慕着自己想爱的男人，并不想伤害谁，而且她觉得自己也不会伤害谁。

交流中，常阳知道了陈朵离开的原因，果然与自己猜想的一样。

陈朵是个能力出色的女性，这种女性在职场上自然会不可避免地受到某些恶意的挤压。虽然坚持甚至挣扎了很久，最终，彻底失望的陈朵还是选择了离开，用离开来捍卫自己的人格与职业尊严。

"每个人都需要保护自己的人格。我理解的对吗？"常阳问道。

"对！不那样做，我的人格会发霉。"

"坚强，并不代表不会失望，当失望积累到了一定程度时，就到了应该放弃的时候了。"

"放心吧，我不会迷失在这个世界。"

在当下这个浮躁而功利的世界，维持生存的同时还要保持自身的纯粹与天然，这种对立统一是艰难的，尤其对一个年轻的职场女性，更是难上加难。

"陈朵，我不想说你有多么不容易，我只想说，我心疼，因为我知道，越是看起来冷静成熟的女人，越需要疼。"

看着眼前的陈朵，常阳仿佛看到了自己年轻时心高气傲的模样，也看到了自己曾经遍体鳞伤时的无助。

"这是一个灵魂、气质与自己高度契合的女人，这契合实在让人动心、心动。"常阳的心里默默地感叹着。

"干吗这么伤感？我很平静，甚至还很喜悦。我在这里的这些年就像在种树。刚来的时候种下了一棵小树苗，我辛勤地浇水、施肥、除害、修剪，小树苗越来越茁壮，虽然还没有长成一棵参天大树，但结了很多的果实。现在，我只想把最甜的那颗果实摘下来，然后，带着它幸福而满足地离开。我只要那颗果实，它是我精心培育的，它应该属于我。至于其他，包括那棵树，我都不要了。"

常阳并没有完全听懂陈朵这段话的意思。

出了星巴克，两人该告别了。

稍稍犹豫了一会儿，什么也没有说，保持着安全与礼貌的距离，常阳走上前轻轻地拥了拥陈朵。

拥抱并不是常阳与女孩子常用的告别方式，甚至他还非常抵触。但今天，常阳就想拥一拥陈朵。常阳知道，此时的陈朵需要这拥抱；他也想让陈朵知道，他在乎她、疼惜她，这"知道"对于陈朵而言很重要。

常阳有些突如其来的一拥,让陈朵禁不住愣了一下,瞬间有些手足无措,呆立在那里一动不动。等回过了神,还没来得及感受这一拥,常阳已最后告别,转身离开了。

　　这温暖的一拥陈朵似乎已等了很久。

　　看着渐渐远去的出租车,陈朵才想起刚才拥抱她的时候,常阳在她耳畔说的一段话:"我不喜欢关注别人在做什么,现在开始,我会遥远但认真地关注着你。"

　　每个人都不是完美的,因此,所有的人都可以被分为两类,追求或靠近完美的人与停止甚至倒退的人。当下,后一类人似乎越来越多,前一类人甚至被视为另类。

　　这种现状让始终充满理想主义的陈朵越来越觉得孤单。

　　遇到了常阳,靠近了常阳,让陈朵终于在凡俗重浊中发现了纯粹与干净,在冰冷孤独中找到了温暖与慰藉。

唯有君依旧

乍然被常阳拥了一下，很幸福，但陈朵实在回忆不起那是种什么滋味。甜蜜？温暖？踏实？冲动？好像都是，又好像都不是。那一拥，来得快，去得也快，快得陈朵根本没来得及细细体味已飘然而去。但有一点陈朵很确定，那一拥是自己期待已久的，且又非常熟悉的，好像曾被那个怀抱拥过、抱过。

一想到那匆匆的一拥，陈朵的脸还会有些发烫，心，会再一次怦怦地跳。那一拥，能感知很多彼此都没有说出口的话语。

回江州的路上，伴随着沙沙的列车声，陈朵觉得常阳离自己越来越远了，好像这一别常阳就将成为一个永远可望而不可即的人了。

"龙州，太远了。"陈朵有些伤感，"而且，常阳一点都不知道我在喜欢着他。唉！但是没关系，我可以就这样一直悄悄地喜欢着他。暗恋一个人的感觉也很美！"

陈朵深吸了一口气，顿时感觉轻松了些许。

"我会就这样喜欢着、期待着,原因就一个,心甘情愿。这心甘情愿也是一种难以言状的幸福滋味。"

为什么陈朵会对常阳如此地心甘情愿?

陈朵意外地发现,世界上似乎只有常阳一个人愿细致地品读自己且能完全读透,并懂得自己的全部想法与真实感知,最后,竟与自己最真实的心意完全契合、不差分毫。这是陈朵从未遇到过的。

常阳的身上还散发着一股浓郁的传统气息,有些刻板但绝无迂腐,还有一些顽皮,这正是自己倾心的男人韵致。

"看书,是为了洗涤心灵。人的一生要保持干净的心灵,才会对神圣怀有敬畏之心、对美好怀有向往之情。否则,离开这个世界时会发现,自己的一生竟和猪的一生一模一样。"

常阳的很多观点实在有趣,细细咀嚼后陈朵发现,又很合自己的心意。就因为这些吗?是,但好像也并不全是。

最吸引陈朵的应该是常阳身上独特的纯粹之感。

所有纯粹的东西都是有光芒的,常阳的纯粹也是如此。他的率真与纯粹已浑然一体,无法分割。这一点让陈朵尤其好奇,他已在混浊的职场摸爬滚打了那么多年,竟未被世俗所熏染,依然如此纯粹。原本以为这种男人应该是虚妄的"人造生物",没想到世间多媚骨,唯有君依旧。看来这个世界上还真的有不受尘世侵扰,依然能够从容不迫的纯粹男人。而且,还真的让自己遇到了。

当下,他人的从容似乎都很牵强,常阳的从容却很自然。

从容,是对抗野蛮世界的一种文明而巨大的力量。虽无限温柔,但无可撼动。

常阳那富有磁性的声音像风一样再一次飘了过来。

"因为我生长在一个纯粹的地方,云山。那里最纯粹的是冬天的雪,你能清楚地听到扑簌簌下雪的声音。大如花瓣的雪花纷纷扬扬落在脚下,踩上去咯吱咯吱的声音更是美妙,那是对心灵的充电。雪停之后,太阳会在第一时间照耀大地。雪花在明亮阳光的照射下,晶莹灵动,这可是只有在云山才能看到的独特景致。此时,就连呼吸都凛冽与清透了,你会发现自己与那个纯净的世界完全融为一体了。"

除了磁性,这声音实在太有雄性魅力,具有一种原始的张力,就像一束光,能穿过女人的胸膛,直抵女人的内心。

陈朵相信,不仅是她,全世界的女人应该都无法抗拒。

"你很爱雪吧?"

"一个从小在西北长大的人不可能不爱雪。如果用一个词来形容云山,我选纯粹。从那里的冬天你就可以感受到纯粹,尤其是12月,那就是雪的季节,纯粹的季节。纯粹的蓝天、纯粹的阳光、纯粹的寒风、纯粹的白雪,天地之间纯得没有一点杂质,你的心也会随之纯粹得无比透彻。那里的雪不是施耐庵笔下的碎琼乱玉,是天地之间至纯至粹的雪,一片茫白之中你分不清天与地的界限。面对它你会发现,生命最初的色彩就是藏匿于五颜六色、万紫千红中最纯粹的原色,白色;生命最初的真相就是融于喜怒哀乐、悲欢离合中最纯粹的机缘,自然。生命,就是如此简单,从自然中来,最终回归了自然。你可以在皑皑白雪中悠然漫步,用你的双脚踩出一条没有任何人和你争抢的,只属于你一个人的路。"

陈朵已经听得着了迷。

"空，才能生灵。当你用自己的脚，踏着洁白而纯粹的雪时，很快就能把自己放得很空，那就是空谷足音的感受，你会空空如也，就像听着僧人诵经时敲着木鱼的声音，咚咚的回音能传得很远。"

陈朵不由自主冒出一句："因雪想高士。"

常阳愣了一下，他知道下一句是"因花想美人"。

看着常阳停顿了片刻，陈朵明白他的心中所想，主动转了话题："看得出，不仅想念故乡的雪，你也想家了。"

"很多年了，每时每刻都在想。我想每个人的心里都藏着一条路，一条通往故乡、无须思量、随时都想拔脚前行的路。"

听了常阳的话，陈朵心里默念着："我的心里也有这条路，但我拔脚前却踌躇万千，甚至想想这条路心都会疼。这条路好短，又好长。"

长吸了一口气，陈朵刻意地收住了刚才突然冒出的那一丝伤感，她不想让常阳感受到自己的情绪变化，聊了个轻松话题："我一定要去一趟云山，你会带我去吗？"

陈朵的眼中闪烁着期待，她已被常阳，还有常阳口中的云山彻底地迷住了。常阳并没有回应，尽管他已经读出了期待，因为期待的目光是最美的。他继续刚才的话题："脚能够走过的地方永远有限，眼之所及终将踩在脚下，心却能走向无限的苍穹。"

"美是有召唤力的，会用无声的力量召唤着我们一步步靠近它，根本无法停下脚步。"

常阳看着陈朵，又好像并没有看她，而是透过陈朵看着远方。常阳最迷人的就是那双好像总是在凝视远方的眼睛。

"自由,不是一个具体的目标或是要到达的目的地,也不是一种行为的过程或结果,而是一种持续的自然而健康的状态。身体依然被凡尘俗事包裹着,却能始终自发地让生命得到自我抚慰,得到内在的安宁。否则,自由反而会变成一种外人看起来光鲜亮丽,自己也认为光彩夺目,实际上却紧紧禁锢了自己的枷锁与镣铐。"

常阳继续娓娓道来:"作为成年人,我们已无法过上纯真、纯粹的生活,但我们不能彻底丧失纯真、纯粹的天性。在这种现代化的大都市里,环境或许给不了你纯粹,你的心却可以,这完全取决于对自己生活与生命方式的选择。就像奥古斯丁说的,日光穿透污云浊气,自己却可以一尘不染。"

"讨厌的常阳,为什么不直接回答我的问题?"

陈朵在心里暗暗埋怨了一句。

不过,常阳的话已彻底深入了她的心灵,何况对于常阳,任何不快陈朵都会瞬间消退,立刻又充满了无限的向往。

"至于外人,不可能带着你走进自由,只能够引导你长出自由的翅膀飞进只属于你自己心灵中的自由之地。"

"外人?"陈朵心里喃喃着这两个字。

把全世界给你

常阳不怎么喜欢说话，他始终坚持：思想，不应该用语言来诉说，应该用无声但无比坚定的行动来践行。言者不知，知者不言。即使是必须说的话也要用最简洁的词句表达，绝不多啰唆哪怕一个字。

他是一个喜欢和自己玩，无须借以他人即可充分享受纯粹、真实自我精神快乐的人。他不需要这个世界上的谁给他什么，这个世界上的谁也给不了他什么。做个安静自在的自己就是最快乐的人生体验。但遇到陈朵，常阳不知不觉地改变了。

常阳觉得，与陈朵有说不完的话，且只想对她一个人说。沉默，好似锁住了常阳的一把锁，而陈朵恰好就是打开这把锁的钥匙。

"一个人的灵魂与生俱来，但它要去哪里却依着每个人的心意。"

"你呢？你希望你的灵魂去哪里？"

"做一粒沙，回归无边无际的沙漠。"

"你是希望灵魂永恒。"

"不！不是永恒，是自由。风起我动，风静我止。"

"自由的灵魂也需要陪伴。"这句话，陈朵几乎脱口而出。

陈朵还发现，常阳的身躯也很男人。

大西北的汉子当然有一副雄壮挺拔的身躯。这种身躯通常蕴含迷人的雄性力量与不屈不挠的顽强意志，那强烈的力量感与意志感，陈朵能清晰地感受到，很安全、很踏实。

曾经军旅生涯留下的坚毅、洒脱的烙印，在常阳身上也依旧可见。

"这是一个真正的男人。"

现在，陈朵眼中的常阳就是全天下最完美的男人，她恨不得这个男人能拥有全世界所有美好的东西。

"第一次遇见会心动，第十次遇见还会心动，我确定这就是爱。当我发现，想给你的远远超过想得到的时，我更加确定，我爱上了你。常阳，我要把世界上最好的东西给你，把全世界给你。我要给你信任、包容、幸福、快乐、亲密、温暖，甚至把我自己都交给你，我要给你，我的爱，包括我自己，这个活生生的女人。"

"天哪！我这是怎么了！太荒唐了吧！"

在残酷而世故的职场上，自认为早已经磨炼得刀枪不入的陈朵，被自己突然冒出的这个惊人的想法吓了一跳。

为什么会这样想？陈朵自己也说不清楚，只知道这个意外出现的男人有着一种极强的吸引力，让自己根本无法控制，越靠越近。

陈朵的心开始咚咚地跳个不停，连脖子都红了。

摸了摸自己微微发烫的脸颊，陈朵知道，心里的小秘密快要藏不住了。偷偷看看四周，每个人都在忙着自己的事，并没有谁发现她的紧张与羞涩。

悄悄地低下头，突然，陈朵非常不安，好像做错了什么事。

"我实在不应该这样想，尤其是对常阳。"

陈朵想起了现实中的常阳。

陈朵也听说了常阳妻子生病的一些状况。但当一个女人爱上一个男人的时候，想靠近、亲近就是一种本能。

爱，就是情不自禁。

"放心吧，我不会让你有一丝的为难。也许今后我们还是不得不这样远距离相处，虽然我还是那么地想你、念你，但没关系，我已经得到了很多。常阳，谢谢你给了我一个那么美的期待。"陈朵喁喁自语着。

陈朵开启了一段神奇的旅程，这旅程最终将通往何处，陈朵不想深想，因为她并不想从这旅程中得到什么，只想全心全意地付出一回。有人值得自己去全心全意地付出，这种付出本身就是她最想得到的东西。

陈朵觉得这就是探索自己灵魂秘境、挖掘情感源泉的旅程。

爱常阳，就是爱灵魂深处的自己。

陈朵给常阳发了一条信息："··— ···"

常阳收到了，但看来看去，却百思不得其解。最后，只能当成小孩子的游戏，没有继续在意。

陈朵知道，常阳不会明白是什么意思。

这是摩斯电码，意思是"等待"。

在心为志，发言为诗。

诗，能够表达其他形式无法表达的情感。

诗，是心灵发出的声音，是超越生命的情怀。

诗，也是纯净的东西，喜爱诗的人通常也是纯净的人，纯净的人一定舍不得玷污诗。

陈朵很喜欢诗。

当下陈朵的心意，就像徐志摩的诗。

"一生至少该有一次，为了某个人而忘了自己，不求结果，不求同行，不求曾经拥有，甚至不求你爱我，只求在我最美的年华里，遇到你。"

就像纪伯伦的诗。

"当爱向你们召唤的时候，跟随他，虽然他的路程艰险而陡峻。当他的翅翼围卷你们的时候，屈服于他，虽然那藏在羽翮中间的剑刃许会伤毁你们。当他对你们说话的时候，信从他，虽然他的声音也许会把你们的梦魂击碎，如同北风吹荒了林园。"

常阳没有给陈朵任何承诺，但当下的陈朵依然像扯满风帆的船，只待风来便义无反顾地扬帆而去。

"能不能每隔一段时间给我打一个电话？不需要很频繁，别成为你的负担，只是偶尔想起我时，打一次。我不敢随便打扰你。"

面对陈朵这样的要求,常阳根本不可能拒绝。

常阳回复了一个字:"好。"

一地鸡毛

现实中，常阳的生活早已是一地鸡毛。

"男人，其实都是孩子。"
这是一句很容易就能打动男人的话。
最初相遇时的温柔、体贴、理解与浓情瞬间击中了当时情感并没有完全成熟的常阳，两个人走到了一起。
常阳很喜欢故乡的生活与环境，但为实现汪雨离开故乡的夙愿，2006年春，常阳毅然远走北宁漂泊三年，吃尽了苦头。后因种种原因汪雨无奈放弃了最初的想法，常阳才得以回到故乡，两个人结了婚。
常阳对汪雨疼爱有加，凡事尽可能满足，但婚后的生活并不是常阳最初想象的那样。常阳发现，做了妻子后没多久，她的温柔便荡然无存了。她从小娇生惯养，没有独立生活的能力。婚后脾气也变得很大，两人之间有了矛盾便会指着常阳的鼻子痛斥。对工作她也不愿全力付出，只是怨天尤人，很多年过去了事业也没什么发展，这种状况逐渐恶化了她的情绪以及身体，最严重的是摧毁了她的自我认同体系。

这样的妻子、这样的生活，让婚后的常阳始料不及。

结婚之后，常阳考虑暂时不要孩子。常阳的工作需要在各地奔波，无暇照顾家庭。以汪雨的心理与身体状况不可能独自承担一个有孩子的家庭所要面对的一切。常阳想等到自己工作相对稳定，能长期在家时再要孩子，两个人可以共同应对生活负担。

常阳把想法告诉了汪雨，但汪雨态度异常坚决，她说，结婚生子是女性的共同心理需求；她没说，这也是她守住婚姻最有效的方式。

其实，常阳也没有完全说出他的心里话，婚后，他对这场婚姻也在质疑、动摇，他不知道两个人能否走下去。

双方发生了激烈的争执。

"我和你结婚就是为了生个孩子！"

汪雨就是这样简单粗暴。

"这就是你和我结婚的唯一目的？那我算什么！"

"也为了有个完整的家。"

"一个家是否完整，不是以有没有孩子为衡量标准。首先，要有一份完整的感情。"

汪雨勃然大怒："如果不要孩子，我们立刻离婚！"

"你不是孩子，你的生活也不是沙滩上孩子堆砌的城堡，随着潮落而建，潮涨而消。"

如果彼此不懂对方，那么矛盾中错的永远都是对方，无论怎样解释都是徒劳甚至多余，而且这种情形，根本不可能得到改善，只会不断恶化。

果然，常阳的话没有一点用。

"这是我的最后通牒。"汪雨恶狠狠地盯着常阳。

最后,还是常阳妥协了。

当时的常阳依然爱着汪雨,容易向爱的女人妥协,容易在感情中被突破心理边界,是常阳性格中一个致命的弱点,这种弱点不仅害人,而且害己。

有时,拒绝也是一种能力。过分的宽容会让宽容失去意义,因为宽容是一个缓冲区而不是不设防的开放区。

汪雨不会给自己设限,渐渐地,放弃了与常阳相处中的全部自律与自敛。殊不知,放弃自控是感情中最危险的行为。

汪雨的妹妹曾对常阳说:"我姐姐变成现在这个样子,你们生活过成这个样子,根本原因是你,是你把她惯成了一个巨婴。如果你想让你们的婚姻走下去,必须咬牙放手,就像放开一个正在学走路的孩子,孩子摔倒了,需要她自己爬起来,再摔倒,再爬起来,才能学会走路。有的人是叫不醒的,只能疼醒。"

她对自己姐姐的评价最核心的一句是:对一切都没有敬畏之心。

"她自己爬不起来,会摔死的。"

"那你只能惯她一辈子,你想好了吗?"

当时的常阳是想惯她一辈子的,但当时的他并不知道这有多难。

2013年春,孩子出生了,正如常阳预料的那样,整个家庭陷入了抱怨与矛盾之中,孩子也成了压垮汪雨精神与身体的最后一根稻草,她得了抑郁症。祸不单行,2018年,她又查出了早期胃癌。

汪雨突然提出想离开天寒地冻的大西北，带着年幼的儿子与母亲去温暖的南方生活，这是她多年的夙愿，常阳立刻同意。

原本，常阳喜欢诗情画意的烟雨江南，汪雨却想去海边。好吧，一切由她。最后她选择了中国陆地的最南端，澎江。

尽管感情已到了一碰就碎的边缘，面对突遭不幸的汪雨，常阳还是会心疼。

夜里，看着裹得严严实实的汪雨，不由自主地颤抖，常阳知道，那是因为恐惧。常阳曾因为心脏病差点送命，也曾直面过这种心境，白天在人前似乎无所畏惧，夜深人静时，内心的恐惧便如鬼魅般从所有阴暗的角落里，悄无声息地弥漫过来，慢慢地围绕着你、纠缠着你，让你无处可逃、无处藏身。

常阳感觉，此时的汪雨就像一块石头，正在沉入水底。沉落的速度不是很快，还有些飘摇，但沉落却是无可阻挡的。常阳仿佛看到了石头最终落入水底，水面及四周渐渐恢复了平静，没有一丝圈纹与波澜。而石头只能无助地躺在水底，等待着永远都无法到来的光亮……

生病后的汪雨，开始表现出了无助与脆弱。

"别放弃我。"夜里，汪雨语带哀求地看着常阳。

"你不会有事的，相信我。我保证无论发生什么，永远都不会放弃你。"常阳郑重地承诺着。

多少个傍晚，窗外一片绯红，晚霞如血。

夜，长得好像没了尽头。

常阳曾无数次扮演过汪雨拯救者的角色，不仅毫无意义，情况似乎更糟了，但常阳还是一次次努力地拯救着他曾深爱过的那个女人。常阳不知道，情感是无法被拯救的，除非有一方觉醒，这就是情感内在的纹理。

没有平静多久，两个人的生活又回归了原来的轨迹，争吵、赌气、不理不睬。即使常阳的心脏病犯了，汪雨也丝毫不在乎，甚至丝毫不会心软，至少表面是这样。

性格决定命运，太多的人明知此理，也只能眼睁睁接受性格的拖拽，一步一步滑入黑暗的深渊。因为他们没有能力，也没有勇气去改变自己的性格。有时，仅仅挣扎一下，刚与自己的惯性发生了一点碰撞，刚感觉到疼，就放弃了。

婚姻若非天堂就是地狱。或者说，天堂与地狱只一念之差。常阳的婚姻又是什么？常阳终于明白了前辈们说过的一句话："爱情，是最感性的东西；婚姻，却要用最理性的态度对待。"

常阳生气时觉得，她的这种不在乎就是不再爱自己了，甚至从来就没有爱过自己。当初在一起，只是为了有一个家。

她经历过一次失败的婚姻。

她的前夫也曾有份稳定的工作，因为吸毒彻底断送了一切，最初常阳就是出于同情才开始接近她，两人慢慢走到了一起。常阳还听说，她的前夫之所以吸毒，与她的性格也有一定的关系。但在最初与常阳的相处中，她表现出了极大的温柔与包容。常阳认为，她并不是一个惯要心机的女人，而是因为刚承受了巨大的打击，她特别努力就是想获得一段感情帮助自己走出困境。恰好，常阳在这个时候出现了。

长久的爱情，一定不是谁对谁的救赎，而是肩并肩的前行。

她的一位闺蜜这样诠释："如果你们相遇得再晚一些，或许你们的生活会不一样。她还没来得及认真思考与总结，便迅速进入了下一段感情，缓解了前一段婚姻的伤痛，掩盖了前一段婚姻的问题。这对于她来说，既是幸运，又是不幸。不是有人说过：人一旦很容易得到了想要的东西，便会很快忘记自己曾经扒在橱窗外看它时的渴望。"

年轻时，面对爱人的选择，很多时候都是在当时的思想、环境、认知与能力之下所做出的判断与取舍，当时的你最渴望什么，当时能够给予你的人，便是你最爱的人。后来你的渴望得到了满足，你的需求也随之发生了变化，曾经最爱的人无法继续满足你新的需求或渴望，你就会开始挑剔、指责，认为对方变了。其实，对方并没有变，只是你自己的初心变了。

哲学家说：亲密关系中，通往地狱之路，是用期望铺成的。但普天之下数不尽的凡夫俗子，谁又对爱人没有期望呢？

某种角度而言，期望是维持与推动情感持续发展最重要的源泉。关键在于，这期望是稳定而非善变的，也就是所谓的保持初心。

爱情中最悲怆的事，是有人忘记了初心。忘记初心就像一杯穿肠毒药，且没有人能够阻拦那个忘记的人一次次地端起药碗。

在感情中，人们常常会陷入这样一种怪圈，当一个人得到了最想得到的东西之后，却发现不过如此，马上又去继续追求原本没敢想的东西，那么，原本得到的东西也会注定失去。

在爱情中，如果一个人想从对方的身上得到些什么，那就注定了一定会失去爱。

有多少爱，从最初的美，不知不觉演变成丑与陋。太多的人不知到底为什么，太多的人依然痴痴盼望有一天能回归美好，但不管怎样努力却无济于事，只能眼睁睁看着原来的爱一点点变质、消亡。

"你别想改变我！"不止一次，汪雨严厉地警告常阳。

"我没想改变你，只希望你能回归婚前的样子。结婚，不是爱的目的，也不是爱的终点，而是另一种爱的方式，婚姻是爱的延续。"

尽管常阳早就明白，和她讲道理没有任何用处，甚至是一件愚蠢的事。一个人的内在视角变化了，眼中的外部世界才会随之变化。有时还是会忍不住，那时的常阳还没有彻底死心。

"你怎么那么幼稚、可笑？这不可能！"

汪雨的强势一如既往。

常阳用极不相信的目光在汪雨的脸上扫视着，额头、眼睛、鼻子，最后停到了她的嘴唇。看着曾让自己无比心动、吻过无数次的唇，此时说出的竟全是天下最决绝的话语，常阳都不敢相信自己的眼睛。

常阳努力过,努力之后他终于接受了一个事实:有些事不是努力就一定能得到想要的结果。这种状况下通常有两个选择,要么接受、认命,要么彻底放弃。

　　常阳选了什么?或许他什么都没有选。

只剩下了回忆

"曾经的汪雨是爱我的。"常阳常常这样想。

"曾经的她会轻抚我的手臂,把头靠在我的肩膀上看着我开车的样子,也会时常与我肌肤相亲,当我离开后也会闻我的睡衣……"

多情总被无情伤。一个人在多情时,不仅容易受伤,通常智商也会降低,等到情没那么浓了,智商也就自然而然恢复了。

曾经的美好为何都离他们而去了?并不甘心的常阳思索了很久,似乎找到了缘由:汪雨越来越不爱他,是因为她连爱她自己的能力都几乎彻底失去了,哪还有余力再去爱别人?

爱,首先需要能力。

或许对爱,不能有太过清醒、清晰、冷静、严苛的剖析,否则就可能落入失望与痛苦之中。所谓幸福,就是知足加忘记再加想象。

随着汪雨的思想、事业、身体、精力渐渐枯竭、坍塌,爱与被爱，对于常阳来说更是遥遥无期了。慢慢地，常阳放下了埋怨，他知道，所有的抱怨本质上都是为自己的无能为力寻找借口，毫无意义。

　　常阳接受了命运的安排。不接受，又能怎样！

　　幸福，这个东西，越要就越得不到。

　　有时，常阳觉得汪雨这辈子也很可悲、可怜，终其一生什么都没得到，最后连健康都失去了。面对已变得麻木不堪的汪雨，常阳还能再向她奢求什么呢？

　　心中多年依赖的瓦解，会让人从最初的惶恐与不安渐渐变成最后的放下与虚无。

　　爱过之后的两个人通常有两种结局，要么，从陌生人变成了永远都离不开的至亲；要么，从最熟悉的人变成了有意躲避，一生都不想再见的陌生人。

　　有时，偶尔反省的汪雨也会对常阳说几句心里话："我觉得你也挺可怜的，遇上了我什么好儿都没得到，反而拖累你很多。我知道，其实是我的问题，我这种人根本就不应该有婚姻与家庭。"

　　经历了两次婚姻的汪雨所得出的结论，或许是对的。但是，对与错已经太迟了，两个人都已觉得身心疲惫、无力改变了。

　　常阳失落与失望的表达方式只有一种，沉默；常阳情绪到了尽头也只有一条路，沉默。沉默，也是一种逃避，可以减少接触与争执，减少期盼与伤感，可以把所有问题都放下，不用面对，不用思考。但是，一次沉默就会增加一寸距离，沉默让两人的距离越来越远，最后，远得都已看不清对方的轮廓了。

夫妻间的沉默比争吵更让人绝望，因为没有互动，伤痕也就没了修复的机会；感情中的沉默，等同于放弃最后一道可能拯救的关隘。

选择沉默，就是选择放弃。

沉默与逃避让常阳与家越来越疏离，包括孩子，常阳意识到这种疏离将引着他走向何方，但无力扭转。这样的生活漫无目的地重复着，走着走着，常阳觉得身边的那个人越来越陌生；走着走着，常阳觉得生命中好像只剩下了回忆，甚至连回忆都在渐渐淡忘、消失。

工作的时候，常阳像一轮皎洁明亮的月亮；独处的时候，月亮被翻到了另一面，常阳觉得孤单的自己就是一个模糊、隐约的影子，没有人会注意到他的存在，包括他自己。

当然，孤单，对于常阳而言也自有其好处，那就是没有谁知道、看到他孤单的样子，他拥有自由自在、无牵无挂的孤单的权利，而无须避讳任何人。其实，很多看似自由自在的无牵无挂，都是假装无所畏惧的无依无靠。

就像汪雨说过的："男人，其实都是孩子。"

男人也有脆弱的时候、想依靠的时候，有时，也想靠着自己的女人喘一口气。

自然属性与社会属性决定了，相爱的男人与女人必须是彼此独立且彼此依赖的。只有独立没有依赖，便不可能有情感与爱；只有依赖没有独立，这种单向输出的爱，最终一定会让双方都感觉厌倦。因为始终输出而没有得到的一方,必然会疲惫不堪;始终得到的一方时间久了,也会觉得自己得到的太少。

这,就是真实的人性。

晦暗的岁月,就像筛子,渐渐筛去了常阳的快乐,只留下了忧郁,常阳变成了一艘孤独的船。

常阳爱情的港湾关闭了,这艘船进不了港,开始了流浪,像一个没有方向的孤魂,漫无目的地漂泊在浩瀚的海洋上,无波无澜地漂着、荡着,时光也不动声色地流着、淌着。

大海渐渐吸收了船的全部能量与敏感,这艘船渐渐变得麻木,渐渐陷入了彻底的迷航。就这样漂漂荡荡的不知过了多久。

一个世界的入夜预示着另一个世界即将苏醒。

突然,海面上耸立起了一座洁白的冰山,阳光反射下耀眼的光芒瞬间刺痛了那艘船半闭着的模糊而迷离的眼睛。那艘船无遮无拦径直朝着冰山撞去,冰山撞烂了船舷,好疼!但痛感也唤醒了沉睡已久的感知,它突然意外地发现,自己还活着。

顾不上疼痛,忘记了流血的伤口,这艘船兴奋地大喊着,我还活着!我还活着!

就像三毛说的:"刻意去找的东西,往往是找不到的。天下万物的来和去,都有他的时间。"

陈朵,出现在了常阳的生命里。

常阳是一个感情细腻甚至有些敏感的男人。这种男人对于情感生活的要求很高，对于生命的意义有着更深的渴望，得不到想要的就会非常失落、痛苦。表面上看似乎还很平静，但内心却从未彻底放弃，时刻都渴盼着被救赎。正如一本书里写的："由于怀着爱的希望，孤独才是可以忍受，甚至甜蜜的。当我独自在田野里徘徊时，那些花朵、小草、树木、河流之所以能给我以慰藉，是因为我隐约预感到，我可能会和另一颗同样爱它们的灵魂相遇。"

尽管常阳什么都没说，陈朵却好像知道他所有的痛楚；尽管常阳什么都没问，常阳却好像知道陈朵所有的不幸。

常阳意识到自己慢慢地恢复了生命力，因为他发现，开始慢慢地喜欢自己，爱自己了。

这变化只有一个原因，陈朵。

人生最难解的一道题，就是找到活着的意义。常阳始终在等待着这道题的答案，或者说等待着生命的救赎之门开启。现在，常阳觉得等到了。

但是，陈朵的出现，令常阳的心里充满了矛盾与挣扎。

喜欢，轻松而愉悦；爱，却严肃而沉重。

喜欢，不害怕面对伤害，因为没有灵魂的付出；爱，付出的却是所能付出的一切，虽然刻骨铭心，一旦造成了伤害，却是痛彻心扉、痛不欲生。

一个人对情感心生不满后，通常会经历四个步骤。

首先改变自己感动对方，并以此促使对方改变；此法无效，便会采取果断强制措施，推动对方改变；依然无效，开始说服自己忍耐；最后，无法忍耐了，就可能放弃现有的情感，有的人会主动或被动选择开启新的情感。

准确地说，常阳对汪雨、对现在的家还是有感情的，但是，此时的常阳却并不知道，这种出于不舍、道义的感情，在面对爱的时候，根本不具备任何抵抗力。

从某种意义上讲，忠贞的婚姻依靠道德与法律得以保障，但不渝的爱情，却是靠着彼此给予和得到的爱来维系。

龙州太远了

爱情，一般不会诞生在非常熟悉的两个人之间，熟悉会降低或抑制彼此的吸引力；也很难诞生在陌生人之间，陌生会使人自然而然心生距离与防御。爱情，最容易诞生在有所接触，萌生好感，但又因为不可避免的空间与心理的距离造成了一种神秘感与渴望感，这种特定的关系之中。

"龙州应该是个山间草虫鸣，江边野花香的地方。江畔台阶上一定有深深浅浅的苔藓，江堤石壁上一定有行云流水的雨迹，他一定喜欢这种野渡无人舟自横之地。但山高水长，龙州实在太远了。"

思念，还有期待，期待常阳的心能有一天转向自己，这些复杂的思绪交织在一起，陈朵在江州度过了一天又一天。

"我很想陪伴着你，如果你愿意继续驰骋职场，我就做你心灵的后花园，你做我人生的瞭望塔，我们一起建立一个彼此守护的象牙塔。但我猜得出，你已想退出江湖，求田问舍，那样也好，我就陪你看书喝茶，共赏暮云晨光；你想聊天的时候陪你说说话；你想安静的时候，我就在旁边默默做自己的事。"这就是陈朵的心愿。

"常阳,你不知道,我每天忙碌而平静的表象下,有多么渴望能和你在一起。在一起也许太奢侈了,只是见见你也好,哪怕见一眼,对我而言都是一眼千年。常阳,守着窗儿,独自怎生得黑。"

"幸福不全是外界或他人给予的,是自己的内心给予自己的一种特殊的感受。虽然,现在的你什么都不知道,但我依然能感受到幸福。"

陈朵很年轻,她自知对自己以及外界事物的认知,还会随时间和环境而改变,但有一点却从未变过,对常阳的情感。

陈朵发现,无论从哪个角度观察,常阳都非常优秀,尤其是男人的品质与有趣的灵魂。她坚信,不管他们最初是以何种方式相识,最后的结果必然是一样的。她已经完全接受自己给出的这个结论,那就是,自己爱上了常阳。

"南美的诗人说过,当你发现另一个人独一无二时,说明你已经爱上了他。"

但两人刚有了一点接触,常阳就去了遥远的龙州,而且现在两个人已经不在一家公司,很难再有什么交集。

接下来的日子里,陈朵一直处于强烈渴望,但又理智控制的状态中,白天、黑夜,日月轮回。

"龙州太远了,常阳太远了,好像越来越远。哪里有什么'一别两宽,各生欢喜',别离好苦,好涩……"

远在龙州一无所知的常阳日子过得很清淡,很宁静,远比苦苦思念又苦苦忍耐的陈朵要轻松得多。

从小在鲜有江河的大西北长大，常阳尤其喜爱龙江。

云雾中的龙江犹抱琵琶半遮面。待云雾散去，悠长回转的龙江如同清纯少女头顶的发带。夹岸的木棉艳丽而绚烂，远处连绵起伏的群山如刀劈斧砍般峻峭斑斓、妖娆无比。伫立江畔，常阳心静如水，恍如置身世外。虽然还会时常想念飘雪若飞花的故乡，但飞花若飘雪的龙州让常阳此前的那些烦恼、压抑渐渐平复了很多。

分开后，陈朵偶尔寄些江南的时令水果以及温馨的问候。常阳也回寄些砂糖橘和杨桃。两人就以这种略浓于友情的方式，风轻云淡地相处着。

两人的缘，却在延续。

所谓缘分，其实是彼此互相吸引的必然结果。世间情感的去与来，从来就没有什么偶然。所有的遇见，都是命中注定。

这天，常阳收到了一个特别的礼物，自然是陈朵寄来的。

"这是我编的流苏，刚跟小姐妹学的，还不熟练，编的时候手上被烫了几个水泡。但你不能嫌弃它。"

常阳怎么可能嫌弃，他把流苏认真地收了起来，藏了起来。

流苏，有一种古典婉约的韵味，陈朵的身上就有这种古典的气质，由内而外散发的从容恬淡的雅致。

流苏的味道、陈朵的味道让常阳心淡如烟，心旷神怡。

"我特别喜欢史铁生的《我与地坛》，'一个人，出生了，就不再是一个可以辩论的问题，而只是上帝交给他的一个事实；上帝在交给我们这件事实的时候，已经顺便保证了它的结果，所以死是一件不必急于求成的事。'"

就是这么巧！远在龙江江畔，耳边鸟鸣虫吟，独自捧卷的常阳手中捧着的正是同一本书。

"心力，在一个方面被耗费，就要在另一个方面被补充，我选择补充心力的方式是，读书。"常阳回复着陈朵。

"人生要打开心灵的窗户，窗里窗外是两个不同的世界。我认为打开窗户的方法之一，就是读书。"

"我绝对赞同！读书之人的世界是相通的。"

常阳继续聊着对读书的看法："长期读书还能唤醒人的潜在灵性。第一次在江州见到你时，就清晰地从你的气息中感受到长期读书留下的独特印记，清灵、知性、丰盈、坚定。"

"长期读书能使人清明，但也会让人孤独。遇到一个喜爱读书且心意相通的人实在难能珍贵，让人油然而生一股强烈的认同感。"

陈朵也告诉了常阳，自己喜欢读书的特殊缘由："我曾持续失眠，所以每天晚上都要跑步，但我发现跑步能改善睡眠却不能改变失眠，最后，还是读书才帮助我摆脱了失眠的困扰。后来，当我失望、失落时，甚至摸摸书都能得到慰藉；睡觉时，枕边放一本书都会让我踏实、心安。你懂的，喜爱读书的人，眼里只有书，书之外的世界，是混沌而虚无的世界。"

"我懂，读书，是沉寂中最简单、纯粹的繁华。读过的书，不会记住所有细节，但感受与启迪会像种子般在心里生根、发芽，并影响一个人的一生。"

"读书，已成了我的一种本能。没有什么可以替代读书所带来的气血盈盈的充实感受。可是，当下这个时代喜欢读书的人越来越少了。我还是喜欢你们那个时代的人，坚持长期读书，对正义怀有宗教般的虔诚，会自发地耕耘心灵的土壤。不像现在的年轻人只沉醉于别人的生活里，盲目地舶来，然后复制、粘贴、发送。"

"所以，你才有一种特别的眼神，是我们那个时代女孩子才有的久违的眼神，有坚定，有宁静，有不屈，有纯净，有专注，有无私，还有母性的温柔与包容。每一代人的身上都折射着一个时代的印记，你的身上，我却发现了我那个时代的光影。"

陈朵突然不说话了。

停顿片刻，陈朵发来这样一段话："现在，你就是我最好的一本书，令我无比沉醉，翻开第一页就彻底陷入了。我知道自己从此再也出不来了，因为每一行、每一页里都写满了迷人的真实与纯粹。我想一直读下去，读一辈子。"

常阳愣了一下，一时间不知道该怎样回复。

陈朵接着发来信息："如果把每个人都当成一本书，无论巨著、小说、散文、漫画……都应该交给最能够读懂这本书内涵的那个人，这本书、这样的人生才有意义。相信我，我就是最能读懂你这本书的那个人。把你放心地交给我吧！"

常阳意识到，两人之间的界限开始有些模糊了，这是陈朵对自己的情感流露，但常阳并没有马上回应什么。

看常阳没有回应，陈朵换了话题："你知道我最喜欢哪一首歌吗？王菲的《我愿意》。"

还是这么巧！此时此刻常阳的车上正播放着优美的旋律。

"我愿意为你，我愿意为你，我愿意为你，被放逐天际……"

音乐具备打动人心的魔力，引起强烈共鸣的音乐更是能撼动知音的魂魄。

"常阳，我什么都愿意为你。"

"你这样做很不值得。"

"爱只有愿意不愿意，没有值得不值得。从本质上讲，爱是一个过程而非结果。爱的过程就是等待的过程，一起等待永远的那一天。在这个等待的过程中，用心去经营、去享受被爱拥抱的每一天。"

"爱，是人类最高尚而优越的天性，只有爱能让我们得到真正的自由。这世间只有爱能穿越时空，走向永恒。"

懂得，是一种深入灵魂的爱。

陈朵懂常阳，懂得那么深入、那么透彻，甚至超过了常阳对自己的懂。

爱上一座城

爱，不可能长久深压心底，它会像种子发芽般破土而出，无法阻挡，这是自然的力量。

陈朵开始勇敢表白了："好不容易遇到了，该做的就是好好珍惜相遇后的时光。"

最初，常阳对陈朵的表白非常抗拒。

常阳沉默了，用沉默表达自己的拒绝。

陈朵也以沉默充分尊重着常阳的沉默……

但不久，这一幕又一次发生了。

"我哪里有你说的那么好！"常阳第一时间做出了反驳。

"我觉得你好就够了，也许就是因为你的一些小瑕疵才使你更加完整、真实、可爱，更加吸引我。不过不要担心，这份情感你现在不接受，我就当替你存储了，如果有一天你接受了，我会连本带息一次性全部送给你。"

面对执着的陈朵，常阳不知道该怎样回答。但内心欣慰着，人生最幸福的事，是爱你的人比你更爱你自己。

半年后，汪雨的身体状况趋于稳定，能力出色的常阳升职调到天晋出任城市公司总经理。

常阳选择去天晋，有一部分原因是为了挣更多的钱。

常阳最不喜欢的事是求人，但身在江湖还是会身不由己。等完成预先计划的足够生活的资金积累，就可以不再求任何人，单纯地去做自己喜欢的事，这是常阳现阶段主要的职业目标。

常阳给自己设定的所谓足够的生活资金标准并不高，他对物质的需求本身就不高，他希望缩短这个积累的进程。

常阳告诉了陈朵将要去天晋的计划，没想到陈朵坚决反对。

"我不同意！你不了解天晋公司的情况。你知道在这之前三年内已经换了几任总经理了？"

陈朵在这家公司工作的时间比常阳长得多，她更清楚天晋公司的实际情况。常阳去了压力会非常大。

这是陈朵第一次以如此坚决的态度反对常阳，常阳颇感意外，但同时也深感欣慰。他知道，爱之愈深，责之愈切。

"我知道你是为我好，天晋公司的情况我也略有耳闻，但是作为男人不应该逃避压力，你应该相信我。放心吧！"

"我不担心你的能力，你是个有担当的人，我怕那复杂的环境让你陷入泥潭。"

"从来，我都是个遇强则强的人，没那么容易认输，但我很在意你的想法，真心希望能够得到你的理解与支持。"

最后，还是陈朵妥协了："好吧，我暂且同意了。但你答应我，一定不能太拼，要照顾好自己。听见没？"

"我保证！"常阳甚至举起了拿着电话的手。

常阳对自己的反应很奇怪，关于自己工作的调动，为什么一定要征得陈朵的同意？原来的常阳绝不是这样，工作问题从不与任何人商量，都是独自思考、独立决定，从来不听任何人的建议。

这是因为，在意。常阳已经发自内心地在意陈朵了。

"我去龙州接你吧。你去的时候就是孤零零一个人，现在要走了，我不想你还是独自一人拉着行李箱离开，我心疼。"

犹豫了片刻，常阳还是拒绝了陈朵，尽管他对陈朵的提议非常渴望，这么多年了，不管到哪个城市工作或出差，从来都没有人会关注自己的行程，自己永远都是个孑然一身的独行侠。

但是，常阳还是拒绝了。

常阳觉得，自己受不起。

关上公寓房门前，常阳犹豫了很久。一遍一遍，仔细看了看这个生活了半年的房间里的每一个角落，宽宽的大床，浅蓝色的床单、枕头，淡红色碎花的窗帘以及窗前白色的圆形茶几，似乎这些平日里没有特别在意过的东西，此时，都在向自己默默诉说着不舍。

站在楼下抬头数着，1、2……18层，原来从未从外面看过那扇窗，就是那扇窗，曾多少次坐在窗前，任时光从窗前轻轻划过……

必须走了，丢了手中的烟头，常阳伸手拦下了一辆出租车。

车开得很快,能清晰地听到沙沙的车轮声。路过了熟悉的书屋,日日走过的街道,街中央那巨大的雕像,倚着静看江面落花、江中游鱼的护栏,与陈朵谈论《我与地坛》的江边,一起听《我愿意》的树屋山庄的山巅……

"陈朵,每一座城,自有它的性格,柔软、坚硬、包容、知性……当你在一座城生活了相当长的一段时光后,你会发现,你已在不知不觉中爱上了这座城,尤其当你准备彻底离开的时候,这爱会愈加强烈,咚咚……一下一下,不断撞击你的心,让你清晰地感觉到撞击的生疼。"

为什么会爱上一座城?因为人、情、景、物,都有可能,但对于常阳而言,最根本的原因,应该是他在这里度过了难忘的时光,读书的时光、江边漫步的时光,还有与陈朵触动心灵的深情交流的时光。

人间烟火气,
　最抚凡人心

上一次来天晋，应该是六年前。

2014年春，原本打算就此离开云山到天晋工作，各方面都已安排妥当，而且是去世界第一品牌就职，那是常阳多年的职业梦想，甚至连行李都装好了箱。

结果，却没来。

那是个周末，天晋返回云山的飞机上，无意间常阳从报纸上看到了刚刚发生的轰动全国的暴力案件。常阳震惊了，立刻对离开家人赴天晋工作的决定产生了动摇。

下了飞机还没到家，常阳就给一个老朋友汪文打了电话，征求他的意见。

汪文回答："关于工作，你一辈子做任何决定从没有考虑过媳妇的意见，希望这次你能慎重考虑一下。"

回到家，常阳第一时间把自己的想法告诉了汪雨，汪雨都没看一眼常阳，只是淡淡地说："你自己的事自己决定吧，我不会影响你的任何选择。睡吧，我累了。"

看着面无表情、转身而去的汪雨，常阳多少还是有些失落的。

那一夜，常阳辗转反侧，脑海里不断浮现出可怕、惊悚的一幕。他知道，如果真的面临那一幕，或许他并不能改变什么，但他至少能挡在妻子与孩子的身前，至少可以心安。

早晨起来，常阳毅然做出了最终决定，放弃天晋，放弃世界第一品牌，留在家人身边。这当然是一个丈夫、一个父亲应该做的选择，只是，常阳希望自己的选择能唤起汪雨对自己的感情，能帮助两个人渐渐地回到从前，但是……

龙州到天晋，一路上两趟飞机奔波，到了天晋，已是深夜。

第二天早晨7点就起了床，瞬间，进入了异常忙碌的状态，直到深夜回到酒店，倒在床上还在用手机批文件。

这算得上常阳职场经历中最忙碌的一段，忙，也让常阳没有太多的时间与陈朵交流。当然，常阳也很少跟汪雨交流。

原来的常阳很黏汪雨，出门在外总是有事没事找各种借口给汪雨打电话，说说话。但每次满怀热情打通电话，汪雨总是会说很忙，还表现出一种不耐烦。常阳曾隐隐暗示，希望汪雨对自己热情一些，没想到这种夫妻间的情话竟会激怒汪雨，她认为常阳很幼稚，甚至还会为此发生激烈的争吵。

渐渐地，常阳也就不主动自讨没趣了，但心，也渐渐地凉了。常阳知道，汪雨所有的忙只有一个理由，就是自己对于她而言，并不那么重要。

"你忙吧"，几乎成了常阳每次挂电话时最后说的三个字。面对这三个字，汪雨每次都毫无所谓地挂断了电话。其实，这三个字不是告别语，而是无奈与伤感，委屈甚至失望。

曾经的常阳并不甘心，他努力过、挣扎过，因为他已看到了未来，他不想就这样接受可以预知的结局，但汪雨认为，那是死缠烂打。

她不知道，男人在面对其他人的时候都会很成熟、稳重，只有在面对自己心爱的女人时，才会那么幼稚、那么任性。

天晋是民俗独特的城市之一。

街边有很多流动小车，小老板一张张麻利地摊着、卷着热气腾腾、咸香酥嫩的煎饼，还一边不停地大声吆喝着："来一套吧，您那！""请好吧！"

常阳对煎饼馃子还是很熟悉的，他曾在北宁工作了多年。煎饼馃子作为早餐很对他的口味，有饼，有菜，还有鸡蛋，营养搭配合理，就是刚出锅抓在手里有点烫。常阳和天晋人一样，就那么吸吸溜溜地一边吃一边去上班，到了公司门口，早餐也吃完了。

煎饼馃子、卷圈儿、烧饼、嘎嘣菜……在传统魅力十足的天晋，每天的早餐成了常阳的一种期待。

人间烟火气，最抚凡人心。

在天晋，常阳的工作也取得了预期的进展。

经过三个月的努力，几乎凭借一己之力，常阳扭转了公司被动的局面，连老板看了天晋公司的财务报表都不敢相信。在集团财务部门多次审核后，老板惊呼："天晋公司历史上第一次实现盈利，这么短的时间交出了这样一个结果，常阳实在让人捉摸不透！"

"不负众望！""不辱使命！""常阳就是神话！"……

一片赞叹声中，唯有集团副总一语不发。常阳发现了这个蹊跷，他冷笑了几声。这样也好，如果她虚情假意地赞美，常阳反倒不得不违心地敷衍。

"我就知道你很棒！"陈朵由衷地钦佩常阳的能力。

"只不过，我比那些前任更干净，让团队对我的人品充分信任；我比那些前任更努力，从不允许自己偷懒，仅此而已。不是我比他们强多少，而是他们实在太贪、太脏。他们不想着怎样做好工作，只想着怎么哄老板娘开心。"

常阳所谓的老板娘，指的是老板的情妇，公司的副总。

"我绝对同意这一点！不过还要补充一点，还有你的个人魅力，让团队愿意全心全意为你而付出。"

"我理解为，信任，他们相信我能给他们带来未来。"

"看你说得如此轻描淡写，你别忘了，我在这家公司工作的时间可比你久。天晋公司的员工我甚至比你还要熟。他们告诉我了，你是他们遇到的真心善待他们的第一个总经理。"

"他们也同样善待了我，如果说善待，应该是彼此。"

悬崖边上的花

忙碌与惬意中,春节就要到了,常阳准备回老家过春节。还没出发,突发疫情!

到了机场,人出奇少,这可是大年三十!空荡荡的候机厅寥寥数人全都如临大敌,四下里的空气都显得格外凝重。

四个小时的旅途,常阳的口罩一刻都没有取下,没敢吃任何东西,连水都没敢喝一口。

终于飞抵云山的上空,从舷窗向下望去,雄伟的云山、皑皑的白雪、笔直的公路,还有拖着长长的白烟、直入云霄的烟囱,常阳满心的阴霾似乎被眼前这熟悉的亲切吹散了。

很奇怪,飞机一遍遍盘旋着就是不降落,过了好一会儿广播里播出令人沮丧的消息:"由于地面雾气较大,飞机无法降落云山,现飞往包尔查备降。"

到了包尔查,所有乘客不允许下飞机。

闷在狭窄的飞机里,空气混浊、人员拥挤,到处都是抱怨与不满。上来两个全副武装的防疫人员,从第一排乘客开始挨个测量体温。测到常阳前排的一位男士,反复测了好几次,两个防疫人员耳语了几句,随后,那位男士被带离了飞机。

飞机里的人面面相觑,整个机舱顿时安静下来。

历经十个小时,终于,饥寒交迫的常阳回到了家。

疫情越来越严重,常阳被彻底封闭在家,汪雨与儿子也被困在澎江无法回来过年。随之,常阳与陈朵的联系明显增多了。

"记住,一定要多休息,别熬夜,保持充足的睡眠是提高免疫力最好的方式。"陈朵主动表达着对常阳的关切。

"记住了,我这段时间不出门。你每天在做什么?"

"阳光好的时候就出去晒晒太阳,或看看书,阳光不好就在家里练练字、喝喝茶,我的生活很简单,姐妹们都叫我斯巴达人。真希望疫情早点过去,你来江州,我陪你一起走走。"

"我喜欢留园。"

常阳对枯藤老树、小桥流水、浓墨淡彩、水墨丹青的江南充满了向往,尤其对曾去过的清泉洗心、白雪怡意的留园独有的人文气息,情有独钟,念念不忘。

"但我要带你去石阶都长满青苔的寒山寺,很有岁月感。对了,寒山寺的签也很灵,香火很旺。"

"好,我一定去。"

"我等你,一直等。"

常阳踌躇了,他很清楚,"一直等"三个字意味着什么。

"常阳,我想你,特别特别想。"看到常阳很久没回信息,陈朵忍不住了,终于说出了压抑已久的情意与思念。

过了好一会儿,常阳才回复:"对你的情感我很珍惜,我只想小心翼翼地珍藏着。发乎情,止乎礼。为了能长久保持我们之间珍贵的情义,我们更应该保持适当的距离。你能答应吗?"

"我答应。"

面对常阳的忽远忽近,陈朵只能无奈地答应。

但没过多久,陈朵又说话不算数了。

"我喜欢你,这句话在心里已经对你说了几千、几万遍了。"

"停!以后不要这样说。留在心里的东西才会长久,有情所喜,是险所在;有情所怖,是苦所在;当行梵行,舍离于有。我们应该是君子之交,细水长流。你这样做是飞蛾扑火。"

"我不是飞蛾,我就是火。"

"要是这样,我们以后就不要联系了。"常阳终于咬牙说出一句狠话。尽管不舍,但他知道必须如此。

语言虽然无形,但有时就是一把最锋利的刀,对于在乎你的人、把你放在心里的人,伤得最狠,伤得最疼。

通常,新鲜感是产生吸引最重要的因素,但常阳发现随着对陈朵了解的深入,那吸引的力量却越来越强烈。常阳知道,这意味着什么;常阳还知道,面对负不起责任的情感,自己怎么敢接受!

尽管常阳这一番话早在陈朵的意料之中,只是不知道会出现在什么时候,突如其来时陈朵还是很难过。陈朵很清楚,要和常阳长久交往,必须保持一种安全距离。但理智可以控制行为,却控制不了思想。深爱一个人时,即使懂得天下所有道理还是会控制不住自己的感情。这就是感情的魔力与无奈。

很多时候，太爱一个人，太在乎一个人，却会伤了自己。

接下来好几天，陈朵都没和常阳联系，两个人进入了从未有过的彻底的缄默。

慢慢地，常阳以为，陈朵的热情应该已经被自己那一盆从头到脚的冷水彻底浇灭了。何况热与爱没有在适当的时限里得到回应，自然而然也就冷了。

陈朵的热与爱真的被浇灭了吗？

怎么可能！

"常阳，请相信我有能力处理好对你的这份感情，我懂你的担心，但请你别担心，好吗？"写完，陈朵却没有勇气发出去。

很早，陈朵就清晰地感觉到常阳的纠结，明白他说不出口的原因，她好想对常阳说："明天没有到来之前，我们不要用未知的烦恼困扰与折磨现在的自己。放心吧，常阳，我对你的情感不会给你带来任何负担。你的一切还和原来一模一样，如果说有什么不同，仅仅是这个世界上多了一个爱你的人而已。"

"我该怎么办？我又能怎么办？"

遥远的江州，陈朵不停问着自己。但她没有答案，当下的她只能被动地接受一切，被动地顺其自然，被动地煎熬与等待。

陈朵知道，即使已失魂落魄，自己依然什么也不能说、不能做。否则，一切或许就将真的结束了，好似从未发生过。

早晨醒来，恢复意识的一瞬间，陈朵就抓过手机，她写下无数的话，却一个字都不敢发出。一整天，陈朵不敢去看时间，因为看了她会沮丧，会埋怨时间过得太慢。

陈朵无时无刻不想着联系常阳，听到他的声音，哪怕看到他写的一个字。她拼命地工作，拼命地忙碌，她也只能靠这种方式抵御那些念头对自己强大的诱惑。

"爱情，有时候就像悬崖边上的一朵花，要闻到花的芬芳，可能要冒粉身碎骨的风险。"陈朵暗自伤感着。

"姐，你一定是被男人伤了。"

尽管陈朵什么都没说，且拼命掩饰着自己的悲戚与煎熬，还是被表面看起来简单直爽，内在却情感细腻的冯娜看出来了。

"姐，以后咱俩一起生活吧，男人都是害人精！"

冯娜气鼓鼓地说着赌气的话。

原来这段时间，冯娜也在与男朋友闹别扭。

"不，我要和他在一起。"

陈朵很坚定，尽管她并没有告诉冯娜，"他"是谁，冯娜也没有追问，这是姐妹俩之间早已形成的默契。

陈朵哭了。女人被心爱的男人伤了，会哭，一种女人会当面哭，一种女人会背着那个男人哭。当面哭称之为难过，她的难过需要那个男人知道；背着男人哭，却是伤心，伤心不需要别人知道，却更疼。

陈朵觉得两个人之间的距离好近，虽然近，却仿佛站在了两座山巅之上，中间隔着一道深不见底的峡谷。伸出手，好像能够得到彼此，但指尖就是差了一点点。如果倾身再往前，有可能脚下一滑，坠入黑洞洞的深渊。

又是一个少年

冯娜的男朋友阿强是重庆荣昌人，浦江大学的建筑设计专业毕业后，既没有回重庆老家，也没有留在浦江，更没有以名校毕业的优势做对口专业的工作，而是一个人跑到心仪已久的江州开了一家手工制陶的小店，用重庆的胶泥工艺做茶器。

一天，陈朵和冯娜下班步行溜达着回家。路上，无意间被阿强的曲径处花丛掩映、小室门蓝幔松垂的小店吸引，走过去正好看到店内的阿强聚精会神地在做壶。

两个人不由自主停下了脚步。

阿强并没有发现这两个靠近的注视者，全然忘却一切的专注好似有一堵无形的墙，将自己与外部世界彻底地隔离了。

"姐，那个男孩子好静！像一个透明的人。"

年轻活泼的冯娜口无遮拦地赞誉起眼前的这个大男孩。

"死丫头，你不会看上他了吧？"陈朵调侃着冯娜。

"我就是看上他了！"冯娜旁若无人地大声回应着。

"嘘，小声点，别打扰人家。"

尽管冯娜不以为然，但还是安静了下来。

过了很久，他才停下了手里的活儿，应该是专注得太久，他用力搓了搓酸累的手指，满脸、满眼都是满足。这时冯娜看到了他眉宇间流露出的内敛含蓄中的俊朗，不经意间还泻出了些肆意，这些糅合在一个清秀的男孩子身上，映现出一种自然和谐的美。

"你的壶底为什么没有铭章呢？"

冯娜一边把玩着阿强的茶壶，一边好奇地问着。

"真正的匠人无名无我。"

两个人就这样认识了。

开这样一个手工制壶小店，完全出于阿强的个人爱好。

阿强的父亲作为制壶匠人，并不赞同儿子的选择，但也不会竭力反对。阿强的母亲去世后，父亲不会勉强阿强做任何他不喜欢的事情。不勉强他人，包括家人，也不勉强自己，随着自己的心意生活，大概就是匠人的情感与思维模式吧。

后来，冯娜却觉得阿强应该另选一个稳定的工作，尽管她曾经就是被这男孩的干净、专注以及至简至素的气质所吸引。

前几天，两个人还为了这件事闹别扭，阿强始终坚持自己的选择，不为所动。

"阿强说：'我不否定任何人的生活方式，任何一种生活里都能找得到幸福。但我始终认为应该选择最适合自己的那一种。'可我呢，他想过我吗？还说什么他的生活就是一事一生。他根本不爱我，只爱他自己！"

冯娜气鼓鼓地抱怨着,掉了眼泪。

"最初你爱上他的时候,就已经知道他是怎样的一个人,就应该知道,他会选择怎样的一种生活。"陈朵劝慰着小姐妹,"任何人都无权左右别人的生活,也不应该勉强自己接受别人的左右。你说对吗?娜娜。"

冯娜与阿强闹别扭的根本原因,是钱。

冯娜想结婚了。自从与阿强在一起,冯娜第一次冒出了结婚的念头,冯娜也非常确定,阿强同样很爱自己。但冯娜知道,如果阿强娶自己必须要一笔不菲的彩礼,这是她老家多年来的规矩。

冯娜的家境不好,她还有一个哥哥,早就到了该娶媳妇的年龄,一直拖着,就是在等冯娜出嫁的彩礼钱,然后去女方家下聘。虽然父母并没有强烈地催促冯娜出嫁,也没有在老家为冯娜包办婚姻,但冯娜知道,他们看似平静,心里却非常着急。

"我哥从小就特别疼我。我小时候偷家里的苹果。那时,家里的条件不好,自家种的苹果都要拿去卖钱,不过年不过节不许我们吃。可我实在馋,就偷偷摘了两个,原打算和我哥一人一个,但没忍住,自己全吃了,我哥根本不知道这事。爸爸发现了院墙外的苹果核就审问我们俩,我吓得没敢说话,哥哥却主动承认了。记得我爸把我哥狠狠地揍了一顿,他一声不吭就那样一直忍着、扛着。

"我哥长大后在县城工作,每个月的工资都要交给我妈,我妈只给他留很少的一点零花钱,说给他存着将来娶媳妇。

每个月他一定会把那一点点零花钱分我一大半，自己每个月还能有节余。

"我离开家去开封上大学，第一个冬天，他神神秘秘地给我寄了一个包裹，打开一看，我都乐傻了，竟是我心心念念了很久的大红色羽绒服。家里的条件不好，一直没舍得给我买。那个冬天你不知道我有多神气。过年回家从我哥的工友那儿才知道，我哥吃了好几个月的白水煮挂面。"

冯娜了解，不仅现在，即使以后阿强也不可能负担得起这一大笔彩礼，她曾从侧面对阿强流露出一些意思，聪明的阿强马上听懂了，但也只能无奈地默然无语。

关于未来，冯娜也很迷茫，甚至伤感。

"我仍然很爱阿强，但有时觉得阿强实在幼稚。就像他做的壶，我觉得做得非常好，他却稍不如意就拿榔头全部敲碎，谁都拦不住，最后留下的连一半都不到，就算有人买，他也不卖，你说气人不？"

"世间有一种人，不是刻意留着年少之气，而是刻意拒绝就那样老去。你的阿强应该就是这样的人。"

陈朵的心里又对着自己喃喃了一句："我的常阳也是这样的人。"

"我的？常阳是我的吗？"陈朵暗自伤感起来。

尽管听说这次两人闹得非常厉害，但陈朵并不为冯娜与阿强过分担心。她曾问过阿强，喜欢冯娜什么，阿强认真地回答了这个问题。

"陈朵姐，吃着娜娜做的菜，我特别地安心。我想，我已经离不开这种安心了，这是一种家的安心。"

"娜娜每次做菜，一定要我在厨房陪着，但她什么都不让我做。看着慢条斯理做菜的娜娜，会让我想起我不在的妈妈。"

冯娜烹饪从不用蚝油、鸡精等现成调料，盐都放得很少，就用最基本的食材，最原始的炊具，比如瓦罐、铸铁锅，加上足够的耐心。一锅汤煲四五个小时，烹出的食物原汁原味、踏实厚道，阿强给它们取了个最贴切的名字，"妈妈菜"。

冯娜还给阿强包各种馅的饺子，阿强最喜欢冯娜做的三鲜馅饺子，冬笋、虾仁、韭黄，这在阿强看来就是全天下无以替代的美味。阿强过世的母亲是山东人，母亲在世时就时常给阿强包饺子。

为阿强做菜，冯娜通常会花去很多时间，但她总会笑眯眯地说："反正我也没有什么重要的事要做。"

人间最美味的佳肴是凝聚了亲人心思与情感的寻常饭菜。冯娜带给了阿强家的味道，阿强也从心里把冯娜当成了家人。陈朵知道，风花雪月易，人间烟火珍。这两个相爱的人从此再也分不开了。

冯娜与阿强的生活滋味，陈朵很羡慕。

陈朵总幻想着有一天吃完饭，能洗两个人用过的碗筷，那是一种幸福。那种幸福感能帮助陈朵忘却每天只洗自己一个人碗筷时，那种孤单日子的苦涩。

行也思君，坐也思君

"人生的每一天都是属于自己的,每一分每一秒,都值得珍惜,这是对生命负责。常阳,我不想浪费时间、浪费生命,我要去找你!"

陈朵想去找常阳,想带着沈从文的《在春天,去看一个人》去看她心中的常阳。她喜欢这本书的名字,能带给她勇气。

但她担心常阳对她避而不见,"如果那样,我该怎么办?……我不能逼他,我只能等待。"

"我也有翠翠等待傩送的勇气,相信'这个人也许永远不回来,也许明天回来'的勇气。"

心似莲开,清风自来。慢慢地,陈朵平静了。

"爱是澄静的,需要一颗澄静的心才能体会。可以等待一个人,已经是一件很美的事了。"

最终,还是常阳主动联系了陈朵。

没有联系的日子里,常阳同样寝食难安,他总担心陈朵疫情期间出什么意外。从以往的交流中发现,陈朵并没有意识到此次疫情的严重性。如果陈朵遇到什么意外，常阳根本无法承受。

他迫切想知道陈朵的状况。

如芒在背，常阳终于忍不住了。

拿起手机，尝试着用微信问了句："还好吗？"

"不好！"似乎只有 0.1 秒，就收到了陈朵的回复。

"怎么了！"常阳的心跳立刻开始加速。

"你不和我联系的这些天里，你不知道我是如何度过了每一分，每一秒。这么多年我都是一个人，从未感觉过孤独，但自从开始想你，我才懂得，思念一个人的时候，才是真正孤独的时候。"

"你是我的幸运，我要小心翼翼地保护好这幸运，不能让自己无度地消费这幸运而最终不得不失去。"

常阳的心意，陈朵完全清楚，"嗯，明白了。但你以后不能再对我说那种太过凶残的话了，我会哭，会一直哭。"

"以后不会了。"常阳的心彻底柔软了，"你不是也没理我嘛，这些天我也很难过，但更多的是担心，担心你会出意外。"

"知道啦！以后我们再有争执的时候，我绝不犹豫，马上主动找你，给你安全感，好不好？"

两人之间的第一场风波，就这样过去了。

原本，两个人的故事可能就这样结束了，如果常阳再坚持一下，如果陈朵没那么执着。但这个世界上没有如果。

历经四次航班取消，封闭二十一天之后，常阳终于回天晋上班了。

疫情越来越严重，所有的小区都已被封闭，禁止人员进出。费了好大周折，还提供了社区医院入户测量体温的记录，常阳才出了小区大门，临出大门之前还得书面承诺，疫情结束之前绝不回家。

出租车早已停运，幸亏常阳提前约好了为数不多的胆子大的网约车司机。

"哥们儿，害怕吗？"常阳随口问了一句。

"怎么不怕，但一家人总得吃饭吧。其实，心里也挺矛盾，这段时间不允许我们营运，生活都没了着落，可一旦偷偷约上了人又不得不跑，尤其是老婆、孩子也跟着担惊受怕，唉！真不知道该怎么办。"

常阳也害怕，当时那种情形下没人不害怕。一种不祥之感涌了出来，或许这次回到了天晋，就真的出不来了……

手机突然响了一声提示音，是儿子："爸爸，你今天出门坐飞机一定要戴好口罩，注意安全，我很担心你。"

儿子历来很懂事，也很疼常阳。

常阳心里泛出一阵愧疚，赶忙回复："你怎么样？是不是很乖？一定要听妈妈的话，一定不能出门。爸爸也很想你！"

飞机空了很多座位，所有人的口罩捂得严严的，眼神显得异常谨慎而忐忑，全都默不作声，机舱里静悄悄的，只能听到飞机发动机的轰鸣声，气氛格外沉重。

四个小时后，到了天晋。

下了飞机，漫天风雪，这可是天晋十年不遇的暴风雪！

还好，机场还有几辆出租车在营运。

跌跌撞撞，常阳终于回到了租住的公寓。

刚推门进来就收到陈朵的信息："今天特别忙，但不管怎么忙，依然会很想你。很神奇，你好像住在我的心里一样。我现在体会到了，晓看天色暮看云，行也思君，坐也思君。"

本来几乎已经冻僵了的常阳，瞬间融化了……

定了定神，发现门口放了一小瓶配好的消毒液，应该是用来消毒鞋子的。桌上摆满了各种食品，红肠、面包、鸡蛋、方便面、牛奶、水果，还有瓜子……最让常阳欣喜不已的，竟然还有4个N95口罩，这在当下可是稀罕东西啊！

一定是公司行政部的小女孩，提前帮常阳准备的。

好暖心，尤其是在这种境遇之中。

这天夜里，常阳做了一个梦。

他站在突兀的背靠悬崖的山巅独自一人面对着一大片人群。人流势不可挡地滚滚而来，强大的浪潮好像随时要把常阳踏平、吞没，而身后是万丈深渊，无处可退。

正鼓起勇气准备迎接那浪潮，手忽然被谁牵住了。

侧过身，一个一身白衣的女孩不知何时站在了身旁，她用坚定的目光看了看常阳，然后，转过头，与常阳一起等待着迎接那铺天盖地的浪头。

风情

不管大喜还是大悲，经历了刻骨铭心之后必然会留下深刻的烙印，这次疫情给很多人留下的烙印是：大难不死。

2020年4月，疫情终于缓和了。

疫情相对稳定后，常阳遇到的第一件事，竟是花开。

常阳还有点奇怪，好像每年的花开都是在不经意间遇到，这次是去武清的路上。

天，还是乍暖还寒的初春，心，还笼罩在疫情的阴影之中，只是稍稍感受到了些许和风，车的前方突然就出现了一条并不怎么宽阔但异常清澈的河。恰好是晴天，天蓝得让人有些不敢相信！蓝天映衬得河水如一条蓝宝石玉带，湛蓝、温润。沿着还有些凋敝的河的两岸开满了白色、粉色的桃花，这突如其来的景象让人一时间竟找不到合适的词语去描述与形容。

桃之夭夭，灼灼其华。只有亲眼看到初春的桃花，才能体会到"夭"，摇曳、婀娜；才能体会到"灼"，炙热、灼然。

春天，实在是一年之中情感最丰富、最敏感的季节。

常阳时常害怕自己会像身边很多人一样，因混沌而对生活麻木。那种麻木会让心灵很难再澎湃与震撼，他刻意保持着自己的敏感。常阳认为，敏感是热爱生活的一种能量。

"轻寒细雨情何限，不道春难管"，这一刻，春天来到了天晋。春到人间草木知，阳光、桃花，这就是春天！

赶忙叫司机停车，常阳要亲手触触桃花，摸摸春天。

总算没错过，还好，赶上了天晋的春天！

伫立桃花树下，天地之间只有自己呼吸的声音，慢慢调整呼吸，让呼吸之音越来越微弱，最后，彻底无声无息时，常阳竟听到了桃花慢慢舒展、开放的声音。

常阳确定，不是幻觉，就是花开的声音。

离开时有些不舍，一扭头，刚好看到几枝从墙里挣扎出的桃花，正应了那句"春色满园关不住"。是啊！春天怎么可能被关得住呢？不管经历了怎样的寒冬，没有什么可以阻挡春天的如约而至。

车开了，倒车镜里的桃花越来越远了，常阳也越来越释然。春天每年都会到来，只需一阵春风、一片春雨，桃花便自由自在地绽放在万物复苏的大地之上，带给人们充满无限希望的烟花三月。

常阳的心随着春天、随着桃花，热烈了。

"叮当"，一声清亮的提示音。打开手机，是陈朵发来的照片，也是桃花，遥远江州的桃花，同样灿烂的桃花。

"好巧，我也在看桃花。"常阳觉得有点不可思议。

"真的好巧，我们之间有太多太多的巧合，这么多的巧合代表了一个寓意，那就是我们之间心意相通。"

常阳主动岔开了话题："你喜欢教堂吗？反正我很喜欢。"

"我没有去过教堂。除了教徒，中国人大都不喜欢教堂，偏爱庙宇。中国传统的庙宇处于'明月松间照，清泉石上流'的世外之地，清雅而超脱，让人卓然而惬意。"

"那你一定要来天晋，我带你去老西开教堂，体验另一种虔诚。"

"好啊！我喜欢教堂独特的建筑风格，就像另一个世界。"

"建筑是有生命的，不仅被历史的岁月浸润着跨越时空，还承载着人世间数不尽的悲欢离合。《死魂灵》的作者果戈理说过，当歌曲和传说已经缄默的时候，建筑还在说话。"

"我觉得欧洲罗曼风格的教堂最具神秘意味，靠近它总能听到它在平静地诉说。你知道它们在说些什么吗？"

"让我能始终拉着你的手，把你时刻带在我的身边。告诉你应当走的路，以免滑到了沉沦的边缘。愿我们的心永远相连。"

这是教会的赞美诗。

"你总会带给我无限的遐想。"

陈朵发现，对常阳的认知永远都没有边界，不知道下一秒他还会带给你什么样的意外与惊喜。

"常有人说我喜欢生活在幻想之中，不管褒贬我照单全收，并丝毫没觉得有什么不好。幻想是最美的空间，生活在完美之中，哪怕是偶尔的停留，也是人生最唯美的体验。"

"教堂一定有很多虔诚祈祷的人吧。我觉得，虔诚的人才是真正幸福的人，长久保持着一颗虔诚的心，摆脱他人对自己灵魂的束缚并终其一生，才是一种纯净的生活。"

"所以，你一定要来天晋。这个世界上有太多美好的东西，需要亲眼去看，亲身去体验，而不是听别人告诉你什么。别人告诉你的，永远是他们眼中的世界，不是你自己的。何况世间还有很多地方不仅要用眼睛去看，还要用心去听、去感受。"

"我会用心去感受虔诚，也会用心去感受你。"

这句话，直接击中了常阳内心深处最强烈的渴望。

常阳对自己警示着："一个成熟的男人应该去做该做的，而不是想做的事。"

常阳换了个话题："曾经，西方每个城市最高的建筑就是教堂，由此可见尊重虔诚曾经是这个世界的主流。现如今，曾经雄伟宏大的教堂已经沦为了都市中的小矮人，那个灵魂的栖息地也成了太多人眼中的旅游打卡地。但在虔诚者的心中却更加神圣。"

"你是一个逆城市化者，同时也是一个懂得欣赏风情的人。"

风情到底是什么？

风情，一定要有经历的沉淀。不仅有迷人的外表，更重要的是有骨子里透出的时光留下的优雅，不需刻意流露，但当你还没有靠近时，却发现魂儿已经被勾走了。

风情，一定要有层次。不能一眼看穿、一览无余，需要静静地去品位、咀嚼；不能像风、像光，要像雾、像雨、像云。

风情，让你渴望拥有却又不忍触碰，好似一旦揽入怀中便会立刻枯萎、凋零。

风情，不是卖弄的，卖弄的那是风骚。风情，虽有些暧昧但依然唯美；虽有些魅惑、摄人心魄但浑然天成、温润自然。即使风情万种，万端风情，依然如是。

常阳理解的风情，是韵味。

那韵味，是出于爱而拜倒在她的脚下，却由于敬重而不敢轻薄的雷加米埃夫人的温和又坚定，朴素而自然的美丽与仁慈。

常阳渴望与独具风情的陈朵长久共情，但仅仅是心灵之间的共情。就像人生的意义在于体验，体验不是为了最终能得到什么，而是为了体验本身的美好感受。

有序又混乱

陈朵喜欢听广播。这种渐渐远去的文化、娱乐方式早已从很多都市人的生活中彻底退去了，陈朵却始终喜欢。

有一期广播节目，陈朵专门录下来，没事的时候反反复复地听，总是听不够。

"你有序、优雅，混乱却又坚毅、纯粹，我总是能在你的眼睛里看到宁静，还有我不了解的疏远与热情，你像个谜语，更像在黑暗中停留很久的云。"

陈朵觉得，那个"你"，就是常阳。

天晋的常阳病了，重感冒，疫情尚未结束，便躲在了房间里自我隔离。常阳多少有些担心，毕竟传染病不分性别、年龄，它的光顾与危险对谁都一样平等。

一个人四处漂泊了很多年，早就对生病独自休养不怎么在意了，但这次生病常阳却异常伤感。

多年来，全国各个城市到处漂，都是租房住。天晋租的房也不错，是上下两层的公寓，尤其是落地阳台，白天阳光非常充足。对面就是外环路，夜里的车灯一串一串，像移动着的璀璨银河，坐在那里喝茶实在是惬意。

但是，这里算是"家"吗？

家，是世间最温暖、松弛、依恋、安全的地方，一下班就想回去的地方，有亲人等着你的地方，能够保留自己隐私的地方，没有任何顾忌的地方。

家，是抵御外部痛苦最温柔、有效的武器，家里有人世间最踏实坚定、最值得信赖、最抚慰人心的亲情。

家，只属于自己，无论发生什么，只要关上房门便能将自己立刻隐藏于封闭的城堡之中，外面的一切皆可瞬间于己无关，远离纷扰，独守安宁。

"那样的地方才是家，准确地讲这儿应该称为，居所。"

今天，坐在阳台边，阳光也不错，身边的一切好像有着几分不太真切的感觉，甚至还会不时出现些幻觉。

常阳不禁自问：此时自己到底身在何处？

生病，让常阳脆弱了许多，感觉心里有很多委屈想找人诉说。

向谁去述说呢？自然是陈朵。

现在的陈朵是最在意常阳，也是常阳最在意的人；现在的陈朵对常阳而言，是一种亲近而自然的存在。

其实，除了陈朵，常阳也没有什么其他人可以诉说。

"我想，当下不仅是我，很多人应该都是如此，茫茫人海，想找一个可以无所顾忌诉说衷肠的人并不是一件容易的事。"

"可以打扰一下吗？"常阳尝试着问了一句。

瞬间就收到陈朵的回复："我一直在等你，你就在我的心里从未离开过。只是担心你很忙，或在看书，才会忍着很少与你联系。我怕自己冲动热烈的情感会吓到你。"

陈朵好像时时刻刻都在无声无息地陪着常阳,这种特别的"陪"意味着什么,常阳懂。虽无语,却最是深情;默默无语地陪伴,可以凝滞时间,永恒光阴。

其实,常阳早已明白,陈朵爱上了自己。

"我感冒了,心情很不好。"常阳诉说了一句委屈。

"不要心情不好,身体不舒服,心情再不好,你会更难受。"

电话里陈朵的声音永远是那么干净、清澈,那么沁人心脾。常阳能感觉到那美丽的声音进入了他的耳朵,划过了他的大脑、脖颈、胸腔,直抵他的心脏,那股暖流流过的感觉无比清晰。

常阳知道,陈朵专门训练过发声,每天还有朗读的习惯;常阳还知道陈朵的这种沁人心脾只会给自己。

不一会儿,外卖小哥送来两大盒洗净、切好的水果,有火龙果、葡萄、菠萝,还有常阳最喜欢的西瓜。很多年了,常阳已有些不习惯别人对自己的关切与关心,但陈朵的关切与关心还是让他怦然心动。

"陈朵,以后别为我做那么多,我承受不起。"

"我可以为你做的实在太少了。我特别想除了忙碌的工作你还能得到关心和牵挂。我知道,我们之间有无法逾越的鸿沟,但我可以在想你的时候随时给你发一条信息,对我而言已经是一件幸福的事了。不要夺走我的幸福,你不知道,我多么珍惜能够走近你的机会。"

"别这样。"常阳开始挣扎,尽管这挣扎只是本能的反应,并不完全发自内心。

常阳内心的两个自己顽强地对峙着。

陈朵说:"爱的本质是付出。心甘情愿地付出时,我并没有失去什么,对方却得到很多,如此一来两个人都得到了幸福。如果付出时犹豫不决、患得患失,对方就一定不会感受到我付出的纯粹的幸福感,我自己更感受不到付出时纯粹的愉悦感。"

常阳被彻底打动了,"如果一个人一辈子不知道什么是爱,就如动物、植物一般,轻易挥霍了无比珍贵的富有灵性的生命。我懂,爱了就只管一心一意、全力以赴去付出,不去期待未来得到什么回报。这样做了,无论结局如何都不会遗憾,因为真的爱过了。即使有一天爱已逝去,用心付出过的曾经,依然会让自己幸福。"

有时,常阳随口问一句:"在做什么?"

"在看树叶和想你。"

随后,便收到一张照片,窗外背景是嫩绿的叶子,窗台上放着一个茶色的玻璃杯,里面有茶。

"拍了这张照片,本想发给你,但不想总是用这种琐事打扰你。"

"你既是不食人间烟火的仙女,也是最能抚慰人心的精灵。"

"希望对于你,我仅仅只是一个女人。"

"我们都应该退一步,回归正常的轨道,才可能长久相处。你就做我可爱的妹妹吧。"

"我已经无路可退了,我自己的选择和结果,只有我自己可以做主。你的那一套所谓的道理，我不能接受。你做你的选择，我做我的决定，好吗？也请你不要随着自己的意愿把我归类，然后，指定一个专门的区域让我待着。"

面对现在的陈朵，常阳已找不到恰当的词语回答她的话了。何况，常阳已经习惯了她的存在。一想到陈朵，常阳觉得这个坚硬的世界都柔软了几分，常阳舍不得这种柔软的感觉。

当时混乱而无序的常阳并未真正明白，一个人完整的人生究竟是怎样呈现的。

"人生，就是不断地由各种有序又混乱的人和事、情感与思维、规律与意外共同组成，这才是真实而完整的人生，少了其中任何一部分，都不可能呈现现在的人生。就像我们俩，如果没有各自混乱而有序的过去，不可能成为各自现在的样子，也不可能彼此深深地吸引，走近彼此，演绎共同的悲欢离合与晓风残月。这就是所谓的命中注定吧。"

这是陈朵对人生的诠释。

静下心的时候常阳会问自己，到底喜欢陈朵什么？

最初这喜爱好像长辈对一位优秀年轻人的欣赏。

后来，陈朵年轻的活力与蓬勃的生命力，像灿烂的阳光洒在了已不再年轻的常阳的心里；陈朵身上自然而然散发出的知性与优雅，更是让常阳如闻丝竹，如沐春风。

随着接触逐步深入，常阳意外地发现两个人有很多相同的爱好，独处、看书、喝茶、喜欢同一首歌……这些塑造了两人相近的习性。

最特别的是陈朵对生活、对人生的理解力。这种理解力必须基于丰富的经历与深刻的思考，陈朵还那么年轻，怎么也无法与丰富、深刻联系在一起。但常阳知道，年轻与深刻连接在一起的人生，一定不简单。

随着接近，常阳体会到了陈朵对自己的懂。

陈朵竟懂得自己所有的快乐与痛苦、寂寞与喜悦，温柔与强硬、感知与心灵。很多时候，两个人无须言语，便已是一种暖、一种情。且这种美妙的体验陈朵也有，两个人的感受几乎不差分毫。

这种懂，让彼此觉得对方就是茫茫人海中的另一个自己，心意相通，悲喜相融。最后，这种懂已然成了常阳黑白世界里唯一的色彩。

很多人都在寻找真爱。

什么是真爱？权且解释为真心相爱吧。

一个男人真心爱一个女人，那个女人会无时无刻不在他的眼中，他的眼睛根本离不开那个女人；那个女人无时无刻不在他的生活中，生活的所有片段都会有那个女人的存在；但是与无时无刻相比，一个男人真心爱一个女人最重要的一点，是要将那个女人与他的未来紧密相连。

这所谓的"未来"，是一辈子，是永远。

所以，面对真爱，男人最初会表现出畏缩，因为男人首先会想：自己能否给她带来她需要的未来。

女人最初则会表现出勇敢，因为女人首先会想，他就是我最真实的爱，我要爱他，我也要他爱我。

知道你会来，
　　所以我会等

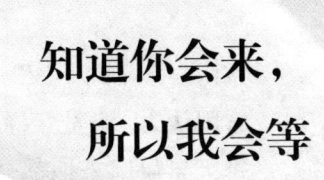

常阳有个乐此不疲的嗜好，喝茶。

常阳认为，茶是养身、养心、养德，滋养生命天然的养分。

每天早晨起来他都会空腹先喝一杯清茶，接下来的一整天，便是明心见性、傍花随柳的一天，"莫思身外无穷事，且尽生前有限杯"。他会用那把最喜欢的日式茶壶泡茶，不仅为了仪式感，更为了珍惜，珍惜每一天，珍惜每一次喝茶的时光。

"自己的每一天都是最珍贵的生命礼物。"

不记得从什么时候开始，每天早晨一睁眼，不仅要泡一壶清茶，还多了陈朵的惦念。

"想你，每天醒来的第一件事就是想你，已经习惯了，就像呼吸一样自然。"这句话，陈朵几乎每天早晨都会对常阳说。

"不要这样。"很长一段时间了，常阳处于矛盾与不舍之中，"你可以把我当成至亲之人，换一个方式我也能陪伴你。"

常阳引导着陈朵将情感转换到另一个角度，陈朵却越来越坚持："我不会让步，不是不愿意而是没办法让这一步。"

"你为什么不愿意接受这一点,我爱你,仅仅因为你是你,没什么其他复杂的原因。这份情感没有任何杂质。常阳,相信我,爱这个字虽然很重,但我有力气拿得起来。"

"我拿不起来!而且,我很不安。"

"不安是源于对未来的担忧。你只需要安然地面对当下,让未来的一切在未来自然呈现。好不好?"

这天,常阳十几年的挚友专程来天晋看他,都是随性之人,推杯换盏了几杯,很久不怎么喝酒的常阳有了些醉意。

常常入夜,常阳觉得置身于无边无垠的旷野之中,一个人形单影只,寂寥而萧索。每当此时,他会感觉有一个小贼悄然无息地潜入,让自己防不胜防。这个叫"孤独"的小贼常会在常阳疏于防范时不声不响地偷走他的心,把他折磨一番之后再蹑手蹑脚地离去,来无影,去无踪,这感觉让常阳无可奈何。

今晚的常阳,便是如此。

一个人感到孤独,大多是因为害怕面对真实的自己,常阳怕的是面对自己真实的情感世界,空洞,却也无奈。

白昼清晰透明,夜晚却色彩斑斓。

"我想亲你一下。"鬼使神差,常阳竟给陈朵发了这样一句话。

"我已经等了很久。"

看到陈朵瞬间的回复,常阳立刻清醒了几分。

常阳非常清楚自己现在应该怎样做,就是与陈朵做纯粹的精神伴侣,但常阳更清楚,现在的自己已经做不到了。

把一切都交给时间，时间或许解决不了问题，但时间可以让问题不再是问题。常阳也只能这样安慰或麻痹自己了。

但是，有些问题，搁置却无法自然而然消失，会一直留在那儿，甚至会变得更加复杂。

"你会来江州看我吗？"陈朵问常阳。

"会的，只是最近实在太忙，脱不开身。"

常阳知道，自己给的是一个不怎么高明的托词；常阳知道，自己还没有找到一个准确的答案。

有时，渴望与拒绝就是一对长得一模一样的孪生兄弟。

陈朵也知道常阳在纠结什么，并没有着急，她相信常阳一定会来，只是那个点还没到，自己只需要静静地等着就好。这等待对陈朵而言一点也不觉得卑微，这等待是一份深情、一份长情，是自然的律动，就像心跳。

陈朵对常阳说："知道你会来，所以我会等，会慢慢地等。"

陈朵对自己说："我不在乎最终能等到什么，只在乎此时能拥有平静而喜悦的等待。能有机会让自己敞开心扉与胸怀虔诚地等，已经很美了；充满希望地等待就是阳光灿烂的日子。或许，爱的本身就是一个美丽的等待过程；或许，等待就是最好的结局。"

爱情就像一只活泼的小麻雀，总是在高高的枝头飞来跳去，你根本就抓不住它。而当你完全静下来，保持着静止不动时，或许它会主动落在你的面前，甚至落在你的手掌心里跳舞。

陈朵去学茶艺了。

这件事，常阳偶然在陈朵的朋友圈发现了。

常阳无意间问起，陈朵回答："我要认真了解一切与你有关的事，才能更好地爱你。我们见面时，我可以亲手为你泡一杯你喜欢的茶。以后，或许我们还可以天天在一起喝茶。"

陈朵专门买了一个不大不小的竹篮，里面放了一套白瓷的茶具，每天都会带在身边静静地等着常阳。

"你肯定会喜欢竹子编的器物，竹子的品最接近你的品，而且，我发现你对白色情有独钟。我连为你准备的坐垫都换成竹片做的，夏天，你坐着一定会很凉快，相信你的心也会爽朗几分。对了，我还给你买了一个竹夫人，正准备寄给你，夏天抱着睡觉可舒服了。"

两个都有着情感缺憾的人，用自己的情与爱，彼此成全着自己，成全着对方。但是，不知道两个人是否想过，等待是最虔诚的期许，也是最冒险的信任。

常阳真的会来江州吗？反正陈朵相信，常阳一定会来。

是常阳给了陈朵再一次相信爱的勇气，陈朵愿意这样静静地相信着，一生一世。

依赖与爱常常被人们混淆，依赖是离不开，爱则是不离开。

陈朵问过自己很多遍，对常阳的感情到底是什么，答案是：既有离不开，也有不离开，二者好像一样多。

谷雨时节

纠结很久的常阳终于决定去江州了,他讨厌纠结与矛盾。

"对也罢错也罢,面对就好,总比停留在纠结与矛盾中畅快!"

出发的前一天夜里,常阳隐约有些不安,总觉得这次江州之行将发生些什么,但常阳觉得自己能控制局面。最重要的是,常阳已无法控制内心的渴望,他想亲眼看看那个已经让他心动不已的女人。

"见面之前问你一个问题,我在你眼里到底是值得信赖的大叔、职场上的清流,还是一个真实的男人?不能因为你混淆了情感的界限,我自己却假装不知道。"常阳问陈朵。

"真实的男人。"只一秒就收到了陈朵的回复,"我想得很清楚,而且想了很多次,现在认真地回答你。"

常阳的心里再一次涌出了不安。

"有件事要跟你商量,不可以拒绝我。"

"那要看什么事。"常阳有些急促地回复着,停了一下,又补了一句,"只要是对你好的事,我都答应。"

"不跟你说了,其实你知道我在想什么。"

陈朵从未这样扭捏。

"你不愿意说，我就不追问了。"

"那你到底让不让我说？"

"说啊。"

"我说了，你晚上会睡不好。"

今晚的陈朵好纠结。

"我已经睡不好了。你说吧！"常阳拿着手机的手有些发热了，他既担心陈朵说出些什么，又有些隐隐的渴望。

停了好一会儿，才收到陈朵的信息："如果我拥抱你，不可以拒绝我。"

"吓死我了！"常阳长舒了一口气，又好像有些失落。

"我不要那种兄长式的礼节性拥抱。"

"这如何界定呢？不过我早已想好了，一下飞机见到你，我要立刻拥抱我的小朋友。"

"这个只是最基本的，我想要的更多，反正你不可以拒绝我。"停了一下，又说，"我想融入你，能够碰到你的心。"

"算了，我不继续闹你了。什么都听你的，别担心，我会很乖的。知道吗？能有一个人，等着我去发现他的一切，真的好幸福。"

凌晨两点，陈朵发来了一条信息："我的生命只有一次，我绝不会将自己生命中最珍贵的情感赠予任何不值得的人。"

陈朵以为常阳睡着了，但常阳同样没有入眠。

出发的早晨，常阳早早就出了门。订的是中午的票，但他很早就醒了，努力了几次依然无法按捺住跳动不已的心，索性去了机场。

疫情未彻底结束，出行的人很少，偌大的机场空落落的。距离起飞时间还很早，常阳信步在一旁踱着。

天晋的春天来得有些晚，道旁大树的枝杈依然清寒，透着遒劲、硬朗的风骨，还有几分肃穆庄严之气。但草坪已发了芽，很细、很翠，虽然还像婴儿般娇嫩，却让枯寂了一整个冬天的世界有了春的生机。

常阳此时的心情与当下这雨生百谷的节气一般，浮萍始生，鸣鸠拂羽，戴胜于桑。

一扭头，无意间常阳看到了落地玻璃反射出的自己。

平日里常阳几乎不照镜子，从年轻时他就对自己的身躯、面容很自信，今天却莫名其妙仔细端详起了自己。突然发现，不知从什么时候开始，自己已不再年轻了，眉宇间已有了明显的沧桑感。

不记得在哪儿看到过这样一句话：一个人陷入爱情而不至于充当傻瓜的最大限度是三十五岁。

一瞬间，常阳突然有种想转身逃走的感觉。

"咣当"，飞机终于落了地。

打开手机立刻收到陈朵的信息："不记得去过浦江多少次，这次心情最特别。终于能真正走近一点，或者说真正地一点点走近你。"

顺着人流朝外走，接机的人很少，常阳一边走一边四下扫视，并没有像期待的那样，没有看到陈朵，常阳有些意外。

走出通道，发现陈朵站在了偏僻的角落里。在浦江已工作多年的陈朵担心遇到熟人，刻意躲开了人群。由于都戴着口罩，距离也较远，陈朵也不敢抬头直视，所以没有马上认出常阳，常阳却一眼发现了她。

常阳并没有走向陈朵，而是直接走出机场大厅。站在大厅外面，常阳点燃了一支烟，深深地吸了几口，便隔着落地玻璃静静地看着陈朵近在咫尺的背影。那背影单薄、娇小，很容易让人心生怜惜之情。

陈朵不时地抬头张望着，看得出有些焦急。

"还没到吗？"陈朵的信息。

"到了。"

"在哪儿？"

"你回头。"

陈朵眼神里流露出了清晰的期待，但常阳并没有像昨晚说的那样立刻拥抱那个渴望已久的人。天晋机场落地玻璃中那个已不再年轻的面孔依然在提醒着他什么。

犹豫了几秒，常阳伸手摸了摸陈朵的脑袋，有些无奈地说了句："你可真小，就连脑袋都这么小。"

陈朵并没有回答，迟疑着好像在等待着什么，片刻之后，淡淡地说了句："跟我回江州吧。"

开往江州的动车上，两个人没有说什么特别的话，甚至都没有怎么说话。车开了一会儿，陈朵试探着稍稍把头靠向常阳，只是那样轻轻地贴着。一丝女人特有的如兰花般的馨香飘来，常阳的心忍不住一颤，他闭上眼睛长长地舒了一口气。

小桥流水，老街深巷，像一座流动着的古老之城，既真实自然，又恍如隔世。

陈朵帮常阳订的酒店在一个小巷深处，下车还要走很长的一段路。快要走到酒店门口时，常阳发现，不远处有一座已显沧桑的石桥，一看就知道是旧物。

"这座桥很有味道。"

"江州这样的小石桥很多。"

从陈朵的语气听得出，这座小石桥并没有什么特别，但常阳就是觉得有着什么说不清的独特。尽管外形一点都不像，常阳还是想起了《廊桥遗梦》中的罗斯曼桥。

到了酒店，常阳发现，陈朵已为自己精心准备了很多用品，鲜花、纯净水、茶叶、电蚊香、水果、小刀、小勺、香皂……甚至还有发热眼罩。

"我担心你睡不好，这个眼罩有利睡眠，反正我喜欢。"

常阳懂，陈朵的尽思极心是一种用心，更是一种在乎。

常阳很惊奇，陈朵还为自己准备了三个 KF94 口罩。当时专业的防疫口罩在市场上根本买不到。常阳不知道，陈朵专门托人在韩国高价买了十个 KF94 口罩，六个寄给妈妈与女儿，自己只留了一个，其余三个都留给了常阳。

更巧的是，常阳也给陈朵带了同样型号的口罩。

"其实，不是口罩的巧合，而是同样的在意。"陈朵说道。

看着为自己忙碌着的陈朵的背影，常阳问："干吗对我这么好？"

"当你觉得快乐、舒适的时候，我的快乐与幸福会翻倍，对你好，就是对我自己好。"

两个人平静地开始了第一天。

陈朵知道常阳喜欢什么，专门带他到河边一家提前预订的清新的餐厅，品尝江州当地的小鱼小虾，还有著名的生煎、糖粥。

由于疫情，寒山寺封了门，两人来到护城河边。

天渐渐黑了，河边只有零零落落的人们悠闲散步，很清静。两人保持着一定距离，惬意地享受着凉爽的夜风。有时聊到彼此的童年，有时聊到看过的书，有时什么也不说，就倚着栅栏静静地看着河水静静地流淌。一切，都像这月光下的河水一般轻柔、安详。

常阳觉得，当下的一切恰到好处，留了一份清淡而温暖的余地给自己，也给心里最在意的人。

其间好几次，常阳发现陈朵欲言又止，好像一直在犹豫着什么，但最终还是什么都没有说。

陈朵想说什么？常阳似乎猜到了。

临近深夜，陈朵要回去了。打了一辆出租车，临上车之前，陈朵用一种常阳没有看懂的眼神看了常阳一眼，默默地离开了。

出租车的影子渐渐远去，常阳的手机突然响了声提示音，"说好的拥抱呢？我是带着失落回去的。"

常阳踌躇着不知该怎么回答。

"如果我主动拥抱你，你一定会一遍一遍地推开我，不是因为不爱，而是不敢爱。不敢爱，是因为曾深深爱过，深深地伤过。常阳，别怕，我给你的爱足够安全。"

陈朵能看透常阳的一切。

深深的水底躺着一块并不很大，布满了青苔的深灰色石头，这块石头已独自在那里躺了很多年。

不知道为什么，或许是水底的暗流让这块石头意外地动了一下，一个小气泡从石头下挤了出来，摇摇晃晃地上升着。此时此刻的常阳就像这个向着光亮水面涌动的小水泡，一边涌动，一边挣扎。

常阳知道，这小水泡到达水面的一瞬间，就会"啪"的一声，在空气中无可阻挡地爆开。可是他已在水底待了太久，他渴望新鲜的空气，渴望吐出水底的污泥，渴望能自由地呼吸。

"陈朵，美人如玉剑如虹，你是一块旷世美玉，而我却没有绝世剑客如虹的自信与气度，怎么配将这块美玉握在手中？"

"没有你，我不过就是块裹着褐色皮壳的璞玉罢了，与石头无异。"

中部 情之所至

熟悉的亲切

哲人说过，爱情，作为兽性和神性的混合，本质上就是悲剧性的。兽性，驱使人寻求肉欲的满足；神性，则驱使人追求毫无瑕疵的圣洁之美；爱情却试图把两者在一个具体的异性身上统一起来。

"叮当"一声清脆的信息提示音，常阳醒了。

一定是陈朵。

"早餐喜欢吃什么？我给你带去。"

看了看表，6∶47。

"我们一起吃。"

他知道陈朵肯定也没吃早餐，她绝不舍得浪费能够与自己在一起的每一秒。

但常阳不知道，陈朵今天有重要的工作，为了能一整天陪着常阳，昨晚，与常阳分开后又赶回了公司，对第二天的工作做了详细准备，几乎忙了一整夜，凌晨在桌子上趴了一会儿便直接赶往酒店，带着满满的幸福与期待赶向常阳的身边。

"马上就要见到陈朵了,我该怎么做?"

昨晚分开时,陈朵的话让常阳踌躇起来。

像去年在浦江那样轻轻地拥拥她?如果那样,陈朵一定会伤心!常阳舍不得她伤心,尤其舍不得她因为自己而伤心。

紧紧地抱住她?

常阳渴望着把陈朵揽入怀中。

然后呢?

点燃一支烟,常阳踱进了酒店房间连着的小庭院。庭院里,洁白的琼花安静地开了,安静得让人都没有发现它的悄然绽放。

"咚咚",两声轻柔的敲门声打断了常阳的纠结。

开了门,首先看了看陈朵的眼睛,陈朵的眼里满满的期待,还掺杂一些失落,常阳受不了这失落。

没有任何犹豫,常阳一把把陈朵紧紧抱在了怀里。

好奇妙的感觉,怀里这个娇小的身躯竟然那么熟悉,好像曾抱过无数次,自然而亲切。

常阳双手捧起了陈朵的脸庞,没容常阳有任何逡巡,陈朵的唇就吻在了常阳的唇上。刚从外面进来,陈朵的唇还残留着些清晨的清冷凉意。

贴近陈朵的身体,常阳嗅到了一股如檀木般的微微香气,那香气清淡而悠长、芬芳而自然,无丝毫的混浊与复合。

原来,爱一个人就连她身体的味道都让人如此着迷。

隔着衣服,陈朵依然能清晰感觉到常阳身体的热量,不是体温,是热量,这热量是一种能量,源源不断地从常阳的身体深处涌出,如熔岩一般。

就在此时常阳仍在挣扎,尽管是他主动把陈朵拥入怀中,心还在挣扎,耳边有一个声音不断地提醒着他,后退……身体内一股股原始的能量却推着他不断前行。

每个人的心里都有一个只有自己才知道的战场,理性与情感如同水与火之间的战争永远都不会停止。

"爱,就是想要在一起。"陈朵贴着常阳的耳边轻语。

冷了太久,已彻底冷透的常阳忘却了一切,只剩下对热的渴盼。此时,世间也没有什么能够阻挡他的渴盼,哪怕做逐日的夸父,被这炙热活活地烤焦、烧死,也认了!

"好好爱我,爱,是心灵中燃烧的圣火。"陈朵贴近常阳的耳边耳语了一句。

"就让我肆无忌惮地做一回自己吧,无论是天使还是魔鬼。"

终于,常阳彻底放弃了所有的抵抗。

陈朵穿了一件带纽扣的衬衫,纽扣很小,常阳笨拙地一粒粒解着,动作很慢。陈朵并没有帮他,她一点都不着急,就那样静静地看着常阳,等着自己的身体完全摆脱束缚,毫无保留地、纯粹彻底地呈现在心爱之人面前的那一刻。

陈朵娇嫩的身躯终于呈现在了眼前。不是看见,而是认出,常阳确定这身躯自己一定看见过,这感觉好奇怪。但同时常阳还心生一阵刺痛,眼前这年轻而美丽的胴体与自己已不年轻的身体,形成了鲜明对比,这反差让一贯豪气的常阳第一次有了几分自惭形秽。

常阳贴近陈朵的耳畔轻语:"闭上眼睛,不要睁开。"

陈朵好像知道是为什么,听话地闭上了眼睛。

触摸着温香玉骨的胴体与凝脂软玉的肌肤，常阳心中的刺痛在一点点消退，取而代之的是一阵阵的怜惜与疼爱，还有越来越强烈的飞扬与激荡。此时的常阳就像干涸的黄土地尽情吸吮着从天而降的丰沛雨水。

这是常阳的一场纵情的生命盛宴。

陈朵非常意外，成熟的常阳，爱的时候就像一个年轻的大男孩，同时也不失成熟男人的缱绻与温柔，热烈但并不粗鲁，轻柔还有一点小心翼翼，温存却蕴含强壮的力量，好像还有那么一点点腼腆。拥着自己的身体就像捧着一个易碎的花瓶，生怕一不小心会伤了自己。

这样的常阳在这个时候竟然让陈朵在满满的幸福之中还心生了一股说不清、道不明的感激之情。

对于常阳，陈朵总是一次次的意外，却都是美好的意外。

生命中的美好，因长久的等待而刻骨铭心。

一切都那么熟悉，这温存的身体好像已拥有了很多年，这人世间最亲切的亲切，是常阳熟悉的亲切。

为什么会这样？

常阳有些奇怪。

没想到，陈朵竟也有同样的感觉。

后来，陈朵告诉常阳："第一次躺在你怀里的时候，感觉这个怀抱自己已拥有了很久，这个怀抱竟那么亲切、那么熟悉，而且很适合我，踏实而宽厚。这个怀抱让我很满足、很幸福。"

"常阳，你喜欢我的身体吗？"

"尽管我知道,美是一个不能轻易说出口的词,但我还是要说,这是一个美丽的身体。身体的美源于灵魂的美。没有灵魂的美,身体就只有修长、起伏、肤白、丰满……那些辞藻。那些只能叫属性,不能称之为美。美是信仰者心中的上帝。"

"常阳,你就是我一直寻找的那个人世间最亲的人,我很幸运,终于找到了。我爱你,也爱我自己爱着你的幸福的样子。"

"现在的我,只想从此和你相依为命,相伴余生。"

夜来临了,今晚恰是上弦月,月光如瀑布般倾泻进来,但比瀑布更静谧、含蓄。一片清光中,一种宁静之感充满了两个人的心。

夜晚,总是隐藏了很多秘密,今晚的这个秘密没有人知道,只有窗外探过头的一枝纯白色的琼花是唯一的见证者。

今天,常阳摆脱了长久以来对自己的预设,也放下了他人对自己的期望,成了他自己潜意识里一直想成为的人,而不是那么多年拼命勉强自己需要成为的人。他如释重负地轻松与畅快,还伴有一种非常确定的、无比真实的回归感。

同时,常阳也意识到,从这一刻起,今后的每一天都将与以往完全不同;从这一刻起,也将进入一段有去无回的人生。常阳太了解自己了,从此,他不可能再回头。

爱,是一种化学反应,发生了,彼此就都不再是原来的元素了。

常阳郑重地对陈朵说:"我想对我最爱的人提一个要求。"

"不管你提什么要求,我都答应。"

"只有一个。"

看着常阳有些严肃的表情,陈朵也严肃起来,"我认真地听着,你说吧。"

"永远都不要让我找不到你。"

陈朵有些意外,她不知道常阳为什么会对自己提出这样的要求,但郑重地点了点头,"我答应。"

有人爱的孩子

五月，在中世纪就是象征着爱的季节。

"常阳，我看到了你，方才知道我为什么来到了这个世界。"

"这是纪伯伦的《泪与笑》。"

"也是我最想对你吟咏的风歌。"

"朵朵，我懂你的心意，就像纪伯伦说过的，如果有一天，不再寻找爱情，只是去爱，一切才真正开始。"

"曾经的我，任性、幼稚、偏执、空洞，现在的自己，才是最好的自己，能够把最好的自己毫无保留地给予最爱的人，就是最幸运的幸福。我要把这世界上最好的东西给你，把全世界都给你。"

"我有一个惊奇的发现，在我生命之中竟然一直还有另外一个生命，一个与自己融为一体，而自己却从未发现的生命，现在，被你突然间唤醒了。"

陈朵的家人，尤其姥姥的人情往来总是很淡。陈朵由姥姥带大，也潜移默化地养成了这个习性，但对常阳的眷恋却一直很浓。不管曾经被常阳推开后如何失落，自尊心也受到一定的伤害，但她很快就能修复，她相信即使挫折也是对心中向往的接近，这样一想，挫折也就没那么疼了，便忘记不快，继续保持着对常阳的情感。

"常阳，以前每当你拒绝我时，我好想对你说，如果连我都不爱，谁还能让你爱上她呢！以前不接受我，是因为没有走近我，等走近后你一定会发现，我就是这个世界上最适合你的女人。就像当我发现，你就是最适合我的男人之后，我会坚定地爱你，永不放手。"

在情感方面，陈朵的确比常阳坚定得多。

"常阳，原来我一直在想，自己暗恋的可能是一个想象中完美的影子，就像夜里被月光印在窗上的剪影。现在，我发现你比我想象中的那个影子还要完美。"

陈朵曾无数次想过，也许会一直就那样平淡疏离地和常阳远远地相望。过去那段追逐的时光，就是被常阳带进她生活中那一束光牵引着，让她持续产生一种强烈的向往，这是一种本能的反应，根本无法抗拒。

"到了这个时节，春意已剩得不多，余下的，全盛开在你的眉眼之中。"陈朵呢喃着，"知道吗，拥有你有多难！你给我带来了太多的幸福与满足，但我会害怕，太过美好的事物总是会很短暂，我担心有一天你会从我这儿收回你自己。好想时光就此停止，但我知道，时光是一条永不停滞的河流。"

"陪伴你一生，不是对你，而是对我自己的期许与承诺，这是我的幸运与幸福。朵朵别怕。"

"我看过一首诗,叫《世界的孩子》。'我也是被爱的,被整个世界所爱,被日光所爱,被层层袭来的海浪所爱,被柔软适合躺卧的草地所爱,被月光以白色羽绒的方式宠爱。'常阳,从此我也是一个有人爱的孩子了。"

"今晚留下吗?"

常阳以为陈朵一定会留下,陈朵却平静地说,"不。"

"为什么一定要回去?"

"不回去的话,我会纠缠你整整一夜,因为和你有说不完的话,也看不够你,眼睛都舍不得闭上。"

看出了常阳还有些疑惑,陈朵摸摸他的脑袋:"别多想了,等我能很好地控制自己之后,你赶都赶不走我。"

陈朵表现出的清晰与冷静,更让常阳意外。

三天后,浦江机场。常阳该回天晋了。

"有点难过,但平静而喜悦。你给了我想要的一切。以前的日子是一年一年地度过,现在开始我会活在每一个刹那。和你在一起之前我会好好地爱自己,为了把最好的自己留给最好的你;在一起之后,我会好好地爱你,我要用生命中剩下的全部时光来陪伴你。"

"还有,不要害怕我看你的皱纹。你经历的时光,在你的眉宇间刻下了一些痕迹。但你的纯真始终没变,让我心动不已;你懂得,眼睛、耳朵不可能领略真正的美。你真的很帅!相信我的眼光!"

从飞机上俯视,天晋已清晰可辨。灯火阑珊中,常阳思索一个词,归宿。

"心若没有栖息的地方,到哪里都是流浪。"

"我的心,从此有了栖息的窝巢。"

每个人都会遇到一种状况,有时候,感觉自己就像一个无依无靠的孤儿。每逢这个最无助的时刻,想一想自己爱着并爱着自己的人,瞬间便走出心灵的冰窟,感受温暖与依靠。时光,也变得像山野里的小溪,轻快而安宁地潺潺流过。

有爱的人生真的不同。

冯娜好奇地看着陈朵,"姐,我从来没见过你一边走一边哼歌。"

陈朵惊觉了,自己都不敢相信刚才真的一边走一边哼着歌,对了,是邓紫棋的《我的秘密》。"我们之间的距离好像忽远又忽近,你明明不在我身边我却觉得很亲……"

陈朵原来的生活都是黑夜,她知道,从现在起,太阳升起来了,就连空气中都含着一种阳光的味道。

与其说爱印证了人类生命的意义,不如说,爱滋养了人类的生命。

"或许今生都不会再有这种感觉了,我要认真地享受这感觉。"

气球

回到天晋第二天，常阳就提出辞职。原因很简单，虽然常阳在这个公司的待遇很好，但陈朵曾在这里受到了不公正的对待。陈朵现在已是常阳心爱的女人，他绝不能为了钱把自己的能力继续出让给那些让陈朵无辜受到伤害的人。

为了辞职，一周后常阳再一次来到了浦江。

老板一直非常欣赏常阳的能力，待常阳也不薄，对于常阳提出辞职颇感意外。同时，老板也颇了解常阳的性格，他不是一个会轻易做出决定的人，更不是一个会轻易改变决定的人。两人交流很久，最终，老板还是在遗憾中祝福了常阳。

老板对常阳一贯器重、信任，甚至迁就。伤害陈朵的是老板的情人、公司的副总，一个狭隘、阴鸷的中年女人。

出了老板的办公室，迎面正好遇到那个女人。

因老板偏爱常阳，那个女人与常阳表面上还算是和平相处，保持井水不犯河水的姿态。这会儿，她已没了任何忌惮，眼中尽是得意与不屑，气傲势盛甚至挑衅地看着常阳，好像在说：放着这么高的薪水不挣，你就是一个职场的大傻瓜！

"你太幼稚了！"那个女人还是没忍住胜利者的得意。

"别总把自己当成不懂事的小孩子,做人还是要物质一些。"

她挑衅着,她以为常阳一定会反驳些什么,从她的神情中看得出她已做好了挑衅后常阳反击的充分准备。但出乎意料,常阳什么都没说,只是轻松自如地笑了笑,竟然径直离开。

看着常阳的背影,那个女人禁不住一阵失望。

出了公司的大门,常阳立刻赶往浦江虹桥车站。

"我爱你。有一个人能让我如此心甘情愿地说出这句话,好幸福。我看过的所有的词汇都不能表达我的心意。我想和你在一起。"

"好多这辈子原本不抱任何希望的事情,你在帮我实现,想哭,幸福得想哭,我觉得现在的自己就是世界上最幸福的人。拥有了你,就拥有了全世界。"

……

一想起陈朵的这些话,常阳一刻都不想停留,只想第一时间回到陈朵的身边。

"我想,你的辞职一定与我有关。"

"这一点我并不完全否认,但你也应该知道,我始终不会放弃尊严底线,所以也不全因为你。别想那么多了,自由未必多么昂贵,只要真心需要,便伸手可得。"

"我懂,你不想在云端跳舞,只想在草原呼吸。"

上次陈朵执意离开，这次，常阳在酒店开了两个相邻的房间。

"为什么不和我一起睡？"陈朵有些奇怪地问常阳。

"我怕你睡不好。"

陈朵曾告诉常阳，她的睡眠很轻，周围稍微有一点动静就会惊醒。常阳身材高大结实，他知道，自己上下床，哪怕翻身的动静都会很大。

"我不！"与上次的执意离开截然不同，陈朵开始撒娇。

"听话。"

对于常阳的话，就算陈朵再不愿意仍然会听，好像已经习惯了。

有些不情愿地走向自己房间，看着陈朵怏怏的背影，常阳觉得实在可爱，此时的陈朵就像晚上缠着爸爸妈妈想一起睡觉的小女孩，怀里还抱着个硕大的洋娃娃，常阳甚至能想象出她噘着嘴的模样。

看着陈朵回到自己的房间，常阳才满眼笑意地关了自己的房门。刚躺下，陈朵的信息就来了："真的睡不着，除非你抱着我睡。"

"不可能！快睡！"

"你如果后悔了，想抱着我，和我一起睡的话，随时过来找我。我等着你。你就当抱着一只猫咪在睡觉。"

"我不会后悔！不许再说话了，快睡觉。"

放下手机，常阳觉得好暖。

"咚咚咚"，门口传来了轻柔的敲门声，常阳知道，一定是陈朵。

打开房门，穿着睡衣的陈朵抱着个花枕头站在门口。常阳曾经听陈朵说起过，这个枕头是她从家里带来的，无论去哪里都会随身带着，好像小女孩的洋娃娃，没有就睡不着觉。

"我能和你一起睡吗？"

看着委屈的陈朵，常阳知道，越是看起来成熟冷静的女人越是会深夜躲在被窝里偷偷地哭泣。

常阳抱起陈朵轻轻地放在床上，帮她盖好了被子。

"我不要一个人睡，我要在你的被窝睡。"

陈朵楚楚可怜的眼神让常阳觉得就连犹豫都是残忍。

"曾经不知道多少个夜晚我在这个枕头上哭着入眠，这个枕头上留下了我数不清的泪水。后来，这个枕头又陪着我做了数不清的美丽的梦，梦里有我最爱的男人。"

呢喃着的陈朵迷迷糊糊在常阳怀里缩成一团睡着了，睡着的模样像一只在妈妈怀里寻找温暖的小猫。

睡着后的陈朵一直拉着常阳的手，过了好一会儿，因担心影响她的睡眠，常阳尝试着抽回了手，连眼睛都没睁陈朵条件反射地伸手四下摸索着，常阳赶紧握住她纤细的小手，轻轻地抚摩着，陈朵才再一次平静地睡去。

半夜，陈朵醒了，这是陈朵的常态。

今夜，耳畔有些粗鲁但深沉、厚实的呼吸声让陈朵感受到了久违的心安，陈朵觉得耳畔的呼吸声就是对她这么多年所经历的苦难最好的补偿。她轻轻地把脸贴到身边那个男人结实的臂膀上，轻轻地蹭了蹭，她可以清晰地感受到、触摸到自己的幸福。许久，陈朵才不舍地闭上了眼睛。

那一夜，两个人都睡得很沉、很甜。

彼此贴近心爱的人，夜，仿佛温柔了很多。

清晨，睡梦中的常阳隐约感觉一丝微微的呼吸轻拂着面，睁开眼，身边的陈朵撑着脑袋，正用恬静的目光看着自己。

看到常阳醒了，陈朵莞尔一笑，立刻亲了一下他的唇。

"早晨一睁眼，第一时间能看到你，第一时间能吻到你，是我的一个梦。今天，这个梦终于实现了。

"昨晚睡得特别好。尤其半夜醒来看你睡着的样子让我好满足。你嘟着嘴还露着天真的笑意，那时的你根本就是个孩子。不知道吧，我还轻轻地亲了你的嘴巴，你在梦中咀嚼了几下，就好像吃到了什么好吃的东西，然后继续呼呼大睡。这一夜，我好幸福。你给我的惊喜总是超过我自己的想象。"

"为什么一定要拉着我的手才睡得安稳？"常阳问道。

"我只有把你紧紧地握在手中的时候，才敢相信这幸福是真的。我不敢松手。

"常阳，我要给你读德国作家埃尔温《随想录》中的一段。

"每一个早晨都与其他的早晨不同，即使只是像葡萄藤上的须子那样的微小变化。那须子在一夜之间生长出来，现在已能从我的窗口望见它了；或者像那矮小的菟丝子，昨天还含苞未放，今天却开了花。与昨天早晨相比，今天早晨成千上万的事物已完全变了样。我也完全是另外一个人了。"

对于生活，原来是为了热爱而热爱，陈朵懂得生命的珍贵，绝不会随意虚度光阴；现在是为了美好而热爱，充满了对未来的期待。

陈朵给常阳讲了一个故事。

小时候，有一次姥爷难得给陈朵买了个氢气球。家里很少会给她买玩具，这是姥爷背着陈朵的爸爸妈妈，偷偷送她的小礼物。陈朵拿出去玩，不小心，氢气球被放飞了。

气球越飞越高，最后彻底不见了。

陈朵难过了很久，却不敢告诉姥爷和爸爸妈妈。

从此，气球成了陈朵从小到大一个特别的心结。

现在的陈朵不敢轻易放手，害怕她的气球再一次飞走。

每个人从小到大都会不断地失去很多东西，那些失去的、让自己心痛的东西一定会记得非常清楚，甚至终生难忘，因为那失去是自己不愿接受的。就像陈朵失去的那个气球，至今，她都清晰地记得它的颜色，它慢慢悠悠又无法阻挡地飘向天空的样子。

两个表面无比坚硬的人都怀有一颗无比柔软的心。当独自面对这个世界时，他们都是勇敢而坚强的斗士，两个人在一起时，内心深处所有的柔软才无声无息地自然流淌，彼此温暖与爱怜。

这温暖与爱怜，让彼此浸润在纯粹的情感之中、安全的守护之中，休养着已疲惫不堪的精神与身躯，抚摸着对方身上深深的伤口，深情抚慰着对方的灵魂，相呴以湿，相濡以沫，久久徜徉，不忍离去。

心肝宝贝

在江州这段不长的日子里，常阳每天接陈朵下班，看着身边背着双肩包、一路上叽叽喳喳开心地告诉自己当天各种趣事的陈朵，常阳觉得就像一个父亲在接心爱的女儿放学。

"今天想吃什么？"

"我要吃臭鳜鱼！"

陈朵的老家在安徽，自小喜欢徽菜。

"好！以后你想吃什么咱们就吃什么。"

被常阳惯着的陈朵幸福地笑了，常阳也幸福地笑了。

很久以来陈朵都是一个人吃饭，匆匆吃饱而已。与常阳一起吃饭，让陈朵感受到了久违的家的滋味。吃饭的时候，陈朵会选常阳喜欢的口味，不停给常阳夹菜，像照顾一个小孩子。

"一个人吃饭仅仅就是充饥，和心爱的人一起吃饭，才是生活。我希望和对面的你守着一张餐桌慢慢老去。"陈朵动情地说道。

"你为什么不吃螃蟹？江州的大闸蟹很好吃。"陈朵问常阳。

"吃螃蟹太麻烦。"

"现在是吃螃蟹的季节,我剥给你吃。"

"不要!会扎了你的手。"

"你疼我、爱我,修复了我心里的疤,治愈了曾隐隐作痛的伤,但我不会迷失,不会忘记自己的初心。"

一边说,陈朵一边仔细地用螃蟹爪子尖挖着螃蟹腿里、爪子里的螃蟹肉,不一会儿挖满了一汤勺。

"吃吧!"陈朵把盛满螃蟹肉的汤勺递到常阳嘴边。常阳伸手要接过来自己吃,陈朵却不给,"我要投喂你!"

"刚接到公司通知,今天下午我要去浦江开会,晚上或许很晚才能回来。"

陈朵担心常阳会不开心。

"我也要去。"果然,常阳开始耍赖。

"你哪儿也不能去,乖乖地就在家等我。"

陈朵板起脸像对着一个调皮的小男孩。

"不行!我就要跟你去!"

"你要乖乖的,不能捣乱。小坏蛋!"

"小坏蛋",已经成了陈朵对常阳的专用称呼。

"你根本想象不出,和你分开我有多难熬!有多想你!""小坏蛋"继续使着小性子。

"我也想你,无论做什么都在想着你,从没有停止过。"

"那你就带着我一起去呀!我保证不捣乱!"

"真拿你没办法,好吧,带你去!"

"耶!"常阳夸张地跳起来马上去换衣服。

"以后无论我到哪儿都牵着你。"

常阳懂，迁就是因为不舍，包容是因为珍惜。

男人的心里始终都藏着一个小孩。

一个男人外表看起来越成熟、越坚强，内心的情感或许越单纯、越天真。陈朵认为常阳有时候就是一个小孩，她要一直宠着、惯着、爱着。常阳也尽情地享受着孩子的调皮与任性，一时间甚至忘了自己是谁。其实，无论男女，在心爱之人面前都会不由自主回归纯真，自然而然地做回孩子。

"无论这份感情能走多久，我唯一想做的，就是给你爱，在和你相处的每一天，让你感受爱。忠于内心真正的爱，一定是完全彻底的接受与成全，不会对所爱之人有任何改变的念头或尝试。这段时间让我最幸福的一点，是你重新做回了孩子，一个调皮又可爱的小男孩，天真又淘气，只要想到你，我就会忍不住地笑。"

一边说，一边陈朵真的笑了。

"现在的你，越来越爱笑了。"

"因为我拥有了最好的、最适合我的，且全世界独一无二仅此一个的你。现在，我百分之九十九的笑，都是因为你。"

常阳好想陈朵一直就这样灿烂、满足、无忧无虑地笑着。

"脑海里时常会闪过一个词，心肝宝贝。以前觉得这个词俗气。现在知道了，心里装着一个人，才会觉得这个词真好。"

常阳想起《人生》中，刘巧珍在密密的青纱帐里对高加林说过的一段最暖的话："等咱结婚了，你七天头上就歇一天！我让你像学校里一样，过星期天……"

常阳发现，在所有的美好之中都能找到陈朵的影子。

原来，陈朵就是美好。

常阳认真地问陈朵："你真的觉得幸福吗？相遇不是缘，就是劫。我怎么觉得遇到我，是你的劫难。"

"那就认命啊！遇到你，我此生已经别无他求了。这个命很好，我欣喜地接受它。"陈朵同样认真地回答了常阳。

"朵朵，别为了我委屈自己。"

"我没有委屈自己，只是真实地做自己。两个人在相处过程中因为固有的习惯或自身特质的差异，必然会产生排异与冲突，彼此应该调整或做一些新的尝试，但两个人本质的东西必须一致，绝不能为了适应对方而改变或伪装自己。盲目地为了你而改变自己，对你我而言都是一件痛苦的事。"

"但我始终觉得你在牺牲自己，这让我很不安。"

"不是牺牲，是付出。牺牲，自己总想得到回报，总会觉得疲惫，对方却会越来越放纵。付出，是遵从自己的内心，不仅让对方得到了快乐，也让自己得到了幸福。是牺牲还是付出，取决于一个字，爱。这也是检验爱的一个神奇的标准，为对方付出了，自己很开心，那就是爱。为对方牺牲了，自己不开心，那就不是。"

"别想那么多了。你原来是我心里藏着的一座遥远的大山，远远看去全是石头，笔直、硬朗、简单、肃杀，没有任何琐碎多余的笔触。走近后才发现，原来这座山是一个谜，里面竟藏着很多秘密，有云雾、白雪、清泉，还有生机盎然的绿树、草地与鲜花；原来你是一道靓丽而多彩的风景，只不过外人从来不得而知。"

回到天晋一周后，常阳顺利办完了离职的全部手续。

出了公司大门，没有一丝留恋，甚至连头都没有回一下。常阳长舒了一口气，给陈朵发了一条调侃的信息："结束了，自由了，来接我回家。"

"我真的想去，牵着你的手把你从办公室带走，摸摸你的小脑袋，然后对你说，这段日子辛苦了，跟我回家。"

"你为什么总能准确地知道我最想要的是什么？"

"我们之间拥有了特别的共情力，是因为我们是彼此对抗这个冷酷世界的盔甲，让彼此拥有了无穷的温柔与力量。"

陈朵的确与其他女孩子不一样，在常阳看来她甚至有些神奇，既有无限的温柔，娇小的身体内又蕴藏了无穷的力量。

"我就是你的自由。你无论做什么我都会支持，无论何时，只要你转身，我就在你的身后。爱的状态应该是彼此自由且彼此依恋，而不是彼此束缚最后彼此厌倦。选择了爱，就应该选择信任；选择了信任，就应该是100%。否则，一定不是爱。"

所谓天堂，不过如此

天晋滨海机场。

突然觉得，应该和这个城市的人最后告个别，毕竟在这个城市工作、生活了半年。想了半天常阳却没想出这个人是谁，原来，自己在这个城市的时光大都用来思念一个人，而这个人不在这个城市。

常阳到了北宁，一位十年前的老领导为他安排了一个职位，比较适合他。常阳并不喜欢北宁，但当下情形没有更好的选择。好在只是短暂停留，不会在北宁待太久。

如果没有陈朵，常阳应该即将进入另一种生活。

三年前常阳已经决定，接下来是最后三年的职业生涯，然后去过自己期望已久的生活，一种忘却时间，不再有什么人和事追着自己的生活；如如不动，关照本心的生活。至于其他，都是浮云。

这种想法源于常阳看过的，周星驰接受采访时说的一番话："突然发现五十岁了，很多事情还没有好好地做过。如果人生可以重来，我一定不那么忙，我要把时间留下来，去做那些我喜欢的事。"

看着电视里头发已花白,脸上写满了沧桑与无奈的周星驰,常阳告诉自己,一定不要这样!常阳当时的决心,就像葡萄牙诗人卡蒙斯所写的那样:大地在此结束,沧海开始。

常阳不想继续过"独在异乡为异客"的生活了。

每逢灯上他乡夜阑,他就想回到家乡去,想叶落归根。

常阳理解的根,是一个人出生并慢慢长大的地方,是蕴含心底深处质朴情感的地方,是让人安心、安然安放自己的地方,是梦里最常去的地方。那里,是云山。

已经漂泊多年的常阳始终觉得,能滋养生命的只有故乡,故乡,是生命的泥土。在外这么多年,常阳一直想找一块泥土把故乡的种子种进去,可他发现,种下的种子始终无法生根、发芽,更无法开花、结果。不是他不够精心,不够耐心,那是因为故乡的种子需要故乡的泥土,故乡的泥土才有适合的养分。

对于这样的选择,常阳遭受了无数非议。但他一笑置之:"看似放弃了一个已经拥有的世界,这种放弃却让我自由地拥有了全世界。一个人若解决不了'幸福是什么?'这个自我内心的问题,就不可能获得幸福。"

"古希腊哲学家伊壁鸠鲁说过,人最大的自由源于远离所谓的社会价值的困扰。我坚定地相信:人生最重要的是选择。应该坚持的就选择坚持;应该放弃的就选择放弃。这样的人生会少很多遗憾。"

有的朋友认为:"你是被思乡的情结俘获了,是一种沦陷。"

当绝大多数人认定某时应该去做什么的时候,会不约而同推演出一个结论:这个时候,做这件事情是正确的。同时,他们坚信,这一定是为了你好,你一定要依照他们的善意行事。集体意志的力量是强大的,但常阳自小就不是一个惯于从众、轻易听劝的人。无论是执着,还是固执,抑或是曲高和寡,反正历来如此。

崔健曾唱过,"不是我不明白,这世界变化快。"

"工作在变,生活在变,环境在变,朋友在变,甚至家人都在变,这个世界的变化从未停止过,且越变越快,我却一点也不想变。"

一个人必须在需求与奢求之间为自己划一条清晰的界限,这需要勇气,更需要智慧。为此,多年前,常阳就已在云山的脚下,专门为自己准备了一个喝茶看书的"家"。

这个家并不很大,藏着的都是常阳的心爱之物,书、茶、唐卡、茶具……在这个家里,常阳还收藏了不少老书。他就是依恋那种带着光阴味道的纸张,凹凸不平、铅字印刷的手感。最爱不释手的是北宁潘家园捡漏的林语堂的《剪拂集》。

常阳发现,都市生活已不知不觉让自己对自然的感知愈加迟钝,来到这里,凝视着窗外色彩鲜明的四季,春的天空湛蓝高远,夏的野花绚烂昂然,秋的塔松焦黄惨烈,冬的白雪皑皑纯洁,自己的心再一次敏感起来。

原来在云山的时候,每逢遇到郁闷不快的人和事,常阳就会来到这里,把全世界都关在外面,低斟浅酌,读书写作,或者什么也不做,就是一个人发发呆,然后,一切都没有那么重要了。

常阳的这个家，就像梭罗说的：一把刀、一柄斧头、一把铁锹、一辆手推车，少数的工具就足够了；还有灯、文具再加上几本书。

这里，没有所谓的"金脚镣""银脚镣"；这里，没有被焦虑污染；这里，常阳可以安然地安放自己的心。

曾经的常阳也想与心爱的人一起在这里享受自己的小春日和。

"那并不耀眼的冬日暖阳，恰似日复一日最长情的陪伴。"

他曾对她说："好生活不是用钱买来的，而是花时间经营出来的。"

但是……

在这个家里最美的享受就是看书。通常一看就是一整天，如果时间允许常阳会看好几天。如果可能，常阳想在这里看一辈子，只闻书香，不问风月，简单、安静地走完所有的日子。

一个人书看得多了，会不由自主远离复杂而混浊的东西，自然而然地喜欢清宁独处的滋味、诗书的滋味。

常阳只想把自己彻底融化在这滋味之中。

"人生很短。很多人都说不能浪费时间，要把时间都用于有意义的事。我觉得，每个人都不可能不浪费一些时间，比如工作、睡觉、交往等，如果这些算得上浪费的话，反正我觉得是浪费。我愿把时间浪费在我认为的美好事物上，比如看书、喝茶。这种浪费，很美；这时的自己，才是完整的自己。"

楼下还有一把露天的原木长椅，并不怎么与众不同，常阳却格外钟爱。即使大雪之后，常阳依然喜欢在那里坐一坐。

一想到那长椅，常阳的心立刻柔软了几分。

夕阳西下，独坐窗前。窗外一缕阳光慢慢滑入。

随着阳光飘进了山的味道、树的味道、草的味道，常阳的房间，还有清宁独处的味道、诗书清香的味道。这些是能拯救灵魂的味道。

四下里静极了，唯一的声音，是窗外偶尔掠过的山雀的叫声。

那是个欲说还休，欲说还休，却道天凉好个秋的地方。

在那个地方，幸福并不那么特别，幸福就在每天的阳光下，就在每一次的呼吸中，那么自然而然，与生俱来。

"所谓天堂，应该不过如此吧。"常阳喃喃着。

正值夏季，北宁的夏天好热。常阳知道，云山脚下即使是最晴朗的夏天，夜风都是清冷而爽朗的，太阳落山后也要穿厚外套。那夜风用自己的方式提醒着你，这里是云山。

一想到云山的风，常阳顿觉怅然若失。故乡的山风像一双温柔的手、一个温暖的怀抱。常阳知道什么都会变，只有故乡的山不会变，什么都可能离自己而去，只有故乡的雪山、湖泊、塔松、草原、山风，还有风中的雄鹰……会一直陪着自己。

故乡，不仅是一个地理名词，更是一种强烈的渴望、一种难抑的向往、一种持续的牵绊、一种悠悠的情怀。

除了故乡，无论何处都是漂泊。故乡何处是，忘了除非醉。

放眼窗外，外面是钢筋水泥的立交桥、插入云霄的摩天大厦、川流不息的车灯,还有行色匆匆的人们。

　　常阳突然感觉,云山蘑菇般的云朵、草原惬意散落的羊群、漫山芬芳烂漫的野花、夕阳西下绚丽的晚霞……这些好像都是自己虚构的,现实中根本不存在。

　　转过身,对着镜子,常阳看到了一脸暗淡与挣扎的自己。

　　不是常阳勇于言而怯于行,自从有了陈朵,常阳就告诉自己,要继续留在职场上,以便随时给陈朵提供职业帮助。常阳知道,一旦进入了预先设定的那个世外桃源,就会彻底离开职场,与陈朵分隔在两个不同的世界。如果陈朵遇到了职业困难,自己将只剩下无能为力与扼腕叹息。

　　常阳知道,一个没有任何背景,同时又不肯放弃尊严底线的女人,尤其还是一个美丽的女人,在职场之上有多难。

　　"我要守护着她。尽管我对粗鄙者控制着绝对权力的现实早已厌恶,早已想退避三舍,但是,现在的我别无选择。"

　　故乡、云山……只能再一次锁回心中。

　　《肖申克的救赎》里有这样一段话:任何一个你不喜欢又离不开的地方,任何一种你不喜欢又摆脱不了的生活,就是监狱。

　　现在的常阳就是被困于职场上的一名囚徒。

离别之苦

"入职手续办完了,现在吃第一顿工作餐,然后,开工。"

发这条信息,常阳是想让陈朵安心,尽管陈朵今天也出差,但她一定在惦念着他。更准确地说,陈朵就没有停止过对他的惦念。

"你吃的什么,给我看看。"

陈朵的信息总是秒回!常阳被陈朵简单的一句话触动了,想起了两年前的那句,"我觉得你没吃。"

常阳把午餐拍了一张照片发了过去。

"包子好少,能吃饱吗?"

"还记得你最初打动我的那句话吗?"常阳反问。

"记得。我当时也不知道怎么了,心里就是有那种感觉,好像就在旁边看着你。"

这感觉没错,此时,常阳觉得陈朵就在身边。

"你认真工作,别一直惦记我。"

"我可以做到认真工作,但我做不到不想你,不惦记你。尽管你不在我的身边,但你无时无刻不在我的心里。当我忙碌的时候,你就在我的心口静静地趴着,不吵也不闹;等我停下来的时候，就会把你从心里领出来，和你一起玩一会儿。被你咬过的那个包子好幸福啊！我好羡慕它，因为它能触碰到你柔软的嘴唇。"

"这个包子仅仅是被我吃掉了而已，你的嘴唇我却会亲吻一辈子，即使有一天，你变成了一个腰都直不起来的老太婆，我也会一直这样亲下去。不过，那时候我已经没有牙了，你可不许嫌弃我。"

"我只会爱你。没牙了，我可以给你喂桃子。"

"我还清晰地记得浦江的桃子特别的味道。"

"那天晚上洗了头发，把自己收拾得干干净净去小区的水果店，很幸福地挑桃子。幸福，是因为准备送给我最在乎的人。我选了六个最好看的桃子，让老板娘给我找了个盒子，我亲手放进去，一个一个摆好。记得去酒店的路上，头发还在滴水，当时，浦江的天气很热，我的脸更热。"

北宁，常阳丝毫不陌生，但北宁也是他无法释怀的伤心地。十四年前，常阳北漂了三年，那是心力交瘁的三年、痛不欲生的三年、不堪回首的三年。那段惨痛的经历常阳至今都不敢轻易触碰，偶尔从封缄的记忆深处偷偷溜出一些，仍会立刻感受到心痛。没想到，现在居然又到了北宁工作。

接下来，便是无尽的相思之苦。

真正相爱的人一定会无比惧怕分离，相依相守才是爱的信仰。

两人几乎把所有能够腾出的时间都用来视频，尤其是陈朵，不管在做什么，无一例外会立刻放下手里的事情配合着常阳，抚慰着常阳。看着视频里温柔可人、善解人意的陈朵，常阳的思念如潮水一般汹涌，一浪盖过一浪。

多年来，已习惯用坚韧不拔把自己藏起来，是陈朵把那个会脆弱、会流泪的自己从小小的角落里领了出来，让他重新做回了真实的自己，那个会哭、会笑、会喊、会闹的自己。

"会相聚的，别难过，我的心一直在你身边。"

陈朵除了安慰也实在没有其他的办法，疫情又有了波动，否则，陈朵肯定会第一时间飞到常阳的身边。

停了一会儿，陈朵说了这样一句话："相思之苦确实太苦，但我知道，再苦也好过无人可思之苦。"

思念让常阳开始失眠，每晚辗转反侧，很难入睡。常阳拼命控制自己的情感，但没有用，陈朵就好像住在自己的心里。

思念的日子实在难熬！远远超出了常阳的想象。

过了很久，常阳才找到了能够勉强入睡的方法。

每晚入睡前，先闭上眼睛把陈朵放入心里，捂着自己的心口就像抱着她。然后，慢慢入睡。

入夜后的陈朵也同样忍受着思念的煎熬。

每天晚上，陈朵会准时在凌晨醒来，一个人坐在床上思念常阳，要想好久才能再次入睡，或者，就那样坐到天明。

"也许你迟到了很多年，但对于你的到来，我依然欣喜，因为，你的到来，让我生命中所有的等待都变得值得。"

这是陈朵在思念的夜里，对常阳说得最多的一句话。

分离，是最能让人体会到爱的强大力量的方式，也是最折磨人的无可奈何的感受；分离，会让自己发现原来如此深爱着对方；分离，会让人更加深刻地理解，什么是爱，爱是什么。

常熟的蛋饼
与北宁的雨

在江州时，常阳发现，陈朵每天的早餐几乎都是蛋饼。

常阳有些纳闷："为什么每天都吃蛋饼？"

"我就喜欢吃与鸡蛋有关的东西。"

陈朵歪着脑袋回答常阳，这模样让常阳心动不已，因为，这歪着脑袋的模样，恰好是常阳心里想象的女人最美的模样。

每个男性在少年时代就开始懵懂刻画着一生中挚爱女人的模样。慢慢长大，心目中的模样越来越具象，所谓的标准也越来越细致。

天蝎座的常阳天性就是一个完美主义者，但陈朵依然神奇地满足了他从小到大对完美女人绝大多数的想象，这不是一个年轻男子情感冲动时的月晕效应，而是一个曾经沧海的成熟男人的理性认知。

陈朵所有的"适合"绝不是迎合常阳刻意修饰出来的，而是历经岁月变迁、磨砺，被赋予的稳固的内在属性。

陈朵又出差了，这次还是去距离江州不远的常熟，需要一个月。

"工作与居住的地点太偏，三天了都没有遇到蛋饼摊。"

当时，浦江到常熟的高铁未通车，到常熟只能坐汽车，周末从北宁飞往浦江再去常熟，往返根本来不及。无法与陈朵团聚，常阳只能期盼着每天一睁眼收到陈朵的牵挂。

"醒了，盼望每一天睁开眼睛，你都在我身旁，我不想起来时再钻到你的怀里抱你一会儿。每次贴近你的身体，整个人就会放松下来，这感觉对我有治愈功能。然后我们俩都不起床。我的身上一年四季都是热热的，冬天可以帮你暖被窝，你感觉到了吗？"

常阳感觉到了，陈朵一双热乎乎的小手，似乎就在自己的胸膛上慢慢地抚摸着。

过了一会儿，陈朵发来了语音："这会儿烧了开水在泡茶，今天一定要喝点热茶再出门，还带了两小包饼干，我要照顾好自己。"

常阳回了句："真乖！像我听话的女儿。"

马上就收到了陈朵的反驳："你打错了一个字，是女人。"

"我准备出发啦！爱你，特别爱，你的灵魂、你的小脾气、你的声音、你的身体、你的害羞和纯粹，全都特别特别爱。"

"我也很想你。"

常阳很少会说"爱"，他觉得这个字实在太重，面对陈朵，现在的自己还"捧"不动。

"我看到蛋饼车啦！"

陈朵欣喜的笑声充满了灿烂的童真。

陈朵发来一条信息："很想一个人，该怎么办？这个难题思考了很久，现在有答案了。在不能相聚的时光里照顾好自己，在相聚的时光里珍惜相聚的每一秒。"

"你和所有的女人都不一样。"

"我对你，是 70% 的欣赏加 30% 的崇拜，其余的女人对你是 90% 的崇拜加 10% 的依赖。"

"常熟下雨了，很凉快。如果我们在一起就好了，我能陪你听雨。如果听着听着你困了，我就陪你睡一会儿。你从后面抱着我，我记得那感觉，就像背后贴着一座厚实的大山，很有安全感。"

有一种男人，喜欢从背后抱着心爱的女人，甚至还有些黏人，这种男人把对方当作自己唯一的情感寄托。他会缺乏安全感，总有一种潜意识，随时会失去对方。这种男人特别需要自己心爱的女人时常抱抱自己，并对自己说：我爱你。

原来，常阳并不觉得需要安全感，现在他需要了，且已离不开了。原来，没人能给他安全感，慢慢地他也就不想要了。现在，陈朵能给他。

"虽然下雨却感觉好静。当我静下来的时候，你就会从我的内心深处浮现。然后，我就会不由自主地笑，就像现在。"

远在北宁的常阳也笑了，像个孩子一般，傻傻地笑了，"朵朵，北宁也下雨了，应该是从常熟飘来的，雨中我闻到了你的味道，纯真又有一些惆怅。我现在的心情像一段歌词：我最亲爱的，你过得怎么样？没我的日子，你是否别来无恙？宫崎骏写过一段话：你住的城市下雨了，很想问你有没有带伞。但想了想还是忍住了，因为我怕你没带，而我又无能为力。就像我爱你，却给不了你想要的陪伴。"

多雨的季节，是多思、多情的季节，最容易让人多愁善感的季节。

晚上，陈朵告诉常阳："今天淋雨了，忘了带伞。"

"我记得你的包里始终都有一把伞。"

"这些年我几乎天天带着伞出门，因为没人给我送伞。"

"没有感冒吧？"

"放心吧，只要把你揣在心里随身带着，我就百病不侵了。每天睡觉前我会把你发给我的每句话反反复复听好几遍，把心焐热了再睡。"

"朵朵，想你了，我想现在就到你的身边，我想擦干你的头发，想抱抱你，想在你耳边对你说，我想你了。"

"之前，你能察觉到我的情意；现在，能感受到我的情意；以后，你可以随时随地拥抱住我的情意。"

"我会一直紧紧地抱着你，一刻也不松开，因为我害怕不小心，会弄丢了你。"

陈朵听出了常阳的伤感，"你是个能够坦然自若独处的人，但我还是想在你休息、空闲的时候，尤其在下雨的时候，把你从我的心里牵出来，跟我一起玩一会儿。我知道，你累了。"

霏霏的细雨，下下停停，就是不愿彻底停下来。

雨珠顺着伞檐滴滴答答地滴落，渐渐汇成了一条条随风摇摆的雨线。落在地上的雨滴漫不经心地跳跃着。听着雨声，常阳才发现，原来，雨声才是最宁静的声音。

今天的雨，像相思的泪滴，"一任阶前，点滴到天明"。

一场雨把北宁的街道、立交桥、房屋、树木、路灯，甚至空气冲刷得干干净净，常阳觉得自己清透了很多。

"一个男人一旦迷上一个女人，就觉得这女人是他的生命、他的太阳。除过这个女人，世界上所有的女人都暗淡失色了。为了得到这女人的爱，他可以付出令人难以想象的牺牲。"

这是路遥《平凡的世界》中的一段话。

常阳已彻底迷上了陈朵，迷恋她的智慧、她的疼惜、她的亲吻、她的身体，甚至迷恋她的语气、她的声音、她的味道，还有她的气息，迷恋她所有的所有……他会不停叫她的名字："朵朵、朵朵……"每次叫的时候，都会情不自禁地笑，笑得很满足、很幸福。

有一种情，虽不在身边，却始终在心间。

永远都不要让我
找不到你

对陈朵，常阳只提过一个要求，无论发生了什么都不要找不到她。

找不到，是常阳无法承受的一种痛。

陈朵也对常阳提出了几乎相同的要求："我可以接受你任何决定，只有一点我无法接受，就是逃避。永远都不能对我避而不见。"

这天早晨，不到七点，常阳就醒了。

当过兵的常阳没有睡懒觉的习惯。他洗漱完像往常一样，喝着茶，拿着手机，安安静静地等着陈朵的第一声报晓："醒了，想你。"

八点过了，还没有接到陈朵的信息。陈朵偶然会睡一会儿懒觉，常阳并没有在意，甚至还有些小欣喜。他知道陈朵每天都很忙，能睡一会儿懒觉，是当下的陈朵最需要的休养。

九点了，还没有收到陈朵的信息，这种状况对于陈朵而言从没有发生过。也许昨天她真的太累了，今天，要睡一个饱饱的懒觉。

"饱饱"的觉是陈朵发明的词汇，常阳也很喜欢，每次看到这两个字仿佛看到熟睡中的陈朵脸上露出婴儿般的纯粹与宁静，看到她的嘴角沁出的一点点口水，好亲、好甜。

渐渐地，常阳有些不安了，他知道陈朵昨天拔了牙，还有些感冒，但他还是忍着没有打电话或发信息。如果陈朵真的在休息，那对于她实在是难得的休养，不能把她吵醒，一定要让她好好睡一觉。

九点半，依然没有陈朵的消息，常阳坐不住了。实在控制不住不安的情绪，他尝试着发了一条信息："起来了吗？"

等了很久，依然没有任何回复。常阳急了，他拿起电话拨打陈朵的号码，电话通着但没人接。等了一会儿，接着打，还是如此。

"朵朵一定出事了！难道昨天的麻药过敏了？还是感冒加重起不来？要不就是中暑了？还是出门时倒霉遇到了一个冒失的电瓶车手？"

常阳知道，陈朵一个人住，身边没有亲人。

一瞬间，所有的不安一股脑儿涌了出来。

十点过两分，陈朵的电话终于打来了。

"怎么了？为什么不说话？"

……

"你答应过我，永远都不会让我找不到你。"

沉默了一会儿，陈朵对常阳说："我保证以后再不会发生这样的事了。我知道，如果爱你，就应该给你足够的安全感。

"我完全理解，成熟的男人会流泪，说明他的灵魂依然保持着纯净。更何况，如果你有一点点的难过，在我的心里难过就会翻倍。就像上次你在天晋的海边磕伤了，每次看到你腿上的疤，我都会觉得特别疼。每天我也会紧跟着你的行踪，唯恐你遇到什么意外。我知道这种找不到的滋味有多难受。"

"找不到"，的确是常阳最接受不了的一种痛，因为他曾经历过无数次"找不到"，他真的害怕"找不到"。

常阳与汪雨发生争执时，汪雨的做法，或者说对常阳的惩罚就是让常阳"找不到"。

汪雨摔门而出，人已经离去了，那怒不可遏的巨大摔门声还在家里久久回荡。

常阳一遍遍打电话，汪雨偶尔才会接听。

为了缓和矛盾，常阳总会第一时间示弱："别不接电话好吗？我真的很需要你。"

"可是我不需要你！"汪雨的声音里全是厌弃。

"不要对我这么狠，当你不接我电话的时候，我的心好疼。"

"那是你的问题，不是我的。现在我正式警告你，不许再打电话给我，否则我马上关机，让你永远都找不到我！"

常阳知道，她真的做得出来，因为他真实地经历过许多次。

女人在面对自己已不爱但仍爱着自己的男人时，会比任何人都残忍，根本不会因为任何原因而给予对方任何同情与包容，只有愤怒、鄙视，而且对方表现得越卑微，她的愤怒与鄙视就越强烈。

这就是人性的残酷。

听着电话里嘟嘟挂断的声音，那感觉就像走丢了的孩子，找不到妈妈，一个人在大街上恐惧、无助，这是一种心底深处的撕裂感。

常阳知道，汪雨非常清楚他想要什么；常阳还知道，汪雨已经连敷衍、伪装都懒得做了。

谁都不知道，常阳无助地熬了一夜又一夜，这期间他到底经历了什么。他一定经历了刺骨的心痛，无数次的崩溃，最后，从痛彻心扉走到心如死灰。

两个人发生矛盾，男人拼命地纠缠，只是因为那个男人爱那个女人，舍不得她，没有什么别的原因。当男人开始对女人保持礼貌的距离，客气地与她相处，不再纠缠她，不再像幼稚的孩子和她没完没了地啰唆，不再有事没事就找借口和她说些没有实际意义的话时，他已走在渐行渐远的路上了。

有很多女人明知此理，依然会毫不犹豫地推开身边的男人。

人生中有很多真正的懂得，都是以失去为代价。

一个背影

无法抑制的思念像水草般不停地滋长着，越长越浓密，浓密得让常阳无法动弹，几乎窒息。没办法，常阳请假来常熟看他心心念念的朵朵。恰好，浦江到常熟的高铁也通车了。

江南水乡，湖堤垂柳，燕雀呢喃。如画般的湖光山色与柔情似水的陈朵，让常阳渴望已久的心平复了很多。

雨点穿林打叶，竹林烟雨最江南，空气中都弥漫着竹子的香气，这香气似乎能把世间所有的痛楚抹去，天地间只有两个人的时光是醉美的良辰。

林鸟已归巢，林间静极了，月光下风清月凉，树木的枝叶茂密得遮蔽了星空，山脚的夜比其他地方黑暗得多。陈朵几乎看不清常阳的面孔，路灯却格外耀眼，路灯下的影子更加清晰。看着地上两个贴近的身影，陈朵动情地说："两个身影靠在一起，多好。"

早晨，陈朵一睁眼发现身边的床是空的，马上懵懵懂懂地找常阳。对面窗前，常阳在晨光下看书。

陈朵没有叫他,也没有起身,就那样静静地看着,许久,直到常阳发现陈朵醒了。

"一睁开眼睛,就看到你在那里安静地看书,我还以为在做一个特别美的梦。以后每天早晨我们一起看书、喝茶,好不好?"

"好啊!早晨的时光就应该只属于人世间最美的两件事,读书、喝茶;一个清心,一个清神。然后,一起开启清明爽朗的一天。"

"这是我期待了很久的生活。不过我要稍稍纠正一下,不是一天!是每一天!"

"好,都听你的,余生的每一天。"

"常阳,你总是会带给我意想不到的感受。要真正了解一个人,听他说什么、看他做什么是远远不够的,要朝夕相处,才能真正懂得他是怎样的一个人。我想和你一起生活,了解完全真实的你,拥抱你所有不为人知的美好。"

"一起生活",这四个字让常阳的心不安起来。

在常熟,陈朵给常阳讲述了自己的经历,常阳的心震动不已。

陈朵的家在安徽淮州。大学毕业后,陈朵就与相恋多年的男友在老家顺理成章结了婚。陈朵的丈夫是名医生,工作稳定,性格温和,陈朵婚后的生活安然而平静。结婚第二年,陈朵怀孕了。但怀孕期间丈夫竟鬼使神差地出了轨。丈夫是陈朵的初恋,也是当时单纯透明的陈朵的全世界,陈朵的天彻底地坍塌了。少不更事的陈朵陷入了歇斯底里,丈夫主动提出了离婚,这是陈朵的第一段婚姻。陈朵却说那是自己年少任性种下的苦果,只能由自己默默地吞下。

离婚后的陈朵并不想要肚子里的孩子,但当时孩子已七个月了,流产无异于谋杀,实在不忍心。生下女儿乐乐后,陈朵只身逃离家乡,来到江州。到了江州,陈朵换过很多份工作,吃尽了苦,但也通过自己的努力慢慢在江州立了足。

"他现在怎么样了?"常阳问道。

"没多久又成了家,还举办了一场隆重的婚礼,但不是那个女人。后来还生了一个儿子。"

到江州的第二年,陈朵遇到了她的第二任丈夫。最初,他对陈朵关爱有加,但婚后的生活却并不像陈朵所期望的那样,尤其丈夫始终无法接受、接纳陈朵的女儿。最终,陈朵主动结束了第二次婚姻。

对于第二任丈夫,陈朵依然心存感激:"毕竟在我最艰难的时候他给了我很多的关爱。我不恨他,他最初爱我是真心的,最初答应接纳我的女儿也是心里话,只是面对现实后才发现,他做不到。"

"你真的不恨他们吗?"

"我不恨任何人。面对失败,归罪于他人的唯一收获是无谓的自我精神安慰罢了。我需要做的是反省自己、改善自己,至于他人,我无权要求什么。长大不仅要学会吃苦还要学会放下。放下,对他人是善良的宽恕,对自己是智慧的救赎。

"放下怨恨才能获得真正的自由。人长大了,就应该学会受苦,或者说受够了苦,人也就长大了。痛苦是一个人的成人礼。

"常阳，别为我难过，我接纳了所有的我，且我更爱现在的我，我确定现在的我就是最好的我。生活不是度过的时光，而是从幸福或痛苦中涌出的动听的歌。生活只需要对自己歌唱，不需要对任何人埋怨、解释、索取与要求。无论生活给予我们什么，都是馈赠。"

晚上十点了，常阳突然提出想去星巴克坐坐。

"走吧！"

两人找遍了常熟所有的星巴克，全都打烊了，最后，只找到一家通宵营业的肯德基。两人一起回忆起第一次江州偶遇、第一次单独吃饭、第一次相拥、第一次亲密接触……

相聚的时光总是那么短暂，还没来得及细细地体会，幸福就已从指缝间悄悄地溜走。常阳要回北宁了。

从常熟到江州北站的路上，常阳执意先送陈朵回去。常阳知道，送与别，不舍的程度是不同的，送的人会更加难过，更加失落。

一路上，两个人都没怎么说话，甚至都没过多的眼神交流，只是两只手紧紧地握在一起，越握越紧。不得不松手了，两个人的手心里全都是汗水，不知道是谁流得更多。

有些伤感甚至悲切地告了别，汽车继续朝前驶去。常阳扭过身看着路边依依不舍的陈朵，汽车拐了弯，陈朵从视线里消失了。走了一段，没想到前方道路施工，只能调头回来。再次路过刚才陈朵站着的地方，就在不远处，陈朵孤零零的背影正快快地离去。

"我看到了你的背影，很孤单。"

"那是因为旁边少了一个背影。"

常阳努力想把这背影刻进自己的脑海里，就像昨晚，他想把陈朵独有的气息吸进自己身体的深处，尽可能长时间地保留下来。他忍着舍不得呼吸，但忍了很久，最后，还是呼了出来。

列车启动了，越来越快。现在高铁的速度为什么这么快？根本就不给人留一点点告别与不舍的时间。

车窗外快速掠过的道路、水乡、绿树……好像某部怀旧电影里的镜头，全都那么不舍。常阳拼命看着、记着，眼睛都舍不得眨一下，只想抓住这些景致，把它们、把常熟留在自己的记忆中，因为常熟有他最心爱的朵朵。

但这一切却慢慢开始虚化了，常熟和他的朵朵也越来越远了。

耳边响起了陈朵昨夜对自己说的话："你治好了我心中的伤口，让我忘记了过去，但伤愈之后的我，却更加害怕未来。"

那忧郁而伤感的声音让常阳不忍回忆。

站在车厢的连接处，看着远去的常熟，常阳自言自语着："朵朵，相见时难别亦难，以后我们还是少见面吧。刚刚被温暖包围，离别又再一次把我浸入冰冷，这种滋味实在是太疼了。"

生命的自由

追求生命自由的人，通常是孤独的，因为他们在芸芸众生之中是独特的，尽管他们自己并不想独特。由于这独特，他们常常受到世俗之人的诟病，因此，在追求生命自由的路上他们需要灵魂的伴侣。

灵魂伴侣，灵魂的共修、共助者；是用心读你独特的人，用心疼惜你独特的人，用心融入你独特的人，用心保护你独特的人。他们懂你的独特，也懂你的独特带给你的艰难。

结束了北宁总部短暂的停留，常阳准备前往南安赴任。出发前，决定先回一趟家乡，看望家人。陈朵知道了，要求同行。

"江上清风，山间明月，造物者之无尽藏也，吾与子之所共适。塔克拉玛干大沙漠，这是很多年前我就答应了自己的一件事，也是我愿望清单中很重要的一条。人生有些事如果现在不做或许就再没有机会去做了。而有些事，即使一辈子都没有做，也无所谓。我们的一生实在太短，应该比我们自己想象的要短得多。"

陈朵若有所思的话让常阳心生一丝疑虑与不安。

两个人没有在云山停留，先到了大沙漠。

又回到这块曾生活了三四十年，亲切而熟悉的土地，嗅着泥土的香味，常阳的呼吸顺畅了很多，似乎展开双臂就能凌空飞翔。

"回到家乡的你好像破茧成蝶了。"

"大多数人在面对沙漠时会感到莫名的恐惧，而我却感觉回到了自己的家。这让我想起了席慕蓉的那首诗：'我只想回到这个对自己是那样熟悉和亲切的环境里，在和自己极为相似的人群里停留下来，才能够安心地去生活，安心地去爱与被爱。'"

"自然在不同人眼中是不同的样子，那是因为不同的人有不同的心性与情感。有些人把沙漠当成沉默而凶狠的敌人。总觉得它会随时随地无情地吞噬一切生命。你却总想去拥抱它，被它拥抱。你只想在天空自由翱翔，在尘世深情相爱。对吧！"

"你是我的素心知音。我很怕有一天被剥夺了看地平线上落日余晖的权利。"

陈朵兴奋不已，"我到了世间最苍阔的地方，靠近天堂与神灵的地方，王洛宾歌声中遥远的地方，楼兰神话起源的地方，让我的灵魂越来越干净的地方。"

常阳告诉陈朵："这是一个古老而神秘，很多故事依然靠着世世代代口口相传的地方。有些地方还是人类从未涉足过的处女地，或许你踩下的脚印就是人类留下的第一个脚印。"

陈朵觉得就连风中都隐约听到了远古的回音。

常阳理了理陈朵被风吹乱的头发，捧起陈朵的脸庞，"朵朵，越是苍凉深远的寸草不生之地，越能体现生生不息的生命力。我始终为自己在这里出生、长大深感幸福与幸运。"

凝望着天幕之下远远近近、无边无际的沙丘，保持着深刻岁月质感的戈壁，陈朵终于明白，为什么常阳的性格中总有种旁若无人的冷傲，那是因为他灵魂之中始终都有着一股对生命的自由无比的渴望。随性而又不随意，狂放而又不狂野。正是这种至真至纯的性情才引起了陈朵强烈的共鸣，深深打动了她。

原来一切都源于这里。常阳的根，就在这里。

"常阳，自然而原始的地方，有时才是最适合灵魂生长的地方，因为对生命最朴素的热爱，才是灵魂生长的源泉。"

"城市，未必会让生活更加美好。面具化的生活，很可能使一个人的精神沙漠化。"

"童年会留下一生无法褪去的底色。"

常阳点了点头，"一个人现在的样子不仅是他的天性，还混合着出生乡土的成分，少时玩伴的喜怒，吃下的肉，喝下的水，心里暗暗崇拜过的英雄……这些参与了他精神与人格的构建，混合成了一捧泥土，把他捏塑成了当下的模样。"

常阳很多观点陈朵都觉得新鲜，也由衷认同："自古清言多妙理。你说的这些就像构成一座建筑的砖石，这些砖石决定了你是一间四处漏风的茅草屋、一座富贵华丽的宫殿，还是万古不朽的长城。"

"只有大自然才能带来最真切的感动。或许，我原本就属于这里，或许，我这个江州来的安徽姑娘与这里真的有着什么前世尘缘，只是自己不知道而已。来到这里，感觉不是在逃避，而是回归。"

陈朵想朝着永无止境的沙海深处走去，任凭双脚带着自己走到力气所能企及的最远的地方，然后，就留在那生命的莽原。她暗暗对自己说："我爱这个自由的沙漠。如果把自己的身躯留在这里，应该离常阳的家不远。我的灵魂一定会回到他的身边，永远陪伴着他。或许，这是能让我的情感得以永恒唯一的方式。"

常阳看了看身旁茫然若失的陈朵，拉了她一把，陈朵才回过了神，"这个世界有太多的不公平。"陈朵的神情有些黯淡。

"这个世界的确存在着不公平，但这大漠落日在每个人的眼中却一模一样，这足以证明，这个世界仍然存在着谁都改变不了的公平。芸芸之中的每个人都得到了大自然的宠爱，能沐浴阳光，仰望星辰，呼吸自然的空气，拥抱河流与山川。就像莎士比亚说的，同一的太阳照着他们的宫殿，也不曾避过了我们的草屋。"

"常阳，你生命的主题是自由，我生命的主题是等候你，遇到你，然后，一直爱着你。"

陈朵的目光极其温柔，就好像用目光在抚摸着常阳。

常阳知道，这是一种可以滋养生命的目光。

"这里的生活你不会习惯。"常阳换了一个话题。

"你不相信我？"

"不是不相信你，而是因为你还没有见过大漠狂怒的时候。不仅天风浩荡,还有漫天黄沙,遮天蔽日。狂风裹着大颗沙粒打在脸上、手上,火辣辣地疼。沙暴甚至能把房子刮塌,把大树连根拔起,就连牛羊都能刮上天,抛到几里之外。到了夜里,你会听到旷野中野狼的嚎叫,嗷——呜——那悲戚的声音在夜空中长久地萦绕,让你的心禁不住一次次颤抖。"

"所谓的现代文明,即使跋山涉水也到不了这里。这里的很多人在荒漠中出生、长大,最后在荒漠中死去,从未离开过荒漠。在他们一生的想象中,这个世界就是这样荒芜一片。他们一生没见过城市,没见过都市姑娘的花裙子,但他们天天都能看见苍鹰、骆驼,他们的一生都拥有安宁、骄傲的心,一点儿也不会觉得不幸。"

"我知道,就像他们的皮肤格外黝黑,还有清晰的龟纹,那是被荒漠毒辣的太阳晒得一次次皲裂,又一次次愈合后留下的印记。但在我的眼里他们却是最健康的人。在这里,人的身体与灵魂得到了统一,他们与大漠融为了一体,他们就是这大漠的一部分。我依恋这片土地,还因为这片土地有个神奇之处,能让人彻底放下期许。"

沙漠之行的第三天,常阳接到紧急通知,匆匆赶往南安,不能回云山探亲了。

分别时,常阳问陈朵:"这里的大漠很美吧?"

"不管眼前的风景多美,牵动我心的却永远是陪我一起看风景的那个人。有心爱的人陪伴,一起微笑固然很美,一起沉默依然很美。"

"美，可以吸引人，但伟大的美却可以摆脱美对人的束缚。真正的美，是自由。就像这鸿蒙大漠。"

"对你而言，自由，就是孤独地站在那里，不依恋，不惧怕什么。"

"对我而言，一个人冥思苦想是找不到答案的，只有站在这大漠，才能听到内心的声音，寻找到自由生命的本质。"

2020年6月，常阳到了南安。

刚从人迹罕至的大漠回到熙熙攘攘的都市，一时间，常阳还有点不适应。

之前南安虽来过几回，常阳也早已习惯了这种候鸟的生活方式，但这次还是有着很深的孤独感，他已不再是原来那个骑马仗剑走天涯的独行侠了。自从有了陈朵，常阳便埋了跟随半生的宝剑，放了骑了多年的骏马，收了骨子里与生俱来的桀骜不驯，不想再笑傲江湖了。

现在，只想挂剑飘去影冉冉的常阳，就想与陈朵两个人过"何须桌前人坐满，梅花含香添饭香"的日子。

从此，无来无去，无得无失，无是无非。

回家

南安好热，即使炙热的骄阳已慢吞吞踱到了地平线，依然燥热，从小在凉爽的西北长大的常阳异常难受。尤其到了夜里，阳光下聚集了一整天的能量全都散发出来，比白天还要难耐。

还好，常阳有陈朵。

陈朵就是那种身在喧嚣尘世、心却采菊东篱的人，听到她的声音都会让人感受到一阵清凉，就像在炎炎的夏天吃了一口爽爽的冰淇淋。

常阳第一次相信了心有清泉的神奇。

远在江州的陈朵要回家了。

与常阳在一起之后的两个多月，陈朵还没有回过老家，尽管江州离老家并不远。她把所有的休息时间都用来加班，以便腾出足够的时间与常阳团聚。现在的常阳已彻底占据了陈朵的全部心思。

昨晚，一贯清简的姥姥从老家打来电话，只是清淡地问了一句，什么时候回家看看。陈朵有些惶恐地回答：明天。

临回家前还忙得一塌糊涂，几乎跑着上了高铁。

每次外出陈朵都带着电脑和资料，准备随时应对各种不分昼夜、接踵而至的工作，这次也是如此。

车厢的行李架很高，陈朵的包很重，踮起脚，费尽力气，陈朵才把这些包放了上去。

现在很少有人会关注与自己无关的人和事，车厢里没有一个人伸手帮陈朵一把，包括很多年轻的男人。

"人心变得越来越冷，越来越硬了。这个世界或许就是这个样子，即使你痛不欲生，也不会有一个人停下脚步，问你一声'怎么了'。我的常阳就没有这种流弊，善良的他，每次在途中都会主动帮陌生人提重重的包。"陈朵心里默念着。

或许，一个长期都没有被真正善待过的人，尤其是这样的女人，才更加懂得什么是真正的善良。

终于把自己安顿好了，坐下后的第一件事，给常阳打电话。

电话里和常阳腻歪了好一会儿，心情安宁与平复了很多。

陈朵已经习惯了随时随地与常阳分享自己的心情，或者拍到一张喜欢的照片也会发给常阳。有这样一个人无时无刻不在陪伴着自己，感受着自己的快乐与烦恼、喜悦与悲伤，好暖。

收起电话，突然觉得好饿，今天一天忙得几乎脚不沾地，竟然都没怎么吃饭。赶紧从包里翻出一些零食，大把大把地往嘴里塞。吃了些东西，喝了点水，陈朵才发觉自己很累。

火车大概要两个半小时，又累又困的陈朵不敢睡觉，怕睡过站，便倚着车窗，静静地想着心中的常阳。

"不知道会不会有一天,你能陪我一起回家?"

陈朵知道,这个愿望实在太遥远了,遥远得都有些模糊,但还是会禁不住这样去想。陈朵愿意虔诚地等待着奇迹,她相信,虔诚不是幻想,虔诚本身,就是一种奇迹。

下了高铁,还有将近一个小时的车程才能到家,从小一起长大的小姐妹李莎开车来接陈朵。姐妹俩久别重逢,异常亲热,性格外向而热辣的李莎还捏了一下陈朵的小脸蛋。

陈朵开始体验到家的亲切。

家是生命的起点,无论身在何处,无论在做什么,每个人似乎都走在回家的路上。他乡只是前进的方向,家乡才是最后的归宿。

曾经灼人的伤痛让陈朵的内心一直在逃避这个熟悉而亲切、残酷又痛心的地方,甚至觉得这里已被自己遗忘了,这里也把自己遗忘了。踩着这里的土地才发现,自己的内心一刻都没有放下向往与牵绊。

"快到家了,依然不停地想你。"

"我也在想你。但是不要再跟我说话了,专心享受你的家、你的亲人、你的亲情。听话!现在开始我真的不理你了。"

常阳知道陈朵很少回家,他希望陈朵不受任何牵绊全心全意地享受这难得的天伦之乐。

"我不要。"陈朵开始撒娇,"莎莎对我说,我的心里有一个人,因为我一直在笑,笑得很满足、很深情。她说爱情里的女人就像歌儿唱的那样,即使把她的嘴巴捂住了,她的爱也会从眼睛里跑出来。"

李莎，陈朵从小一起长大的闺蜜，也有着曲折的情感经历。

她谈了多年的男友，都到了谈婚论嫁的地步，突然义无反顾地爱上了另外一个女孩并决绝地提出分手，分手没多久，就与那个女孩闪婚了。陈朵亲眼见证了李莎的震惊与无助、绝望与崩溃，就像李莎见证了陈朵如出一辙的一路走来。

同样的命运多舛与真切的感同身受让两个人很亲、很近。

面对闺蜜，陈朵并没有说出心里的秘密。

据说，当一个女人对一个男人的爱达到50%时，她希望身边亲近的人都知道她的幸福；当爱达到90%时，她希望全世界的人都知道，并给予自己祝福；当爱达到100%时，她反而不想与任何人分享，只想一个人幸福着，就好。

回家前，陈朵以为到了家平日里漂泊的苦楚会减轻很多，现在，身边有了最亲的姐妹，马上还会有最亲的家人，陈朵却发现自己的心依然有一块是空的。

"常阳，原来以为回到家心就会安宁。回来才知道，只有和你在一起，我的心才是完整的；有你的地方才是我的归宿。"

深夜了，手机突然响了声信息提示音，常阳知道一定是陈朵。

"回来时女儿已经睡了，妈妈在陪她，床小挤不下我，我回到了自己的房间。十五岁开始我就住在这个房间，床是那种木板床，没有厚垫子，很硬，现在你知道为什么我的腰那么硬了吧。你肯定睡不习惯。这会儿躺在床上，心里很安静，却很想哭，不想走了。"

"那就别走了。走遍天下才发现，想找的东西就在我们的家里。想和我说说话吗？"

常阳知道，此时的陈朵一定想听到自己的声音。

陈朵的电话打了过来，"记得我们曾说过关于雨伞的事吗？"

常阳记得很清楚，也明白陈朵为什么随身总带着一把伞。

"时常觉得自己无遮无拦地淋在了雨中。有人说，没有走不过去的路，只要你别停在原地。可我往左跑是雨，往右跑是雨，往前跑是雨，往后跑还是雨。我没有伞，要么站在原地任冰冷的雨水一遍遍浇透我，要么就不顾一切拼命地向前跑，或许能跑出那片下雨的云。常阳，我真的累了，快跑不动了。"

以往的陈朵坚强、无畏，她说过，能用汗水解决的问题绝不用泪水。今天，常阳还是第一次感受到她的脆弱与无助。但常阳知道，倔强的陈朵最终绝不会低头。

"原来，总觉得自己像一头孤单的野兽，踽踽独行在危机四伏的原野，最怕自己意外受伤，因为一旦受了伤，马上就会变成其他野兽的饕餮大餐。有了你，守在我的身边，不仅帮我抵御那些锋利的牙齿，还精心为我疗伤。朵朵，扛不住了，就告诉我。我会第一时间出现在你身边，牵着你的手把你带走，然后，你就躲在我的身后，任凭谁也伤害不了你。"

常阳用坚定的承诺安抚着伤感的陈朵。

无法实现的诺言依然是诺言，绝不是谎言，因为是用心许下的。不过，很多真诚的诺言在现实面前，或让人有心无力，或让人不及实现。烟火定会陨落，但也能片刻照亮夜空。

爱，有时也像烟火。但烟花易冷，燃尽后却惨烈而惨淡。

陈朵已经恢复了坚定："你虽不在我身边，但只要存在就是光亮。现在的你就是雨天我头上的那把伞。此时此刻特别想你，想有一天你能和我一起在这小床上躺着。

"小时候好傻，总想着快点长大。如果现在的我还是那个躺在这张小床上的小陈朵，就不会经历那么多的疼了。

"家，好静，外面的世界却叽叽喳喳，就像一个挂满了鸟笼子的集市。我们每个人都像一只只囚鸟，被挂在那儿，却满怀期盼地待价而沽，最终被卖来卖去，卖的价格，我们称之为自我价值。

"记得我离开家到江州的第一天，下了高铁已是晚上十点了。拖着两个巨大的行李箱打车去投奔我的小姐妹，江州北站到她的宿舍很远。当时我想，我要的是什么？初到陌生异乡的夜，充满了慌张与无措。从出租车往外看，路上的行人很少，灯影斑驳，心里是无言可喻的恐惧与不适，尤其是深深的恐惧密密实实地包裹着我。看到眼前闪过的房子亮着的灯，我一次次地鼓起勇气告诉自己，我要勇敢起来，不能害怕，害怕对我而言一丁点用都没有。我永远都不要回去，不要再面对那些耻辱，我要在这个城市留下来，有一天，也有一间房子容身，也有一盏灯为了我而温暖地亮着。"

常阳不知该怎样安慰陈朵，心里突然冒出了这样一句话："即使全世界都背叛了你，我也会为了你背叛全世界。"

早晨七点五十三分，陈朵发来信息："醒了，想你。"

常阳正在工作，缓了几分钟才回复："好不容易回家了，就一心一意和家人相处,这温暖对你很珍贵,别惦记我。"

过了很久,陈朵一直没有回复。

不过常阳一点儿都不担心,因为陈朵在自己的家里。

十点十三分,陈朵才回复了信息:"刚才又迷迷糊糊睡着了。你的懒猫咪今天睡了一个大懒觉!"

白天,陈朵从不睡觉,更不会睡回笼觉。回到家的陈朵才能得到真正的心安与心宁。尽管这份心安与心宁只有三天,常阳依然欣慰。

最终,陈朵还是回了江州。

临上车,陈朵给常阳发了一张照片。

"这是姥姥亲手做的口罩,小的是我的,大的是你的。"

停了一会儿,陈朵发来了一段文字:"现在,我感激生命中曾经受到的伤害与离开,因为有人伤害我,才会有更好的人呵护我;有人离开我,才会有更好的人靠近我。最重要的是,那个后来的人、后来的爱,才是最适合我的人、最美的爱。没有曾经受到的伤害,现在不可能得到这份真实的爱。这不是失去的回归,是生命的升华。我感激生命的力量与馈赠。"

独角兽

陈朵要过生日了，常阳第一次陪陈朵过生日。原想选一枚戒指，想想还是算了，最后仔细选了一条项链作为生日礼物。

常阳还是没忍住，"原来想送戒指，但觉得你可能不会接受。"

陈朵迟疑了很久才回答："我不在乎戒指，我只在乎与你在一起的时光，即使一辈子没有戒指，你也是我最亲的男人。"

常阳并不完全相信陈朵的这番话。象征诺言、幸福、安全与永远的戒指，应该是每一个女人从少女时代就已开启的梦，女人的戒指梦怎么可能那么容易就放下？

吹蜡烛的时候，陈朵手里握了一个不大的物件。闭上眼睛不知道许了一个什么愿，许完愿，陈朵对常阳说："今天是我遇到你之后的第一个生日，我也要送你一个礼物。"

常阳接过来，是一个金属小邮筒，简单、复古，还很结实。

"你别打开，就这样保留着，好不好？"

每次陈朵有事与常阳商量时，都是这三个字，"好不好"，都是无限温存的语气与声音。

"好。"常阳虽然答应且没有问为什么,心里还是有些疑虑。

即使是常阳极浅的疑虑,陈朵也能一眼看出。

"别问为什么了,天机不可泄露,总有一天你会明白的。"

陈朵这样做一定有她的原因与道理;之所以这样要求他,一定是时机未到。对于陈朵,常阳是百分之百的信任。

"曾经我的天空苍白、低沉,但我始终相信这个世界上有一个人正为了我跋涉而来。无论遇到多少风雨与泥泞,我们定会相遇,然后,我永远属于他,而他也永远属于我。"

陈朵向常阳提了一个生日要求,陪她看一部动画片。

"我最喜欢动画片!今天是我的生日,就迁就我一次,好不好?"

尽管对陈朵喜欢动画片有些意外,常阳还是爽快地答应了。

很不巧,这一天,附近所有的影院都没有动画片放映。

"放心吧,我有办法!一定会满足你这个小小的心愿。"

常阳订了一个酒店的影音房间。

"想看什么就看什么,投影与音响效果绝不比电影院差,最重要的是只有我们两个人,不会受到任何人的打扰。"

常阳知道陈朵不喜欢人多热闹的环境。

"你真的好细心,还准备了爆米花。"

"对呀!毕竟是第一次陪你看电影,不能太敷衍。"

对于动画片,常阳绝对是外行,他已记不起多少年没有看过动画片了。

陈朵精心挑选了一部美国动画片《神偷奶爸》。

常阳没想到这部动画片真的很有意思。

小女孩艾格尼丝终于找到了她梦寐以求的独角兽,她给它起了一个可爱的名字——吉祥,尽管它不是独角兽,只是少了一只角的小山羊。但艾格尼丝依然确定,她的生命终于完美了。

养父格鲁告诉她真相:"生命,有时就是不如人意。"

艾格尼丝依然坚信:"我的吉祥就是这个世界上最可爱的独角兽,我喜欢抱着它。活了这么久,我就是为了这一刻。"

"朵朵,我们之间年龄的差距实在太大了,我真的不知道能陪伴你多久。你年轻得就像一朵带着露水的鲜艳的花儿。我就是那只少了一只角的小山羊,你错把我当成了独角兽。"常阳有些伤感。

"年龄对于生命而言是一个不真实的概念。生命真实的意义是你曾经历了什么,留下了什么,将如何度过以后的时光。年龄就像树木的年轮,不过是一个标识罢了,既不代表茁壮,也不代表未来。"

陈朵揉了一下常阳的眉头,"与你在一起,无论做什么轻松有趣的事,你的眉宇之间总是会有一丝忧郁。每次看到都会心疼,我要为你抚去你眉头和心头的'皱纹'。"

陈朵满眼都是幸福,"我们之间的情感与年龄无关,所以,请你从现在开始像孩子一样忘记年龄,只需要记得我们一起度过的每一个春夏秋冬,期待下一个,再下一个。不管是小山羊还是独角兽,都是我冲破了重重阻难才得到的,它是我的,所以,就是最好的。"

"什么都别说了。"

常阳还想再说什么,陈朵捂住了他的嘴巴,"你听过你最欣赏的飞虎将军陈纳德的爱妻陈香梅说过的,关于爱情与年龄的话吗?"

"听过。"

"我要为你再说一遍:我宁愿和喜欢的人在一起五年、十年,也绝不和我不感兴趣的人相处终生。而且我知道,我长得一点都不好看,就连妈妈从小都会说我丑。但你依然觉得我很美,也只有你一个人觉得我美,不是吗?"

"你是一个仙女,你的美是一种深邃的美,你的这种美不是所有的人都能看得出来。"常阳很笃定。

"我不是仙女。这个世界上哪有什么仙女,所谓仙气不过是我拼死对抗这个世界的盔甲罢了。我只是一个普普通通的女子。所有的不同仅仅因为一点,你爱我。这爱,让我成了你的仙女;这爱,让你永远都是我的独角兽。"

陈朵给常阳讲了一个关于生日的故事。

虽说是女孩子,但从小到大,陈朵拥有过的布玩偶,一共只有三个,记得最清晰的是有一次过生日,表哥送她的一个兔子玩偶。

"还是我主动要的。当时我很小,应该只有十多岁,过生日爸爸妈妈都在外地,不在我身边,我是个标准的留守儿童。表哥带我出去玩,偶遇了一个玩偶商店,我一眼就看中了那只兔子,卡其色的,造型很简单,一个身子四只腿,不过有一个漂亮的蝴蝶结。我坚定地告诉表哥,我要,然后他就给我买了。记得很清楚,10块钱。

"那只兔子跟了我很多年。后来衣服破了,我仔细把它缝补好;小肚子里的棉花洗得缩了水,姥姥还专门买了新棉花把它填充起来;小蝴蝶结破了,我又给它做了一个。后来我上大学一直带着它,每天它会和我在一个被窝睡觉。

"大学毕业,我把寝室的东西搬回家的时候,那只小兔子意外地丢了。我伤心了好久,因为那是世界上最漂亮的兔子,因为我始终坚信,我拥有的,就是世界上最好的。

"常阳,这是我过的最温暖、最安心的一个生日。以前的生活是外表看起来平静,内心却时时刻刻不知所措。自从有了你,虽然偶尔也有对未来的迷茫,但内心很笃定,因为我是一个完整的人了,心里有你,有爱,有对未来美好的期待。"

毛茸茸的刺

从家乡义无反顾离开的那一刻起，这义无反顾就赋予了陈朵只能前进、不能后退的使命感，伴着这使命感的是近乎破釜沉舟的压力，从陈朵的眼神中，常阳清楚地看到了，读懂了。

"我懂你曾经承受的、正在承受的是什么，我经历过如出一辙的破釜沉舟。但这种自我加压的正能量其实是伤人利器，会让一个人长期处于不安与躁动、抗争与顽强之中，长此以往，不仅伤害身体，更会伤害心理。"常阳非常担心陈朵。

"我也想在山涧云端为你建一间小室，陈设你喜欢的茶器，让你做一个幽居之士。我做你的小茶童，专事烹茶，每日为你做清淡菜肴，陪你迎日出、送晚霞，清简地度过我们的每一天。"

陈朵还真有几分小茶童无邪的感觉。

"如果可以，我还想一辈子做你的小书童，当你秉烛夜读时就替你研墨铺纸，陪你灯下看书。对了，你最怕蚊子，我给你拍蚊子，如果蚊子跑得快我就点艾草熏死它们。"

"那我去深山里接山泉水，为你烧水泡茶。"

"不！那都是小茶童的事，你只管读书好了。每晚我还要伺候你更衣就寝呢。"陈朵说得认真，常阳也听得入神。

"小茶童、小书童，那全是将来的事。我要先活下来。"

陈朵的这句话很惨烈，但也很现实。

"你放心，我会建立起自己的精神保护系统，就是看书、喝茶再加上爱你，这些能保护我安全地走下去。"

"朵朵，等你翅膀硬了，我就刀枪入库、马放南山。"

"那时的你会做些什么呢？我知道，你不会虚度一点儿光阴。"

"我早就想好了，开一间书房。"

"像湘城武墓书院那样弦歌不绝、学脉延绵的书房吗？"

"我何德何能，我的书房也不敢称之为书院。就是想在生我养我的地方，为那些忙碌、焦虑的人们建一间不是很大，可以读书、品茶、享有片刻风雅之寂的僻静所在。名字我都想好了，就叫归兮书房，归去来兮。"

"入格而不出格，狭。不入格则易走上邪路。入格，而后出格，方得自在。是这个感觉吧？风格就由我来设计，我会设计成薄云遮月、秋雾笼罩、枯淡闲寂、洒落巧妙的，无法诉之于口的幽玄之风。"

"我对昏暗、遮蔽的幽玄之风并不完全认同，更喜爱春花绽放、秋叶凋零的天地自然。而且，还要再加一点身穿千层绫罗亦不忘草席之乐的感觉。"

"你还是喜欢古老传统之美，丰富自然，而不是无限追求艺术效果。对于自然与艺术，你更偏爱自然。"

两人对某些深刻的问题也有着不同的认知，比如伦理与规则。

"常阳，你所坚持的'甄宇瘦羊'这种道德标准属于精神或伦理范畴，与现实中社会或法律范畴的'客观公正'，有时就是一组无法调和的矛盾。"

"这种传统道德才是东方文明的魅力。人之初性本善，教化应是最适合中国的教育方式。'道之以政，齐之以刑，民免而无耻；道之以德，齐之以礼，有耻且格。'我习惯无约束力的道德契约，你习惯强约束力的社会契约。"

"这种标准只适用于守底线、守规则的人群。让恶人准备作恶时望而却步，严苛的惩罚才是最有效的手段。'瘦羊博士'是你个人的价值观基础。当你拥有资源分配权时，你的价值观可能会对公平造成伤害，会对你爱的人、你自己造成伤害。儒道释的和谐只存在于理想之中，仁义礼智信解决不了现代社会的很多问题，从某种角度而言，那些是封建社会的遗产。"

"情理法，中国人首先选择情，其次才选择理，法是万不得已才会使用的手段。当公平与正义发生冲突的时候，每个人选择的标准是不一致的，选择，就代表了接受，甚至牺牲。"

"有时，为了践行某种美德而牺牲自我是无谓的，尤其这牺牲巨大到需要付出一个人一生的时候。保护自己无损美德与品质。"

"人的一生之中，有些牺牲是无法避免的。"

"常阳，我懂，品性优秀的人都会有一个致命缺陷，这个缺陷可能就是成就他的源泉，但也可能因此毁了他。"

"你是不是把我看成'拼此残年以卫道'的林纾了？"

"你的确有几分'义不食周粟'的伯夷、叔齐的味道。"

"难道我真的是一道悖逆时代的残景吗？"

"这个时代共存多元的精神现象，你是一个标准的老夫子，不过，也正因为你的这种传统殉道士的气质，才让我当初爱上了你。我只是担心，你的人格选择会伤害你。"

"无论是何种人格，都不能分裂，就像投了积水潭的梁济。抛开时代的局限性不谈，至少他的人格是完整的。其实他殉的不是清朝，殉的是根植于他人格中的道义。所以，才殉得义无反顾，殉得其所。什么样的人格就会铸造出什么样的命运。没有对错之分，只有不同的选择，这就是人生。"

两个人对社会发展与变革也有着不同的认知。

常阳感慨地表达自己的感受："我始终怀念那个比拼母亲心灵手巧、父亲勤劳淳朴的时代。现在，似乎钱即可搞定一切，那么赤裸裸。我不仇富且不否认年轻时的我同样认为钱能解决的问题都不是问题。可那些耀武扬威的有钱人，有几个不是靠阴险狡诈、投机取巧、铤而走险、火中取栗的伎俩发家致富？所谓勤劳致富，在当今社会似乎成了水中月。"

"所以，你不喜欢这个时代以及这个时代的产物。"

"人们拿起智能手机，似乎很容易就拥有了幸福与快乐，但却忘了思考，思考什么是幸福，什么是快乐。那种俯拾皆是的东西怎么能被称之为幸福、快乐？即使是幸福与快乐，那也是用塑料制成的，它们都是标准程序控制下的制式幸福与快乐，没有用心的交流，没有变化的过程，没有细腻的情感。好像整个人类社会都在平移，距离自然越来越远了。

"还有电子书,它只是浏览式、平面式阅读,根本不可能达到深度阅读、立体沉浸的状态。电子书只是肯德基、麦当劳式的快餐在文化领域的翻版;读电子书就是一种单纯的消费,而非阅读。"

"你总希望能回归自然。"

"再比如,现在的人希望随时随地获得越来越多的信息,就连老头、老太太一天到晚都刷着抖音,我却想着怎么能屏蔽铺天盖地的信息。那些未经允许就无所不用其极手段的所谓的信息发送者,在我的眼里就像躲在黑暗中窥视着我的老鼠。这些社交新媒体推送的无孔不入的信息极大地干扰了我的平静,让我苦不堪言。虽然历史已经证明了:过去的一代必须学会适应或者说顺应当下的一代。但我就是抗拒融入,就是放不下那个已经被称为旧时代的曾经,喜欢那个时代的思维模式、行为习惯、社会伦理、生活方式……"

"这种时代变革带来的生活方式的改变任何人都无法阻挡。"

"社会越进步,文明程度应该越高,所谓文明,首先应该尊重每个人生活方式的选择权。对个人选择无论是主动还是被动地剥夺,都是一种野蛮的行径。无纸化支付在全国横行,歧视使用纸币,都是活生生的例子。"

陈朵摸了摸常阳的头,"我完全而充分地理解你。"

"曾经的那个时代,物质资源匮乏,当然是缺陷,但那个时代,情感与精神世界却富足得多。"

"总爱回忆的人通常很恋旧。恋旧物,也恋旧情。"

"我最恋的是那个时代浓浓的人情味。"

常阳认为，应该与这个世界坦然和解的同时，坚持做自己。陈朵则执拗一些，她总想着通过自己的顽强与努力战胜这个世界。所以，常阳觉得，陈朵身上有刺，有时不小心会扎到自己，还挺疼。

陈朵身上的刺，源于长期特殊的生活以及心理状态带给她的一种带着力量感的孤独。面对常阳，陈朵像一只温顺、乖巧的猫。但有时，陈朵刚一回头马上变成了另一个人，满脸都是冷峻与坚硬，这时的陈朵在常阳的眼里瞬间就变成了一头孤独但勇敢，同时充满了戒备的小狮子。

当然，等这小狮子转过身面对常阳时，那些冷峻与坚硬便快速消失了，眼神也完全柔软下来，声音也变得无限柔美。

在常阳的面前，陈朵又回归了那只可爱而温柔的猫咪。

"我的刺，是我生存的基本防御系统，没有刺，我就活不下去了，但你的爱会软化我的刺，让我无限柔软。"

"我有时会胡思乱想，有一天，你不会彻底变成一头狮子吧？"

"即使变成了狮子，和你在一起，这头狮子也没有了骨头，尖利的爪子也收了起来，只会流着口水，趴在你身上懒洋洋地打盹。"

"这头小狮子，偶尔也会咬人。"

"就算咬，也是轻轻地假装咬你一下，一定不会疼。"

"你的爱让我变得坚定，即使全世界都否定我、放弃我，没关系啊！还有最后一个人站在我的身后，我的心是勇敢而安定的。爱能让世间坚硬的东西变得柔软。和你在一起时，我的刺会变得毛茸茸的；我会蜕下满身是刺的铠甲，衣袂飘飘，袅娜弄影。很多时候，我想把你抱在怀里，保护你，温暖你。"

"我哪里需要你来保护！"

"当然需要！你就是个大男孩，一辈子都需要我的保护。"

所谓的女强人，就是男性特质取代了女性特质的女人。当这种女人恢复了自然、本质的女性特质之后，会更加柔美、迷人。这样的女人更有力量，更有能力去释放力量，释放女人独有的原始力量。

陈朵带着常阳来到了她平日里最喜欢的一条偏僻的小路。

"这里没有现代化的高楼大厦，没有浓郁的商业氛围，没有喧闹的人群，这里，似乎被这个时代忘记了，但这里却是我认为的江州最美的一条路。"

太阳正从远处的两座楼房间慢慢地沉落。夕阳西下时的天空常常会出现些奇妙的色彩，今天，江州的天空竟是一片粉紫色。

阵阵微风中，金灿灿的银杏叶飞舞而下，落英缤纷中这条并不宽的小路被渲染得静谧而安详。铺满落叶的小路踏上去非常松软，就像踩在了厚厚的地毯上。

"很少有人会来这里，所以，这条小路只属于我。它是我的枫丹白露。常阳，你知道女人在秋天最需要什么吗？"

"什么？"这个问题，常阳从来没有认真考虑过。

"需要一个厚实、温暖的肩膀来依偎，这肩膀可以帮她抵御一场秋雨一场寒。"

常阳轻柔地把陈朵揽入怀中。

脸庞贴着常阳的胸膛，陈朵抬起头看着常阳的下巴。

"过去的我不怕孤独,今后的我不会孤独。"

落日的余晖洒在了常阳的肩头,肩头上陈朵精致的脸庞也被余晖印成了淡淡的粉紫色。

私奔

"你每天四处奔波,实在太累了,我们私奔吧!随便找个地方藏起来,就两个人,随便做点什么都行,哪怕开个小小的饺子馆。只要能天天在一起。"

陈朵突如其来的几句话把常阳吓了一跳。

转过身看看陈朵的神情,常阳恍悟了,她的确心疼自己多年来候鸟般的工作状态,同时,也忍不住宣泄了一下压抑已久的心结。

对于未来两人都很少提及,不愿刺痛对方与自己,心照不宣地选择了逃避,但还是有块大石头始终压在心上。陈朵应该被压得快喘不上气了。常阳也的确累了。他负责公司南方区,业务分布南方四省,平日里不是飞机就是高铁,有时一个月竟要奔波二十八九天。每天住在不同城市不同的酒店,常常一觉醒来要困惑好一会儿,"我这是在哪儿?"

"走!不干了!我们现在就私奔!"

常阳休了长假带着陈朵来到了湘西的凤凰古镇。

两个人都喜欢沈从文,尤其是陈朵,每年都会把《边城》翻出来看上一两遍,却始终没有去过凤凰。

常阳曾问陈朵,喜欢为什么不去看看?

陈朵说:"凤凰成了我心底藏着的一个岑寂的梦,不忍惊扰,就想一直留它在梦里……"

常阳也没有去过,他也是同样心思。

梦,留着想象与神往,一旦醒了,便没了梦的美与好。

"这个人也许永远不回来了,也许明天回来。每读,心里都盼着这个人有一天能突然回来,回到渡口大喊一句'过渡!'或夜半在翠翠的梦里唱竹雀般的歌儿。每回盼得我的心阵阵生疼。"

常阳明白陈朵这番话的心意,痛楚,还有些期盼。

不知为什么,这段时间凤凰的人出奇的少,似乎配合着他们的"私奔"。两人选了一家临江的吊脚楼客栈住了下来。

清晨,清冷得有一种深邃而悲戚之感悬浮在烟雨间,五色之墨绘成的古镇泛着些许青绿,四下里弥漫着青苔潮湿的味道。诗化了的凤凰不仅适合留在诗中、梦中,还适合留在画中。

湘西山区秋天清冷的风,把淙淙的江水吹得越来越冷,常阳的心也越来越凉,同样凉意中,陈朵也很早醒了,两人不约而同出了房门,站在吊脚楼狭窄的凉台边上看江水。秋水长天,被染了清寂的色彩。晨曦中的沱江好似一条蛇躲在薄雾轻笼的梦境中,四下里烟气荡漾,清新也凛冽。烟雨最易勾人情愫,常阳拥着陈朵,清冷也让陈朵紧紧依偎着常阳。寒湿气没有把两人逼回房间,两人拥得越来越紧。

"我梦中的凤凰就是这般模样。"

陈朵说的没错,这里也和常阳想象中是一般模样。

江上斑驳的石跳桥是湘西绝佳的映射,如同提到梦里水乡、烟雨江南,一定会想起雨中的小巷。

质朴的石板路经历岁月研磨,写意着浓浓古韵。常阳的眼睛渐渐失神,眼前这条石板路好像指向了古老的爱的源头,足够他与他爱的女人走上一生。

潇湘之美,本真纯粹,就像沱江里静静躺着的那些色彩并不怎么艳丽的石头,总是默默讲述着这里悲切低回的前世今生:《边城》里的翠翠,爱了,便选择守候,即使没有诺言,也没有归期;翠翠至死不渝的父母,"一同去生既无法聚首,一同去死当无人可阻。"

潇湘之人连枝共冢的爱伴着常阳粗重的喘息声,一点点苏醒。遥远的曾经与现在的相逢与对话,跨越了时空,所有朝圣与祭拜的心让那些无法更改的宿命变得凄冷但也不朽。

整个凤凰城就像一个漫无边际的故事,故事里又包裹了一个小小的凤凰城。这里,真的适合私奔!

"恒久的爱情故事从来都不会改变,变的只是故事中的人。爱情中,人的命运总是冥冥之中被安排着。"

常阳说的没错,未来正若隐若现,慢慢显露端倪。

晨光终于出现了,泼满了整整一条江,酿出了一片暖意。晨光,大自然赐予人类最美好的礼物,陈朵想起了黎明之神,欧若拉。熏染如醉的晨光中,看着低头为自己洗衣的陈朵,常阳的心暖暖的。洗完,陈朵随手晾在了阳台的长竹竿上,衣服如风筝随风摇曳。那被日头晒过的衣服穿在身上会有股淡淡的皂液清香与阳光味道,这味道会让常阳的心踏实几分。

"尽管第一次踏上这片土地,眼前这些景致一幕幕掠过,却像是翻看自己珍藏的一本陈旧却异常亲切的老相册。"

常阳的眼里一阵阵潮湿、发热,只想一生一世一双人。

夜,临近了,今晚是个月白风清的良夜。

黑灰素描般的夜里,陈朵想:不知夜半有没有竹雀般动人的山歌,带着我们游历一番这洒着薄薄白雾的山水,也去半山摘一束虎耳草,做一把与翠翠梦里一模一样的伞?

两人一起细细地读着《边城》,"由四川过湖南去,靠东有一条官路……这人家只一个老人,一个女孩子,一只黄狗……"

常阳在心里对陈朵说:"我们私奔吧!像歌里唱的那样,想带上你私奔,奔向最遥远的城镇;想带上你私奔,去做最幸福的人。"

可是……

常阳的心,一阵阵隐隐作痛。这种想法实在太贪心了,当今世间,哪里还有什么世外桃源、私奔之地,哪里还能有富春江畔让自己和陈朵做那神仙伴侣?

"朵朵,你不会离开我吧?"

"我才不要离开你呢!"

"不许耍赖!"

"我不仅想陪你一生一世,还想爱你生生世世呢。我觉得这一辈子爱不够你,如果真的有轮回,我好想每个轮回都能遇到你。"

"生生世世……"

常阳喃喃着痛彻心扉的这四个字。生生世世，常阳不敢奢望，他只想能爱这一生一世，已是人世间最美的梦。常阳好想这梦永远都不要醒，直到生命的最后一天。

现在的常阳，无论醒在何处都是醒在梦中。

看着不远处的陈朵，常阳心里默默地说："朵朵，我们俩约定：下辈子一定早点遇到。我定爱你一生，你定陪我一世。"

桃花岛的篝火点燃了。

站在薪火相传的篝火边，常阳目不转睛地盯着呼呼跳跃的火焰，篝火的热不时吹到常阳的身上、脸上，仿佛给了他些许能量，江边的寒夜里，常阳的身体渐渐地暖了。

那熊熊燃烧的火焰让常阳想起了印第安人的"迎新节"。

烧吧，把一切驱之不散的阴霾通通付之一炬吧……

入夜，四下里充盈着清寒之意，人们都入了眠。

一阵并不很强的夜风吹过，庭院里落了一地的花瓣，却无人看见这场凄美的花瓣雨。

魔都哭泣

一百年前，日本人村松梢风写过一本书，《魔都》，浦江便有了这个别称。"魔都"这个词用在浦江，应该源于很多人对浦江独具的令人捉摸不定的魔性。

　　何为魔性？亦正亦邪，充满诱惑又隐藏着某些危险。

　　陈朵突然决定要离开江州去浦江打拼，常阳颇感意外。

　　"我不是为了物质或欲望，是为了爱。我一直那么努力地活着，直到现在才明白，那么努力不仅是为了活着，更是为了遇到你。以后的我会更加努力，让自己有能力更好地去爱你。自爱者才有能力爱别人，否则，带给对方与自己的都是灾难。"

　　渴望更好的陈朵离开江州相对舒适的公司，到了浦江。

　　到了浦江的陈朵更忙、更累了。现在的陈朵无比努力，她知道，这是她现在唯一能做的、该做的事。

　　"累吗？"常阳问她。

　　"累！但只要静静地想一会儿揣在怀里的你，就立刻被赋能了。现在充电完成！"

　　只要一听到常阳的声音，陈朵就像只剩1%电量的手机突然接上了充电器，立刻充满了能量。

她能克服任何困难，唯独克服不了的，是对常阳的思念。

其实，魔都给陈朵带来了无尽的苦楚，只是她从不对常阳提及，她不想遥远的常阳为自己担心。

连续好几天都是阴雨绵绵。那雨很细，似有似无但也没完没了，魔都笼罩在了一片阴沉之中。

很久没有出太阳了，生病的陈朵不时涌出阵阵酸涩。

很早闹铃就响了，头疼得几乎睁不开眼睛，想想常阳，想想未来，陈朵还是咬牙起了床。临出门还是像往常一样给常阳发了信息："出发了，去上班。一想到你，我就开心得想跳舞！"

这时的陈朵疼得连腿都抬不起来，但她依然觉得幸福，因为心里住着个深爱的人，最重要的是那个人也深爱着自己。

公司提供的宿舍两旁是摩天大厦，宿舍位于其间一条狭窄小巷里一座陈旧的两层住宅楼中。走在小巷里，要高高昂起头才能看得到头顶正上方的一块天空。摩天大厦的阴影下，低矮的宿舍楼喟然叹息着魔都独有的阴暗与潮湿。

迷宫般的小巷对于租住的外地人而言，丝毫感受不到电影里常见的那种琐碎、温暖的浦江烟火气与所谓的有些矫情的浦江情调，还会让人持续涌出一种无法控制的不安。小巷里的本地人，操着地道浦江口音；在浦江漂了几年的外地人，眼神中溢出不加掩饰的高人一等的自我良好感觉，更让人觉得头顶上始终有一个无法击碎的看不见的玻璃天花板。

出了胡同先骑半个小时单车，然后挤地铁，下了地铁还要走很长一段路，这是陈朵每天早晨都要重复的功课。

单车还好，对于地铁，陈朵总觉得冰冷。

每天，有很多人在同一时间挤同一班地铁，彼此贴得很近，呼吸都会吹到对面人的脸上。魔都地铁上几乎天天相邻的人们，彼此却永远都不会相识。不仅不会有温情的相遇与问候，很多时候浦江更像一个巨大的蒸笼，把太多的人蒸得心焦气躁。

终于挤上了地铁，还好，有个空着的位置。突然，一个光头男人从陈朵身后一个箭步冲出来，把陈朵挤到了一边，像只灵猴般敏捷地坐在了座位上，连头都没抬一下。陈朵一个踉跄，摔倒了……

坚强着一瘸一拐到了公司，陈朵躲进卫生间，她咬着自己的手，泪如泉涌。在陈朵的记忆中已很久没有这样哭过了。

因为，原来心里没有值得哭的人。

"常阳，好想你能抱抱我。"陈朵的心里默念着。

躲在卫生间的陈朵抱紧双臂，看着窗外，铅灰色的浓云密布下，钢筋水泥构成的魔都像一个张着大嘴的魔兽，随时都会把自己吞没。

"在干什么呢？"常阳的信息。

"刚到办公室，在喝茶。"陈朵流着泪回复着常阳。

"今天喝的什么茶？"

"你给我的云南红茶，好香，好甜。"

"天凉了，喝红茶暖身子。"

陈朵实在按捺不住不断涌出的痛楚，"我们什么时候才能真正在一起啊，我真的好期待。"

常阳没有回答，他不知道该怎么回答。

稳定了一会儿情绪,陈朵反过来安慰常阳:"没事,我会静静地等待相聚的时刻,静静地就这样爱着你。外面的天空灰灰的,秋风阵阵。这个寒意弥漫的秋天,有你,我会很暖。"

夜晚到了,依然发着烧的陈朵独自躺在宿舍的窄床上。
"今天好困,要早点睡觉。虽然独自一人身在魔都,但心里装着你就很踏实,没有了以往对这个城市的迷茫和抗拒。"
南安,常阳一个人在黑暗中坐着,一边抽着烟看着陈朵的信息,一边想着未来。未来会是什么样子?没有答案。但常阳知道,只要有陈朵,无论怎样,他的生命都将充满希望。
但自己这希望实在太自私。
"朵朵,那种无能为力之感是人心上最无法忍受的痛。"
常阳从未想抓住什么人、什么事,但此时的他,就想紧紧地抓住陈朵的手,一刻也不松开。
"朵朵,将来的某一天,你会爱上别人吗?"
"众生皆草木,唯你是青山。"虽然回答了常阳,心里却在说:"常阳,你实在太遥远了,我怎么够都够不到你。好想你能在我身边,能和我一起过人世间最平凡的日子。对你的感情就像今天在地铁广告牌上看到的一句话,你的世界,我的一生。"
枕着家乡带来的花枕头,陈朵戚戚地哭了。

第二天早晨,很早,陈朵去上班了。
还是昨天的那班地铁。
地铁里密密麻麻到处都是人,甚嚣尘上。

周围太多的人都是一脸空洞与茫然，好像一个个移动着的僵硬的木偶，很多人在不停地发着抱怨与不满的声音，但是，所有人的声音似乎都被充满魔性的魔都淹没了。

挤在人群中，心里想着常阳，陈朵顿觉周围安静了。身在魔都，想着常阳的时候，陈朵才觉得自己是一个活生生的人。

"有人爱我，这个世界上有人正在真心真意地爱着我。"

陈朵的心里一遍遍重复着这句话。

不知道浦江是不是真的会让很多人发出村松梢风曾发出过的"类似欢喜的叫声"，但在魔都，好像繁华世界里一棵小草的陈朵感受更多的是无声的眼泪与无尽的思念。

魔都的天，终于放晴了，陈朵的心也放晴了。

"下班了，回去的路上随手拍了张照片发给你。一个小小的教堂，还有一只可爱的鸽子。我现在有蓝蓝的天空、洁白的鸽子、生命的信仰，还有一颗爱你的心。我好幸福！"

遥远的常阳也幸福地笑了，"所有的疲惫，只有爱能抚慰。"

"常阳，人世间最幸福的感受，是最简单、原始的体验，比如爱，爱你，被你爱。无论身在何处，这份情与爱都踏踏实实地拥着我，密密实实地裹着我，无时无刻不在陪伴着我，这份爱让我成了这个世界上最幸福的女人。"

他撒谎了

常阳从不撒谎。他会直言不讳地说，我不能告诉你真相，但绝不撒谎。这个圭臬恪守了很多年，这次他撒谎了，对陈朵撒了谎。

"这是我们俩在一起之后第一次过中秋，我去南安陪你。"

陈朵很早就和常阳相约。中秋节是陈朵女儿的生日，他希望陈朵回安徽的家；常阳还知道，陈朵一定会来陪自己。

"这个中秋节，我要去看母亲，不能陪你了。"

常阳撒了谎，这是一个提前准备好的谎言。

"好吧。你也很久没回去看妈妈了，陪她一起过中秋吧。"

陈朵嘴上答应，心里还是有几分失落。

很早，陈朵就寄来了常阳最喜欢的火腿月饼。她听常阳偶尔提及，便专门选了早早寄到了南安。

同事都回家了，只剩常阳一个人。他买了些饺子，简单吃了晚饭，泡了一壶茶，独自抽着烟。团圆的日子却独自一人的滋味实在是不好受。"处处无家处处家，年年难过年年过"，今年依然如此。

"无论是谁都会在孤单的中秋夜胡思乱想吧,这应该不算懦弱,是人之常情。"常阳自我安慰了一番。

夜深了,有些无奈的常阳准备睡觉了。

"我能看看你吗?"陈朵的信息。

"我在母亲的家里,不方便,明天吧。"

想了一会儿,觉得不对劲。往日不管怎样常阳一定不会拒绝和自己视频,她知道,这样特殊的日子,常阳一定会更想她。

"你到底在哪儿呢?"

实在瞒不住了,常阳吐了实情,"南安。"

"你从来都不会对我撒谎!但我知道,今天的谎言是因为爱我。我保证明年的中秋我们一起过。"

"我会心里揣着你,一个人过我们两个人的中秋节。"

"我们一起看月亮吧。"

"好啊。中秋月圆之夜,只要有人愿意和我看同一个月亮,就是团圆。明月隐约,似是恋人面。今晚的月光有爱的味道。"

"常阳,不知道为什么。虽然我早已不是小姑娘了,但在遇到你之后才真正懂得爱一个人是什么感觉,被一个人爱是什么滋味。就让这小姑娘在清秋之夜,陪你净守清月吧。"

中秋之后,常阳找各种可能的机会与陈朵相聚。

去湘城出差,一下飞机常阳就一刻不停处理公务,第二天陈朵从浦江赶过来,陪他看湘江的晚霞;去闽州出差,两个人会在三坊七巷一起看明清古建筑,吃闽南鱼丸……每次,常阳提出相聚的愿望,陈朵都会克服所有的问题,无条件满足,她自己也会创造一切可能的机会与常阳相聚。

这次，两人约好了在永昌一起过周末。

湘城的工作处理得很顺利，上午，常阳很早就从湘城到了永昌。陈朵要等到下了班之后才能从浦江赶过来，实在坐不住，常阳索性赶到信城去接她。

并没有告诉陈朵，常阳订好了她将乘坐的那班车，G1395。

想着陈朵在动车上突然看到从天而降的自己，一定会惊喜交加，说不定会直接从座位上跳起来！

常阳充满了孩子般顽皮的期待。

终于到了晚上，按照预先的计划，常阳偷偷地溜上了车。

车票是常阳订的，自然知道陈朵的座位号。

害怕被陈朵发现，常阳有意从车厢后部上去。

远远就看见了陈朵有些没精打采的背影。

常阳调皮地发了一条信息："想我吗？"

"想，特别特别想。"

"乖不乖？"

"乖，特别特别乖。"

"这么乖？那我陪你玩个游戏吧。闭上眼睛，默默念三遍，我想你，然后睁开眼睛，你会有意外的惊喜。"

"念完啦！有什么惊喜？"

"那么快？你肯定偷工减料了！"

"我没有！我很认真地念了三遍！很乖的！"

这时，常阳已站在了陈朵的身后。或许是心灵感应，或许嗅到了熟悉而渴望的气息，陈朵回过了头。

"傻丫头，吓傻啦？"

常阳摸了摸陈朵的小脑袋。

好一会儿，陈朵才回过了神，她忘记了此时此刻自己还在列车上，一下搂住了常阳的脖子，无论常阳说什么也不撒手。

"快松手，好多人看呢。"

"我就不！我怕一松手你就丢了。"

常阳的一件T恤穿旧了，他随手丢进宾馆的垃圾桶里，陈朵看见连忙捡了出来。

"捡它干什么？"

"你第一次来江州时穿的就是这件体恤，好几次洗完澡我还当作睡裙穿过，我要收藏起来。这件衣服你穿了很久，上面有你的味道，你不在的时候，想你，我就把它穿上，就像你把我抱在怀里。"

相爱的两个人，谁得到的爱更多？

这个问题很多人暗自思量过。很少有人认为自己得到的爱比对方多，总以为自己付出的爱远远超过那个自己爱着的人。

但也有例外。

常阳时常担心："朵朵，我担心老天给了我这么好的一个你，这么美的一段情，就一定会带走一些我重要的东西。"

"会带走你什么呢？"

"我说不清楚。"

其实，常阳不敢说，害怕陈朵伤心、担心。

常阳主动岔开了话题："不过，每次想到这些，我都会告诉自己，既然已经得到了这么好的你，还想那么多干嘛！随他吧，不管带走什么，我都非常确定，我赚了。"

聪慧的陈朵还是猜到了，她指了指自己的心。

陈朵知道，常阳有心脏病。

"我知道你指的什么。可你给我的爱更多呀！你给我的爱无比珍贵且独一无二，我才是接受老天恩赐更多的那个人。"

"不许这样说！"常阳板起了脸，"我得到的更多。作为一个女人，你不过得到了一个女人本来就应该得到的爱、懂、疼与理解……而且，我知道我做得不好，也做得不够。"

"别想那么多了，小傻瓜。我知道，你一定在想情深不寿、慧极必伤这句话，那我们从现在开始就平平淡淡地相爱、清清淡淡地相守，好不好？"陈朵安慰着常阳。

"朵朵，你真的很聪明，总是能准确地知道我的心里想着什么。我实在害怕老天小心眼，会吃我的醋，把我早早带走。我知道，越是当我觉得舍不得、离不开的时候，可能越是不得不舍得、不得不离开的时候。好想早点遇到你，爱上你。现在，我只想使尽所有的力气去爱你，把曾经错过的时光都补回来。"

"这个问题我也想过，但我知道，没法早点或晚点。现在的我已经很满足了，遇到你，已经让我深切地感恩生命的慷慨了。不许胡思乱想！我们只管全心全意地相爱相守，命运安排了什么，我们就接受什么。而且科学研究证明，男性有爱的呵护会更加健康。我一定全力以赴地爱你、呵护你。"

看着陈朵，常阳没有再说什么，心里却想对陈朵说："只要老天不带走我，我会始终如一地爱着你，一生一世。"

看着常阳，陈朵也没有再说什么，心里却说："其实，我的内心希望你先走，因为我知道，没有我的日子你会有多难受，我舍不得你独自煎熬。"

常阳在六年前被确诊了心脏病。

一次普通的体检，竟意外查出常阳的心脏有问题，还比较严重。医生建议他立即接受心脏外科手术，绝不能拖延。无奈之下常阳只能住进医院准备手术。

常阳只许情同手足的兄弟任军一个人留在身边，他最不能接受别人看到自己惨不忍睹的样子，包括妻子与孩子。

住进医院常阳才知道，这种手术的成功率虽然很高，但要开胸，术后带来的影响巨大，大到让常阳震惊不已。

"我不想余生做一个废人！"

常阳改主意了，坚决拒绝手术。

医生严肃地对常阳说："现在我认真地提醒你，如果不立刻接受手术，有随时猝死的可能。"

"我认了！"

常阳的态度没有任何人能够改变。

任军一句话都没有说，直接把常阳接回了家。

这么多年过去了，好似有神灵庇护，常阳一直没有出现过什么意外。但常阳知道，神灵不会一直庇护着如此任性的自己。他预感到不远的将来好像要发生些什么。

沉思了几天，常阳写了一封信，连同一张银行卡一起放进一个信封，封好后，交给了任军。

他只简单地对任军说："如果有一天我出了意外，你打信封背面的电话，把这个信封交给她，她叫陈朵。"

任军只是点了点头，还是一句话都没说。兄弟之间有时就是这样，什么都不需要问，什么也不需要说，只需要做。

朵朵，我最亲最爱的人：

当你看到这封信的时候，我已到了另外一个世界，远远地看着你。不要难过，我会在你生命的终点静静地等着你姗姗而来。

相信我，我们一定会再次重逢，再次紧紧相拥。

写这封信的时候我很坦然，我相信，一定有另外一个世界，一定有你我重逢的那一天，但我也不安，不安的原因只有一个，那就是，没有我陪伴你的日子，你该如何度过？

朵朵，我真的不放心你在这尘世间茕茕孑立，日夜独行。

一定要为你做点什么，这样，我才能得到一丝心安。

我决定为你留一笔钱。这张卡里的钱原本是留着我养老的，如果你收到，说明它们对我已经没有用了。你一定会想到我的家人，放心吧，我已经把他们都安排妥当了。银行卡的密码是我们在一起的那一天。

你太纯粹，纯粹的人要保持自己的纯粹在很多时候要付出沉重甚至惨重的代价。希望这笔钱在你最艰难的时候，能帮助你保持自己的尊严，不要对那些你厌恶的人和事低下你美丽而高贵的头。

这是我离开这个世界前,能为你做的最后一件事了。

尽管知道,我们一定会再次相聚,但还是很不舍,我想这次分别的时间应该会很长。你知道的,我一刻都不想和你分开;你知道的,我有多爱你。

最后对你说一句话,你是我今生得到的最美的礼物。

生生世世爱你的常阳

邻家女孩的味道

常阳去鹭洲出差了。已持续几个月，南安、湘城、永昌、闽州、鹭洲、北宁……马不停蹄地奔波着，常阳掐指算了一下，十四天竟走了九个城市，很累。但一想到陈朵会来鹭洲陪他，便只剩下了幸福。

　　鹭洲机场距离市区很近，一下飞机，常阳抓紧时间处理完公务，便匆匆赶到了附近的海边，提前精心挑选好的酒店。

　　这家酒店常阳已住过很多次，位于地势较高的位置，视线很开阔，站在落地玻璃前能看到很远的地方。

　　鹭洲的海水很干净，今天的天也特别蓝，岸边礁石兀立，陈朵一定喜欢坐在宽大的露天阳台上，听着海风，喝着清茶，一起静看海面上正在训练的单板小帆船，还有被海水映衬得格外洁白的船帆。海浪只管慢条斯理地悠荡，云朵只管慵慵懒懒地躺着，两个人什么也不说，什么也不做，只静静倚坐着，偶尔温柔对视一眼，再继续无声无息面对着大海。

　　"咦！不远处什么时候多了一个简洁明快的白色小秋千，上次来的时候还没有，朵朵一定喜欢！还是迎着大海的秋千。"

两人一周前已约好，周五下了班陈朵坐飞机赶来，两人一起度周末，周天晚上陈朵再赶晚班航班回浦江。

　　就这样干等着实在难熬，常阳到了附近有名的大渔港。

　　听说这里是最文艺的渔村，到了后才知道，就是一个地方特色市场。对这种人流如梭的闹市常阳一贯不怎么喜欢，为了让时间过得快些，常阳还是信步四下里转了转。

　　大杯芒果、五花八门的地方小吃……这些，常阳实在提不起兴趣，倒是偶遇的一家雅致的花果茶店让常阳停下了脚步。

　　这里茶的名字都很有味道，醋栗浆果、玫瑰覆盆子、蓝莓乳酪、奶油草莓等，常阳刻意选了一款粉红遐想，因为里面有巴基斯坦重瓣玫瑰、甜菜根、蔓越莓，还有洛神花。

　　常阳对洛神花情有独钟，因曹植的《洛神赋》。"翩若惊鸿，宛若游龙""含辞未吐，气若幽兰"。

　　"洛神甄宓真的那么美吗？"

　　茶汤真的是粉红色，甜菜根的甜不是轻浮明艳的甜，是有着几分纯绵的清甜，很容易让人心生遐想。想到了什么？自然还是陈朵。

　　"大哥，你觉得这款茶的味道像什么？"卖茶的小女孩问常阳。

　　"邻家女孩儿的味道。"常阳想也没想，脱口而出。

　　常阳的手机响了，是陈朵，"好难过，不知道该怎样对你开口。"陈朵的声音带着明显的哭腔，常阳一下子紧张起来。

　　"大狗熊，我今天去不了鹭洲了。尽管我知道没用，但还是要说，你别太失望了。"

最近，陈朵给常阳起了一个新名字，大狗熊。

准备出发赶去机场了，陈朵却临时接到通知周六要加班。虽然无比失落，但常阳知道，只要有一丁点可能性，陈朵一定会想尽办法赶来陪他，她一定比自己更难过。

"没事啦，都是职场上的人，理解。你不要多想。"

常阳克制着自己的失落，安慰着陈朵。

"我知道这会儿大狗熊肯定特别难过。"

"真的没事！来日方长，我们还有下周、下下周、下月、下下月、明年、后年，我们拥有的日子还很长。"

一切变化都无法预知，就像海上的光影，一会儿是墨绿，一会儿是赭褐，这会儿不知怎么又变成了靛蓝。

天色渐暗，海边都是一对对情侣，他们在海风的撩拨下禁不住亲昵起来，有的耳鬓厮磨，有的相拥热吻，一片风花雪月之中，孤身一人的常阳却只有伤感。

"蓝眼泪！"

突然，海边有人惊呼。

随着一块石头投进海水，靛蓝色的海水魔幻般地变了，像天上的星辰落入大海，起伏飘荡，如云如烟，如梦如幻，眼前一片浩瀚群星，星辰大海。那是藏在穹顶银河中一双圣灵的眼睛滴下的圣洁的眼泪。月光、星光在海面上铺成了一条银光闪闪的星路，通向了海的深处，海天一色，那条路又好似通向了天际……

不远处，有个像常阳一样孤零零的女孩拿着手机播放着歌："会不会我们的爱会被风吹向大海，不再回来……"

快快回到了酒店。打开房门，把手伸进黑乎乎的房间，常阳打开了灯，看了看空落落的四周。

长吐了一口气，关了灯，慢步走到阳台。常阳颓然地坐在藤椅上，点燃了一支烟。烟的亮光隔一段时间在黑暗中一闪一闪，就像常阳此时的心情，一起一伏，有些孤寂，还有些无奈。

隐隐地，常阳觉得心口有些疼，这种状况已有一段时间了，但他并没有特别在意，继续抽着烟，想着陈朵。那痛感突然间加剧，好像一根铁棍从前心猛然插了进去，又直接从后背穿了出来，还伴有越来越强烈的窒息感，仿佛周围的空气都被什么力量抽干了。

这种感觉从未有过，疼得常阳一动也动不了，幸亏坐在藤椅上，不然一定会摔倒。常阳条件反射般把手紧紧压在了左侧的胸口上。

这痛感一直持续着，此时常阳连头都无法挪动，目光稍移一些，他看到几米外的背包，里面有速效救心丸，但他无法移动，连手都举不起来更别说站起来，走过去，打开包，取出药再吃下去。这时的常阳有些绝望了，他紧闭双眼问自己，难道我要死了吗？

电话骤然间响了，常阳知道，一定是陈朵，但他动不了。他好想接起电话，告诉陈朵，他好疼！但他不敢告诉她，他知道陈朵一定会担心得要死。只能这样闭着眼睛，一动不动地靠在藤椅上……

不知过了多久，痛感才渐渐减轻，呼吸开始恢复了正常。常阳慢慢睁开眼睛，缓慢起身，摸到手机，果然是陈朵。

他把电话拨了过去，他知道刚才没有接到电话，陈朵一定会担心。

"喂。"

尽管只一个字，陈朵已经察觉出了常阳的异样。

"嗯？你的声音不对。大狗熊，你怎么了？"陈朵焦急地问道，"是不是心口疼的毛病又犯了？"

"没事，稍有点累，刚才不小心睡着了。"

尽管经过刻意控制，但常阳的声音与平日里明显不同。

"你赶紧休息！马上睡觉。我的手机就放在枕边，如果稍稍好些就给我发个信息。"

常阳的确很难受，迷迷糊糊睡着了，等再醒来，已是深夜。

醒来第一件事，常阳先拿起了手机。

三小时前陈朵发来的信息："我特别害怕。此时你一个人在酒店，身边没有照顾你的人，着急得想哭，心疼得想哭，又不敢给你打电话。好后悔，今天为什么不来你的身边，至少能守着你、陪着你。我不想和你再分开，一秒都不想。我会尽快换一个相对自由的工作，尽可能多地陪在你身边。"

"没事，都过去了，放心吧。"

常阳知道瞒不住了，说了实话。

陈朵瞬间回复："我知道你为什么一直留在职场上，是为了陪我在我的世界，随时给我帮助。放心，你的朵朵可以坚强地走下去。只要心里有你，我能战胜一切困难。答应我，回去就辞职，然后去做你自己喜欢的事，其他的一切都不重要。"

"我觉得自己应该还可以再撑一撑。何况，所谓自己想过的生活、想做的事，一旦真的实现了，会发现未必就一定如想象中那般美好。有些东西或许就应该停留在想象中。"

"常阳，你已经撑得太久了，别再把自己当成铁骨铮铮的英雄了。所谓的英雄哪个不是一边流泪，一边演戏。现在的我，只想你在我的怀里做一只懒洋洋的大狗熊。"

早晨醒来，回想起昨晚的事，常阳还有些后怕。

真的好险！

难道老天在暗示什么？

这段时间，常阳总觉得将要发生些什么，他似乎能看到在平静的表面下，已有些暗流开始涌动。有时，对即将发生在自己身上的异常重大的事，人总是会有清晰而准确的预感。这种现象，无法解释。

常阳觉得，与陈朵在一起的日子就像一块用力向上抛起的石头。现在，这块石头到达了顶点，开始下坠，且越坠越快。

手机里昨晚半夜陈朵发来的信息。

"常阳，我知道你很累，累极了，好想歇歇，但这个世界却让你无法安心、安静地闭上眼睛。我会用我并不很大的手，为你遮住刺眼的阳光，让你休息哪怕片刻，用我并不很强的唇，为你吹去一丝微风，吹散你所有的沉重。然后，你沉沉地睡去，不用再强迫着自己睁开双眼，对着这个世界勉强地笑。"

常阳看看天空,应该要下雨了。

雨前的云,越积越厚重,越积越低沉,天色随之暗淡下来。

黑压压的云,好似天上的谁在竭力压抑着强烈的情感,发着如野兽般的低嚎,压着海平面滚滚而来,让人不敢直视。

常阳仿佛看到了云端上拿着锤子的雷神,正露出狰狞的面孔。

下部 情之所终

幻灭

夏至，一年中最长的白日，这个节气需要提醒自己，越是璀璨越要小心蛰伏。但人生很多境遇即使蛰伏也逃不开，该去的一定会去，该来的也一定会来。

2021年夏至这天，常阳突然接到消息，汪雨出事了。

汪雨的妹妹告诉常阳，汪雨四年前投资被骗，欠银行的贷款无法偿还，被迫借了地下钱庄的钱周转，四年间利滚利已滚到天文数字。汪雨背着常阳借遍了所有的亲戚朋友，最后连汪珊都为此负债累累，已经彻底走投无路了。汪雨总是习惯把自己的问题转嫁给身边的人，越是亲近的人，越是如此。四年间，汪雨对常阳却只字未提，即使到了现在这种境地，还以跳楼威胁妹妹，绝不能告诉常阳。

她的胃病再一次恶化，还确诊了直肠癌。或许就是这件事让她长期处于焦虑与不安中，最终导致身体出现严重问题。

"咣！"一记沉重的惊雷骤然间炸响在常阳的头顶，妻子、孩子、现实生活、家庭现状……这些已经模糊的东西一股脑全都回到了常阳的世界里。

其实，这些一刻也未离开过常阳，只是他怕触及这最敏感的神经，有意躲避而已。现在，这意外让常阳无处躲藏了。

汪雨是个好高骛远的人，尤其在事业与金钱方面，不肯脚踏实地，就是个纯粹的投机者。

但无论发生了什么，她永远都不会向常阳低头！

汪雨的今天如叔本华所说："人们追求幸福的努力永远不会超过其本性所许可的范围，只能局限于能感觉到的范围；人所能得到幸福的多少，从一开始就由他的人格决定了。"

常阳的处事原则是，凡事往最坏的方向打算，往最好的方向努力；而汪雨是凡事往最好的方向想象，却不肯付出努力。常阳通过努力，已经给了她超过普通人的生活，但不贪不腐的常阳根本不可能满足汪雨要的奢侈、奢华。

常阳渴望融入平凡，而她始终与平凡抗争。

汪雨性格中还有一个缺陷，做事不计后果，这让她吃过很多亏。常阳曾多次规劝她："人生应为能及之为，应好能及之好，否则就是妄为、妄好。妄为、妄好，必有灾祸。"

但她不会听，不会反省，更不可能觉醒。

常阳很清楚，这缺陷将伴随她一生。一个人的缺点源于习惯或许能改，但源于本性根本无法消除；常阳更清楚，自己不可能改变她的本性，不可能改变她的人生。

人生的十字路口，走向不同的方向便是截然不同的人生。

这是常阳人生中一个重要的十字路口，他抬脚，放下……他知道，面对这个十字路口一旦迈出第一步，便无法回头，他踌躇着……

锁了办公室的门，把窗帘都放了下来，常阳不想见任何人，甚至不想见到光线。紧锁眉头颓然地点燃一支烟，烟草的刺激并未让他走出困境，眼前满满一烟灰缸的烟蒂反而让他的内心更加混乱不堪，心口也开始隐隐作痛。

责任与感情永远无法对等，二者发生矛盾时必须放下后者，这是亘古不变的东方哲学与真理，根本不容常阳有任何思量。

一个人在危难之际，决定他如何选择的，往往是这个人骨子里最本质的东西，而非理智、知识、经验、伦理之类。

"那朵朵怎么办？我该如何面对她？我该怎么办？我又该如何面对自己今后的人生？"常阳陷入了沉思。

放弃陈朵，这对于现在的常阳而言根本不可能！别说主动放弃，就是想到可能失去，都会让常阳疼得马上躲开，不敢再去触及这个念头。

放弃汪雨，更不可能！常阳绝不忍心在她最艰难的时刻，对她弃置不顾。常阳很清楚，以她现在的身体与精神状况根本不可能承受这种沉重打击！何况，还有一个年幼的儿子。

很久以来，常阳总想在现实与梦境之间找一条赖以生存的路，他拼命地找，却始终找不到。他既无法彻底进入其中一个空间，也无法彻底离开这两个空间。在两个空间的挤压之下，留给他的缝隙越来越窄，他已几乎动弹不得了。

只要内心还处于矛盾之中，挣扎着寻找出路，不仅找不着，反而会让自己的内心更加矛盾。

此时的常阳就像一只落入了蜘蛛网的蝴蝶，他拼命挣扎，但无论怎样挣扎就是无济于事。

他依然不想放弃,希望出现奇迹。这世界原本就没有虚幻的奇迹,所谓"从此他们过上了幸福的生活"不过是童话里才会出现的结局。

常阳一夜之间老了,鬓角都有些花白了。有的人老去不是随着岁月一点点慢慢变老,而是在一瞬间,猝不及防就老了。

人生中有些事,只能自己做出决定,无论这个决定是否正确。

常阳一把抓过了电话。

"小坏蛋,想我了?"

电话那头一无所知的陈朵依然亲昵,常阳不知如何开口。

不能再犹豫了!

常阳咬了咬牙,"朵朵,她出事了,病得很重。我必须回到她和孩子的身边,我要去救他们。"

几乎没有任何犹豫,陈朵平静地告诉常阳:"那赶紧去吧。"

"那……"常阳讷讷地不知该怎么往下说。

"我知道你想说什么,什么都不用说了。我爱你,是想让你快乐、轻松、幸福、收获,而不是痛苦与失去。"

陈朵曾说过这样的话,但常阳始终认为那是情之所至时的情话,现实生活中任何一个女人都不可能做到。

陈朵不是神。

在常阳回家的同一天,冯娜结婚了。

关于彩礼,最终,在冯娜无比坚定的坚持下,父母妥协了,只是象征性地收了一些,阿强和他的父亲也的确尽力了。

冯娜不忍面对装作若无其事的哥哥,她知道,哥哥的婚期将遥遥无期。看着父母无助的眼神,她愧疚于为了自己的幸福让全家人承受痛苦的选择,尤其对不起从小就很疼自己的哥哥。

陈朵发自内心为冯娜庆幸,无论怎样,一对有情人终成眷属,也是万幸。

"那么我呢?我的结局将会怎样?"陈朵偷偷地伤感着。

那是个清简但幸福的婚礼,没有隆重复杂的仪式,每个参加婚礼的人都收到了一份伴手礼,是阿强亲手制作的一对胶泥茶杯,寓意是一生一世一对人。

陈朵既为冯娜高兴,也为自己痛楚。

"常阳,我也想和你结婚。穿上简单的衣服,不盘头发,不化妆,也不穿高跟鞋,只带着微笑,只牵着你的手,和亲朋好友一起吃一顿平常的饭,告诉他们,我们很幸福。"

陈朵低下头看了看时间,常阳应该马上要下飞机了。

陈迹残影

2006年的北宁机场，T1航站楼。

当时还不是妻子的她送常阳去北宁，安顿好常阳之后准备返回云山。一步一回头，几乎泣不成声地过了安检，后来常阳才知道，面对两人的第一次别离，伤心欲绝的汪雨竟看错登机口，差一点上了济南的飞机。

失魂落魄的常阳坐在机场路边的石阶上，抬头看着一架架高昂着头，呼啸而去的飞机，不知道她在哪一架上，但知道她一定会从舷窗不舍地向下张望。

她能否看到坐在台阶上抬头望着天空的常阳？

"舍不得把你一个人丢在北宁，我觉得自己好残忍。"

想起她离别时的话，常阳哭了，毫不在乎身边经过的那些诧异、嘲笑的目光。那一刻，常阳觉得自己就像一个潦倒的流浪汉。

初到北宁的日子，也是常阳一生之中最艰难的日子。

刚开始，常阳租了一对老夫妻的一间老旧的、没有窗户的房间，北宁那年冬天出奇冷，每晚常阳都被冻醒。

多少个夜里，突然醒来，捂着冻得生疼的脚，懵懂地看看陌生的周围，好半天才不情愿地反应过来，"我漂在北宁，流浪在北宁。"

从小家境不错的常阳都是在只有一个人的时候洗澡。到了北宁，每次洗澡常阳都是在厕所瑟瑟发抖地用一桶凉水擦洗。因为淋浴器的开关被锁在了另一个房间，那对老夫妻很小气，每次出去的时候会把其他的房间全锁起来。

为了她，辞去了十四年优越的工作变成北漂，当时常阳的经济状况很窘迫。在北宁找工作的时间里，每天的伙食标准是五块钱，一顿一个白面饼，攒好几天才能攒出咸菜钱。每天出门前，常阳凉好开水，灌入瓶装水的瓶子带着，喝完再把空瓶带回来明天继续用，舍不得买瓶装水。面对这些，从小没吃过什么苦的常阳竟然觉得很幸福，因为这些苦是为心爱的女人受的；因为心里有爱，苦神奇地变成了期待，变成了甜。

一次偶然中，常阳在柜子里自己的衣服口袋里发现了2000块钱，他知道那是收入微薄的她省吃俭用很久省下的，临走时偷偷藏在了那里。她也知道，如果告诉了常阳，他一定不会要。

她是老师，每年有两个假期，每次放假都会来北宁陪常阳。

每天下午，她都去接常阳下班，为了省两块钱地铁票，她不出站，就在站里等着常阳。夜晚，两个人挤一张狭小的单人床，只有一个枕头、一床被子，常阳至今清楚地记得，每晚她把常阳的衣服叠起来当枕头。早晨，因为住在很远的郊区，常阳要很早出门去上班，每次出门之前，常阳都会在床前那张破旧的桌子上留50块钱，这是她一天的生活费。而那时的她，竟然还花不完。

后来，常阳的条件渐渐好了，她再来北宁的时候，不忍让她受苦的常阳会带她住宾馆。记得在一个宾馆，常阳很喜欢宾馆里深红色的床单与被套，对她说，等有一天在一起生活了，也想铺这种深红色的床单，盖这种深红色的被子。

结婚那天，她真的准备了一模一样的被套和床单。

常阳在北宁的最后一份工作，是在偏远的地图上都找不到的稻香湖。那里的环境更恶劣，冬季住在四面漏风的彩板房，冻得每天必须穿羽绒服才能勉强睡觉。还有硕大的老鼠，根本不害怕人，大白天就敢在房间里、屋檐上肆意地窜来窜去。

常阳到那里工作就一个目的，挣钱。常阳在那里做了10个月，攒钱给她买了一枚结婚钻戒。

这样的故事实在太多、太多了……

时过境迁，常阳依旧清晰地记得，但在她的心里，已随着岁月春秋渐渐淡忘成了陈迹残影。后来，两人发生争执与矛盾时常阳总充满深情地与她一起回忆这些旧时芳华，以为会唤起她浓浓的追忆，激起她强烈的共鸣，她却总是清冷地说一句："都过去了。"

她认为，这些都是两个人年轻时幼稚的小爱，根本不值得铭记，现在应当做的只是向前看；应当想的是如何挣更多的钱。但她心目中这些小爱，却是常阳认为生命中最珍贵的东西。

"经营好一份不曾褪色的感情同样是一番非凡的成就，一份不朽的事业。"常阳还是不死心。

"社会公众共同认可的有价值的才是事业。一个人活着就是为了得到他人、社会的认同。你不要想改变我！"

"哲学家说过，把别人为他们所画的像看得比他们本人还重要的那些人，是愚昧的。"

"不是我愚昧，而是你幼稚。"

"人活着首先为了得到自己的认同。你走得太远，早忘记了当初启程时的初衷，再不回头就找不到来时的路了。"

"我只会向前，从未想过回头。"

她的坚定让常阳心痛不已，"生活不是踮着脚够着，而应该是脚踏实地站着。踮着脚拼命够到的东西，拿不稳，你也站不稳，最后可能连你自己和手里的东西一起摔个粉碎。"

"我踮着脚，还不是因为你太让我失望了！"

"与其说你对我失望，不如说你对自己失望更准确些。你总觉得自己很委屈，总是想通过抱怨与指责让我改变，你这种所谓的受委屈心理，本质上是为了躲避自己的担当与成长。"

"是！所以，我不想在失望中度过一生。"

汪雨比以前忙碌了很多，忙得一天到晚很难看到她的人影。

一个人曾经的故事，就是一个人的人生。

对曾经无比的留恋与珍惜，才是对生活的热爱、对人生的珍惜，即使只是把那些曾经悄悄地珍藏在心灵深处。但绝不能忘记，更不能抛弃。这既是对自己人生的珍惜，也是对自己生命的认真。

对自己曾经的态度，就是对自己的人生、对生命的态度。

很多不幸的情感，都是源于最初的情投意合，因为越是情投意合，越是期待万分，越是期待万分，最终就越容易失望。

战争

随着飞机重重的着陆声,一路心事重重的常阳从混沌中惊醒。

曾经历过的时光真的像一场梦,却是一场充斥了深深痛楚的梦,现在,所有的梦彻底地醒了。

曾经,以为自己像一个走出了铁门、铁窗的囚徒,从此可以享受美丽的自由,这一刻常阳才发现,他并没有刑满释放,不过是以一种刑罚对抗另一种刑罚罢了。现在,两种刑罚叠加在一起向他压来。

步履沉重地顺着人流下了飞机。看着远方终年覆盖着皑皑白雪的山峰,山巅上飘着几片薄云,给雄浑的云山平添了几分愁怨。原来每次下飞机看到它都觉得那么熟悉而亲切,这次,竟感觉有些陌生。

故乡的风异常凉爽,也很硬朗,不像南方的风那么湿润、细腻。迎着云山飘来的朗朗的风,常阳长吸了一口气。

打开手机竟没有陈朵的信息。很久了,每次出远门,下飞机一定会收到陈朵充满爱意的惦念。只有这一次,无声无息。

站在楼下，常阳抬起头看着家里的窗户。

家在九楼，透过玻璃窗还是能清晰地看到琥珀色的吊顶和白色的吊灯，这些都是当年常阳精心挑选的。还有淡橙色底子配着暗红色玫瑰花的窗帘，那是汪雨选的，常阳也很喜欢。

汪雨曾得意地调侃："挣钱是技术，花钱却是艺术；挣钱要看一个人的智慧，会不会花钱就要考量一个人的品位了。"

北漂那些年，租房的经历让常阳深恶痛绝，离开北宁常阳发誓，永远都不再住出租房。这里，正是常阳自己设计、装修的最喜欢的家。

已经很久没回过家了，常阳踌躇着，他害怕面对这个家里的一切。常阳已感觉到这个家等待他的必将是一场艰难的"战争"。

汪雨还是那张怨恨全世界的脸，连一句"你回来了"都没有说，眼眉上挑了一下，即刻皱起了眉头，像一颗随时都会爆炸的炸弹。

汪雨的态度，常阳丝毫不觉得意外。

回家后，常阳对妻儿无微不至地照顾着，但不敢直视他们，就连八岁的儿子，也不敢主动去亲昵。每次进门，儿子赶紧从里屋跑出来，用那双胖乎乎的小手把拖鞋认真地摆在常阳脚前，常阳也只能尴尬地说声"谢谢"，马上把头扭向了一边。他不敢主动摸儿子的小脑袋，尽管他知道儿子很渴望自己的大手落在他脑袋上的感觉。

极度的愧疚始终跟随着他，只要目光一接触到儿子，尤其是儿子一无所知的眼神，还有些奶声奶气的语气，那深刻的愧疚感就像火焰般灼烤着常阳的心，疼得他马上躲了起来。常阳知道，儿子在用他天真的稚子情感爱着他的爸爸，所以，疼，也躲不掉，他只能默默为妻子和儿子做着所有能做的事。

汪雨的胃病再一次复发，还伴有严重的抑郁症，经常莫名其妙地发火。常阳尽量保持着克制，实在受不了，最多平和地劝几句，但随之而来的一定是一场战争。

"你尽量克制一下情绪吧。这样发火也伤身体。这么多年，我一个人漂泊在外，也不容易。"

"我就知道你会这么说！你就不是一个男人！"

"事已至此，我们就不要相互评价了。"

"我的今天，我的一切，都是被你，被这个家毁了。当初这么做，我也是为了孩子能获得更好的生活，为了这个家！虽然你现在赶回来帮我，什么都没说，但我知道，你一定在心里骂我，你觉得我是这个世界上最蠢的女人，我没说错吧？"

"我没有这样想。"

"你就是这样想的，只是不承认而已。你对我的帮助，在我看来就是一种居高临下的施舍，可我又不得不接受。但我告诉你，这对我而言就是一种不折不扣的羞辱！"

常阳想起《月亮与六便士》中的一段：一个女人能够原谅男人对她造成的伤害，但不能原谅他为她做出的牺牲。

常阳沉默了，看着她，用眼神向她传递着一个信息："不要再吵了，没有任何意义。"

"你看着我干吗？为什么不说话！"汪雨依然不依不饶。

"别再给自己找借口了，找借口就像吸毒，一旦习惯了，你会上瘾！"常阳终于忍不住了。

"懦夫！"

"人性是复杂的，不要那么草率地评价一个人。对你，我不评价、不要求、不期望。"

"在我的心里，你就是一个懦夫，我们离婚吧！"

常阳彻底被激怒了，那句"离就离"已到了嘴边，还是硬生生咽了下去。常阳知道，对他人，尤其对伴侣不满的人，其实内心是对自己不满，这是内耗型人格的一种表现。

"不要忘了，你是一个男人！和我父亲一模一样的男人！小时候，每次我犯错，都会对我的爸爸发很大的火，我一生气，他会不停地哄我开心，甚至还会向我道歉。可惜他那么早就去世了，这个世界上再没有人那样爱我了。你记得吗？你曾经对我说过，你会像爱女儿一样爱我一辈子，你做到了吗？"

汪雨恶狠狠的眼神，已经把常阳所有的话都堵死在了嗓子眼里，一个字也说不出来了。

汪雨的话依然萦绕在耳畔："你这个人对我而言太淡了，淡得就像温开水，多少年了，甚至连烫一下嘴的刺激感都没有。你却独自有滋有味地享受着这杯温开水。最让我受不了的是，你总以所谓的人性和品位自然而然地凌驾于我之上，让我处处自惭形秽，事事自认愚蠢，这种感觉我受够了！不知道多少次，我都想把一杯滚烫的开水泼在你看都不想看我的那张淡漠的脸上。我真的好恨你！"

煮熟的种子

曾经，常阳彻底陷入了沉睡，陈朵唤醒了他沉睡的情感，甚至唤醒了他未知的另一个生命。但常阳醒来后发现，情感与生命的觉醒遇到了责任与担当的挑战。无论怎样选择都是致命的打击。

常阳知道，选择陈朵就是选择幸福，现在的自己还拥有了无可争议的选择权。但这选择太残忍，等同于谋杀。

"我可以雪中送炭，但我的天空也会下雪。为什么我的人生注定就是一场无法救赎的悲剧？"常阳一遍遍地问自己。

"生命本质上就是一场悲剧，从降临人世间的那一刻起，就注定离开。"常阳的心里有一个声音在回答着他。

响起了一声信息提示音，是汪雨的妹妹，汪珊。她是个正义感爆棚的姑娘。前几天，姐妹俩还发生了激烈的争执。

汪珊真的生气了，"你有病！"

"是这个金钱至上的世界有病。"

"面对这个世界有很多选择，唯一不能选的是伦理崩溃。"

"我的世界已经没有了选择。"

……

汪珊与常阳的感情一直很好，汪珊从未叫过他"姐夫"，一直叫"哥"。她对常阳与姐姐的婚姻一直保持着客观、冷静的态度。

"你们离婚吧，去过自己的生活，不要继续纠缠在一起。她应该独立面对自己的问题。这么多年了，我实在不忍心看你继续受折磨，你应该有自己的生活，生命有限，放过自己吧。"

"那样做太残忍了。"

"感情中，被伤害的权利都是自己送出的。你越做得极致，越把自己感动得一塌糊涂，对方就越觉得无须对你的付出感激、回报。你懂不懂？你没有义务无休止地去满足那些并不在乎你的人，那样做是对你自己的人生无情的打劫。何况不是每个人都能被唤醒，一个人被唤醒是需要智慧的！"

没错！婚姻，不是成全彼此的生命，就是打劫彼此的生命。不是让生命越来越美，就是越来越丑，不可能停在原地。

常阳想起了曾经陈朵对"甄宇瘦羊"的见解。

"当你拥有了资源分配权的时候，你的价值观从某种角度而言，会对社会公平造成伤害，也会对你爱的人、你自己造成伤害。"

……

常阳打算洗个热水澡，希望帮助自己清理一下已陷入混乱的思绪。

站在水中，温热的水流过身体，那水真的带走了些许纷乱的东西。冲了很久，常阳感觉头没刚才那么疼了。

回到房间，坐在床边，常阳点燃一支烟。

隔壁房间里传来了汪雨微弱的呻吟声。常阳知道,现在的她一定很痛苦,包括身体和精神。常阳站起来,缓缓走到汪雨的房间门口。

看着汪雨紧裹在被子里,瘦得像个未发育健全的孩子般的身躯,常阳心里泛出阵阵酸楚,对她已很久没有过这种感觉了。

"我不能看着她凄苦地死去,一定要救她!无论爱与不爱,必须尊重他人的生命。何况是生活了十几年的妻子,自己孩子的母亲。"

突然,他发现汪雨的手里好像拿着个什么利器,仔细一看,竟是刀片。常阳一把夺了过来,扔在了地上。

汪雨猛地扑到常阳的怀里,撕心裂肺地痛哭起来。常阳听见了,尽管声音不大,但很清晰,她说了三个字:"我错了。"

常阳曾想象过无数次汪雨向他道歉时的情景,尽管那种情景从未出现过;也曾彩排过无数次汪雨道歉时他要说的话:"这个世界上总有些事是不能被原谅的。"但当那个情景真的出现时,他并没有说出原本已暗自彩排了无数次的对白。

这一刻,汪雨多年的跋扈、残忍都从常阳的记忆中消退了,眼前的她就只是一个一无所有的可怜女人。

常阳本能地试图推开她,但没有用一点力气,就连那声"不"都轻得几乎听不到。常阳虚弱无力的拒绝,其实是一种被动地接受。

"每个人,或许都会在生命中的某一天突然觉醒,并由此改变人生。汪雨真的觉醒了?"常阳不得而知,但有一点非常肯定,如果一个人觉醒得太迟,觉醒本身也就没有了意义。

看着怀里的汪雨,常阳非常确定,他们之间已经没有了爱情。因为爱,首先是慈悲,她对自己早已没有了任何悲悯;因为爱,首先是无私,尽管每个人本质上都是自私的,但爱至少会让那个人控制自己的自私。常阳确定,此时此刻她的感情流露仅仅是需要。

当一个男人疑心一个女人是否真的爱他时,那么真相一定是不爱,因为疑虑本身就是最准确的答案。

"对不起。"

尽管汪雨的声音很低但很清晰。

常阳并没有回应,只是拍了拍她的肩膀。两人的情感早已是煮熟的种子,虽然还在土壤里,但永远发不了芽。

汪雨的心里在说:"对不起,常阳,我再最后一次对不起你。不管是咎由自取还是罪有应得,我已经无力回天了,最后一点能做的,就是不想我的孩子再失去父亲。"

身处绝境,求生自然成为本能的反应。但身处绝境的母亲首先会保护自己的孩子免受或少受伤害,这是全天下每个母亲的天性。

"常阳,其实你什么都明白,只是没有拆穿罢了,因为你不忍心。我又一次利用了你的不忍心。"

……

曾有一部很火的电视剧《我的前半生》,结局部分女主角说过这样一段话:"这十年,我一直在学着怎么离开你,希望从此以后,算是学会了。"

或许,常阳一生都学不会如何离开自己不爱且不爱自己,又不忍抛弃的女人。

无奈挣扎之后，常阳选择了缴械投降。

长久以来，常阳一直认为自己不可能活成他人期待的奴隶，现在常阳才发现，自己并不能真正掌握自己的命运。

其实，有些人、有些事，可以心疼但不能原谅。

对于错误的婚姻，结束，应该是最好的选择。

勇于结束错误婚姻的人，才能获得幸福，而且是双方的幸福，因为解脱是双方共同的解脱。启动解脱的人根本无须自责，这种解脱本质上对双方都是一种救赎。

这就是爱

十几天了，无声无息，陈朵好像突然消失了。

她打算让这份感情就此终结？

不会！常阳清晰地记得陈朵说过："我不会忘记答应过自己要做的事，无论多难。"

但他不敢主动联系陈朵。

"我该对朵朵说什么？我又能对朵朵说什么？更何况现在的我，经济状况也已彻底恶化，我又能给朵朵带来什么？"

常阳知道，陈朵一定不会这样想，但他却不可能不这样想。

人生若只如初见，那将是一如往昔最纯美的故事。但世间万事万物就像村上春树说的：当你经历过一些事情以后，眼前的风景已经和从前不一样了。

难道，生命中所有的灿烂最终都要用寂寞来偿还吗？

常阳曾以为，遇到一份确切的爱，却不能真正拥有是世间最痛苦的事。到这份爱即将失去时却发现，最痛苦的不是不能拥有，而是不舍放手。得不到，远没有舍不得让人痛彻心扉。

抽了一夜又一夜的烟，挣扎了一夜又一夜，常阳的头发更白了，那个被烟雾包围着的身体蜷缩得更紧了。但他还是喜欢黑夜，白天必须屈服于现实；黑夜，却可以一个人悄悄地回归。

"如此相爱一场，怎么可能说忘就忘。常阳，人世间根本就没有什么一见钟情，所谓的一见钟情，不过是在那一刻，遇到了一直想遇到的那个人。"

远在江州的陈朵也陷入了矛盾与挣扎。

"我多想和你彼此陪伴走完这一生。但爱，有时就是一种逃不开的伤害，要么伤害别人，要么伤害自己。"

最终，还是常阳找了陈朵，"她病得很重，我要救她。"

"那你就去救啊！"

常阳陷入了沉默，那沉默让陈朵明白了常阳没有说出的话。

陈朵率先打破了沉默，"真的没有一条路能走了吗？"

"我找不到。"

常阳确实已经找不到任何一条出路了。

"从今往后，我们只做喝茶、聊天的朋友，也不行吗？你说过，永远都不要让你找不到我，现在，我可以提出同样的要求吗？"

"我可以逃避现实，但不可能逃避自己的心。这样和你在一起，对她太残忍。其实这种痛一直都在，只是到了现在，我已经没有办法继续假装无动于衷了。"

"以后当我加班累得直不起腰时，再也不会有那么一个人拿着手机一直等着我回家报一声平安了。我舍不得每晚睡觉前可以对你说一声，晚安。一想到将从此失去你，我的心好疼，好像被掏了一个大洞，疼得我满床打滚。"

最终，常阳决定与陈朵面对面告别，"我们必须见一面，即使分开也不应该无声无息。"

常阳再一次到了江州。

只要一看到这个亲切的身影，瞬间，陈朵就会涌出一股满足感，这满足感都会从陈朵的眼神中不由自主地溢出，根本就藏不住。

面对头发竟有些花白的常阳，陈朵的唇抖动了几下，什么也没说。忍了很久终究没忍住，陈朵摸了摸常阳的头。

"我经常肆无忌惮地闹你，你从来都不烦，还给我起了一个让我无比甜蜜而幸福的名字，小坏蛋。因为你懂，我的任性与调皮不可能给任何人，只会给你；因为我懂，你的眼里只有疼惜，那是真心爱我的女人才可能有的眼神。"

常阳一边说，一边抽烟。原来的常阳烟吸得很深，会在肺里停留片刻才慢慢吐出。现在，常阳的烟吸得更深了。

"从人的本性来讲，你一点也不任性。你身上那些在别人看来的任性，其实，是一种独具魅力的个性，不仅应该理解、包容，更应该欣赏、宠爱，那是组成你独特人性之美的必需品，真实而善良，珍贵而纯粹。"

"一个曾在感情中受伤的男人，在进入另一段感情时，会把原来的伤痛也一并带着，这种伤会跟着这个男人很久。作为你当下的女人，为你疗伤是我的使命。最初看到你，就觉得你好累、好苦，像你这样善良而优秀的男人不应该这么累、这么苦，你需要一个女人的怀抱，把你的头放在她的怀里；你需要一个女人的爱，懂你的女人温暖包容的爱。我真的好担心，没了我的怀抱，没了我的爱，你会枯萎。"

常阳弯着腰，低着头坐在那里，尽管没有再说话，但陈朵看见了，他的眼泪滴落在了他的脚下。

"不记得从什么时候开始，每次吃饭你都拿着一张纸巾，随时帮我擦嘴；我爱出汗，你旁若无人地帮我擦汗，你会不时帮我理一下未必凌乱的头发，帮我整理未必不整的衣领。所有这些，都是因为爱由心生才会爱不释手，情到深处才会不由自主。都说细节决定本质，其实，细节本身就是本质。"

陈朵不敢再开口了，她知道，只要自己一开口，也一定会忍不住泪水滂沱。陈朵咬着下嘴唇，拼命地忍着。

"记得我们坐火车去湘城。在小小的下铺，一起说着最亲的话。后来我睡着了。翻身时我醒了，尽管没有睁开眼睛，但我知道，你把我搂在了怀里，轻轻地拍了拍我的后背，亲了亲我的脸。爱情中，人总会不由自主地掺入母性或父性的爱，就是心甘情愿，没有理由地疼惜对方，即使那些疼惜在旁人看来没有任何必要，甚至多此一举。这些平凡细碎的往事，一件件就像一针针刺着我的心，一针一滴血。这些简单与平凡就是幸福，这些简单与平凡重复一千、一万遍，就是幸福的人生。"

这是入了心骨的爱，这些散落在时光里的曾经，就像一颗颗珍珠被爱照耀得熠熠生辉。

"每次看到你出汗,我就心疼,不想让你的身上湿乎乎的难受;看到你吃饭,就想帮你擦嘴,就像爱抚一个没有长大的孩子;每次我吃到什么好吃的东西,直接的反应不是多吃一些,而是想用筷子夹着喂你。但感情最是无法预测,即使百倍呵护、珍惜,当它要离开的时候,无论怎样也无法将它留下,只能眼睁睁看着它像指缝间的流水,无可奈何地流逝。常阳,爱你不是因为你能带给我多少幸福,而是因为你就是我的幸福。"

柏拉图坚持认为,曾经,人的身体一半是男人,另一半是女人。后来,人被分开了。所以,世间男女都想尽办法寻找自己的另一半,找到了,身体才能完整。

常阳觉得自己找到了,但现在必须残忍地再次把刚刚变得完整的身体再一次分开。这种分开,就像一位诗人说的那样,"不是脱弃了一件衣裳,而是用自己的手撕下了自己的一块皮肤。"

我爱你

夜，不知什么时候已悄无声息地来了很久，随着夜的来临，伤感弥漫了所有的角落。

两人都没再说话，房间里的空气越来越凝重。

常阳独自踱出房间，站在酒店的门外抽着烟，看车流。

路上的车一辆接一辆驶过，闪烁的尾灯就像时光的星河。时光最是珍贵，但也最是折磨人心。今后的时光将如何度过，常阳根本就不敢想。

"无人为我捻熄灯，无人共我书半生。无人陪我顾星辰，无人醒我茶已冷。"

一双小手轻轻地从身后抱住了常阳的腰，常阳禁不住有些微微的摇晃，他握住那双小手，那么柔、那么熟悉，只是充满凉意，常阳知道，这凉意源自陈朵内心深处的无奈，甚至无助。

"回去吧，我给你泡好了茶。"

张了张嘴，实在不知道该如何安慰身后那个至亲至爱但已身心俱碎的女人。最终还是什么都没说。

常阳回过身，淡然夜色中，陈朵的脸庞略有些模糊，或许是常阳的眼睛因为潮湿而模糊了。两人默默地回到了房间。

一杯春露冷如冰，这杯茶，是常阳喝过的最清冷的茶。

"常阳，这应该是我们在一起的最后一夜。以后的夜，对于我们两个人都将是独自一人的夜，我觉得好委屈、好孤单，可委屈与孤单无法告诉任何人。今晚，只想你能抱抱我，让我闭上眼睛，把头埋在你的怀里，你知道的，我有多喜欢你的怀抱。"

夜里，两个人都格外平静。

陈朵一动不动蜷缩在常阳的怀里，手一直放在常阳的胸前，随着他的呼吸上下起伏，感受着他的心跳，感受着他的存在。

"常阳，你的快乐源于我的爱，我的坚定源于你的爱。如果我们的爱终结，你还有快乐吗？我还有坚定吗？或许我的坚定还能慢慢地找回来，你的快乐你自己能找得回来吗？"

即使到了分手前的最后一刻，陈朵依然在为常阳担心着。

"没有我的日子里，没有爱的日子里，你一定会度日如年。"

睡梦中常阳好像听到了陈朵心里的话，他翻了翻身，自然而然地钻到了陈朵的怀里。拥着常阳的身躯，陈朵能感受到这个强壮身躯中藏着的软弱。梦中，常阳经常会不由自主地寻找安全与慰藉。陈朵抱紧了常阳。

这一夜好静，静得连心跳的声音都听得清清楚楚，这一夜，对于两人来说，比曾经所有的夜都要短暂；这一夜对于陈朵是永恒一夜，对于常阳是一夜永恒。

晨曦也没有带来任何奇迹。

该离开江州了。江州北站广场一角，常阳默默看着眼前的陈朵，好想深情地在她耳边说，"我爱你。"但是，他知道，他不能这样做！他已经失去了说爱的机会。

"我还从未亲口对朵朵说过，我爱你，这三个字。"

原来的常阳从不喜欢说"爱"。

曾有人说过，所谓对另一半的爱，其实不是真的，你真正爱的是心里想象的那个人。常阳知道，陈朵给他的爱真真切切；现在的常阳好想对陈朵说，"我爱你"。

"如果上天能再给我一次机会，我要天天对你说，我爱你。"

心里说着"我爱你"，但常阳口中说出的还是"再见"。

"我知道，再见将遥遥无期，但我还是期待再见。"

陈朵这句话在心里对自己说，也在对常阳说。

常阳惨淡地笑了一下，转身准备过闸机。

低头看了看闸机，眼前的闸机就像一扇无比巨大、厚重的铁门，将把两个人从此彻底隔在两个世界。

转过身，常阳走了。他根本不敢回头，他知道，这次转身可能就是一辈子，一辈子的思念，一辈子无法相见。从此，身后的女人就是他永远的伤心之人，身后的江州城也就是他永远的伤心之城。

"原来每次告别，都是朵朵为了不让自己伤心而强装坚强，这次，也许是最后一次告别，该我这样做了。"

常阳大步朝前走去。

"不能落泪，不能回头。"常阳的心里一遍遍提醒着自己。"朵朵，千万别叫我，我知道，只要听到你的声音，我一定会停下脚步，一定会回头。"

常阳一步步沉重地向前走去。走过拐弯处，刚到了陈朵看不到的地方，常阳一把捂住了眼睛，就像个无助的孩子般号啕大哭起来。

不远处柔肠百转的陈朵也在心里一遍一遍提醒着自己："忍住！朵朵，一定要忍住！绝不能开口！绝不能哭！"

面对常阳时可以忍住泪水，但面对常阳的背影，她却忍不住了。陈朵再也坚强不下去了，就那样一动不动地站着，一动不动地流着泪，也不伸手去擦，怔怔地看着她心爱之人的背影渐渐远去，最终，模糊在了越来越密集的人群之中，就像融入了茫茫大海的一滴水。

"一个人一生中爱过的或许不止一个人，但心甘情愿、无怨无悔爱着一辈子的，只能是一个人。当这个人出现的时候，你一定能认得出来。爱你，便选择守候。常阳，我不要期盼，不要承诺，不要归期，不要拥有；我不要任何人知道，甚至不要你知道，只想一个人就这样静静地守候，这种守候，对我而言也是一种爱。"

天阴了，应该马上要下雨了。

清晨，一缕晨光从两片窗帘之间的缝隙溜了进来，它划过墙壁上的一幅埃及树皮画，划过了床前胡乱扔着的拖鞋，慢慢划过了熟睡中常阳的手臂、脸颊，当划到常阳闭着的眼睛时，常阳醒了。

意识还没有完全清醒，常阳的脑海里就清晰地跳出了一个念头：一切都留给了昨夜，从此，自己的生命将被彻底流放。

"朵朵，我这辈子最不后悔的事，就是在那个冬天去江州遇到了你。但是，有些事一辈子就一次，不可能再有。"

常阳觉得自己就像一个艰难的攀登者，多少次，眼看就要攀到了峰顶。当他紧紧地扣住最后一块突出的山岩，用尽最后一分力气，就要一跃而上时，那块山岩竟然在最后一秒松动、脱落了。

他重重地跌到了谷底。

再一次攀登，再一次跌落……直到摔得筋疲力尽，伤痕累累。

最后，常阳不再攀登了，他彻底放弃了。就那样坐在谷底，甚至连头都不再抬起，不再多看一眼峰顶与蓝天。

爱是成全与守护

不管你喜欢的、爱的是什么，未必一定属于你；即使现在属于你，也未必永远都能属于你。这就是永恒不变的定律。

小时候父母长期在鹭洲打工，每次假期，陈朵都会被接到鹭洲，父母常带她去钢琴岛玩。

"一只手牵着爸爸，另一只手牵着妈妈，我的童年很幸福。"

每次说到童年，陈朵神情中总含着的一丝忧郁就会消退，却是短暂的消退，没过多久，那忧郁会再一次出现在陈朵的眼睛里。

后来，陈朵的爸爸、妈妈分开了，爸爸与另一个女人重新组建了家庭，留在了鹭洲，妈妈回到了老家。

"我恨他恨了很多年，至今无法释怀。"

"朵朵，他毕竟养育了你，尽管他曾经伤害了你最亲的人。但他仍然是背过你，抱过你，疼过你，亲过你的父亲。"

"他曾经那么地爱我。记得小时候我特别喜欢吃清蒸蛏子，尽管那时家里的条件并不好，蛏子很贵，他依然会经常给我买，亲手给我做。他会细心地把蛏子一个一个竖着摆在盘子里，放姜片、葱花蒸熟。每次，他都是看着我吃，等我吃够了，放下碗跑去玩儿的时候，他才会去吃盘子里剩下的几个。"

后来，陈朵还是选择了对亲情的回归。

春节，陈朵给爸爸寄去了江州的点心与茶叶，爸爸也给女儿寄了鹭洲的海鲜和她小时候最爱吃的仙草蜜。

但伤感始终挥之不去。

"他记错了我的生日，晚了一天。到 6 月 19 日才给我发了生日的祝福信息。小时候，他从来不会忘记我的生日。

"尽管我已经这么大了，每次看到女同事的爸爸送她们来上班，我都会一个人难过很久。每次总是忍不住躲在一边偷偷地看，看了，却又忍不住暗暗地伤心。"

命运总是捉弄人，想起常阳患了癌症的妻子与年幼的儿子，陈朵又该怎样选择？

这份爱如此确切，确切得就像一幅工笔画，没有任何水墨丹青的模糊写意；如此真挚，真挚得从未有过一丝一毫的犹豫。陈朵确定，这确切与真挚对于常阳而言也是如此，不差分毫。这种确切无疑的爱对于很多人而言，一生未必能遇一次。自己遇到了，却发生在了不该发生的时间。

"我爱你，真的特别特别爱你，但我不想为了爱而伤害任何人，尤其是你。如果那样，我给你的不是爱，而是我的欲望。我对你的爱，是从灵魂深处涌出来的；我给你的这份情感是自由，是幸福，是爱。"

江南水乡，江州的中秋。

陈朵的面前摆着一壶碧螺春、一小盘江州的鲜肉月饼。陈朵并不喜欢这种鲜肉月饼，觉得油腻，也太甜，但常阳喜欢。常阳特别喜欢吃甜食，尤其是月饼。

记得有一次，陈朵去南安陪常阳，出门的时候专门买了一盒江州老字号鲜肉月饼给常阳带去，她知道，常阳一定会特别喜欢。这种鲜肉月饼都是现做现买现吃，买的时候还是热气腾腾的，不能捂，捂久了月饼皮就没那么酥了。为了这几个月饼陈朵一路上费尽了心思，每过一会儿她就拿出来晾一晾。

下了飞机见到常阳，一刻都没耽误，先喂常阳吃月饼。看着常阳吃得津津有味，陈朵好满足，她觉得这就是对自己最大的奖励。

现在，陈朵的面前却只有鲜肉月饼，常阳最喜欢的鲜肉月饼。

当"曾经"离你而去，你才发现，曾经的你也那么幸福，只不过置身其中时并没有清晰地意识到。比如，睡前曾有人给你的一个吻，一句简单的"晚安"……这就是"曾经"给一个人带来的长久都挥之不去的心理创痛。于是，为了不那么痛，只好假装从来就没有过那些"曾经"。

自欺欺人，有时也是暂时摆脱痛苦唯一的出路。但是，"假装""自欺欺人"真的好难。

"常阳，从一开始我已经确切地知道，我对你的感情是爱，真真切切的爱，我们两个人是最合适的爱人。关于这一点，我知道的一定比你早。

但又能怎样？现在，每当我想你的时候就告诉自己，能想你，对我而言已经是一件幸福的事了。"

每当想起常阳时，感觉还是那么美，陈朵知道，这幸福的感觉永远都不会改变。用心爱过一个人，无论最终结局如何，都是一生一世的情。

张爱玲说过：因为懂得，所以慈悲。

爱，是守护与成全，尽管这守护是那么疼，这成全是那么无奈。陈朵依然决定，将这成全守护到底。

分开，不是不爱了，而是深深地藏在了心底，一直很爱、很爱。

"常阳，今天是中秋，你吃月饼了吗？"

"吃了。"

"我觉得你没吃。"

看着这记忆犹新的六个字，时光仿佛回到了曾经在浦江的那个难忘的夜晚。常阳的眼神里流出了一丝笑意，带着泪的笑意。

从此，两个人再没有任何联系，分开得很彻底，都想把曾经当成前尘往事。原因一模一样：太爱了，不敢留一丝余地。

皆已成沙

窗外，晚秋的树叶已被带着寒意的秋风渐渐抽干了水分，薄如蝉翼，挂在枝上摇摇欲坠，更多的枯叶已四下里凋落……

"常阳，我骗了你，说好了分手我却依然偷偷地爱着你，一刻也没有停止。我想即使你知道了也不会怪我，你一定知道我有多爱你；你一定知道，除了骗你，我别无选择。"

以为自己能慢慢适应没有常阳的日子，能做到不萦于怀，分开后才发现，常阳不是她的一部分，而是全部。遇到常阳，心被彻底占满；常阳走了，留下的空白却没有任何东西可以填充，就那样空着。陈朵成了随风飘荡的气球，没有方向，也没有办法着陆。那滋味就像木心说的，夜不下来的黄昏，明不起来的清晨。

陈朵不敢触碰任何与常阳有关的东西，就连曾经与常阳一起走过的她最喜欢的江州那条无名小路也不敢去。所有熟悉的东西都有唤醒回忆的危险，回忆，实在心痛，实在太痛，她怕那种痛的感觉。

但不去也痛，更加坚持不了的痛。

终于忍不住还是去了，却发现那条小路在施工，砖头瓦砾，满目疮痍，脏兮兮的流浪狗出没其中。

"为什么就连属于我的这条普普通通的小路也被残忍夺走？它承载了我最美的记忆，也印下了我心爱之人的身影。"

风中舞动的落叶打了个旋儿，随风飘走了，好像回应了什么。

走进小路，砖头瓦砾间压着些残破的黄叶，落地成伤。陈朵蹲下身子捡了相对完整的一片，吹净了上面的覆土，细细地端详着。

"常阳，上次你念了句，'秋应为黄叶，雨不厌青苔'，我才知道，上一句原来是，'别处萧条极，如何更独来'。"

徘徊了很久，不忍离开，陈朵就想在这片废墟上守候着，就像一个虔诚的信徒守候着自己坍塌的教堂……

离开那条萧然小路的时候，陈朵努力装作若无其事，不想让路人看出她的痛不欲生。她装得很好，但她知道她快要装不下去了。哀莫大于心死，对于陈朵却是哀莫大于心不死。心未死倒也罢了，活生生却破了一个大洞。

"这世上有一种情感，当你拥有了又失去的时候，心，会被掏空，一阵风吹过，都能感觉到风在穿过胸腔。"

过了一段日子，陈朵再一次去了。

不管是黄叶铺地的林荫小道，还是杂乱无章的施工工地，都不复存在了。这里已经被不知道什么单位彻底平整成一个开阔的空地。曾经的那些幸福与伤心，包括常阳，好像从来就没有存在过。

没有告诉任何人，陈朵独自来到了塔克拉玛干沙漠。

"来这里，只为了再吹一吹曾经也吹过常阳的大漠里朗朗的风，或许风里还残留哪怕一丝常阳的味道。那也是一种相依相拥，我相信那相依相拥一定能帮我稍稍缓解越来越抵御不住的心痛。"

这是陈朵别无选择的选择，她只能来，她必须来。

"常阳，我哪有你想象的那么坚强。你应该知道，心里有个人，才能活下去。"

其实，内心深处的东西很难依靠外部环境来改变，无论身在何处，不同的只是眼前的景物，心里的东西该是什么，还是什么。

"今天大漠的天好蓝，比上次我们来的时候还要蓝，让我想起你说过：大漠的天，像天方夜谭里的蓝宝石。"

一想起常阳低音音响般的声音，陈朵的心一阵刺痛。

"每次你在我身后，贴着我后背说话的时候，我都会沉醉，我会闭上眼睛，舍不得睁开。常阳，我好想听听你的声音。"

耳边只有风吹过荒芜大漠呼呼的声音。这声音如荒原之中传来的遥远但清晰的呼唤，这远古而神秘的呼唤之音被赋予了某种神奇的魔力，让人根本无法转身离去。这呼唤中似乎藏着什么秘密，那些来自远古的秘密都带着神秘的密码。陈朵知道，那密码是世间最难解的谜，也是最原始的信息。

陈朵用手指在天上画着只有她一个人能看到的常阳。

脚下的沙漠随着强烈阳光的烤灼，越来越烫，可陈朵的心却越来越苍凉，常阳不在了，这个世界便凉了、冷了。

突然，溜进鞋缝的滚烫沙粒把陈朵的脚狠狠烫了一下，好疼！看来，有些美只能欣赏，不能触碰，尤其是沙漠的美。

不远处，一棵已枯死，仿佛遗世般的胡杨。上次两个人就从这棵胡杨边走过，常阳还拍了拍树干，雄性的姿态依稀可见。此时胡杨边依然站着一个人，陈朵知道那只是个陌生人，但眼前这一幕，相似得还是让陈朵的心猛地抽搐了一下。

不敢去看那个人的模样，陈朵扭过了头。

一度，陈朵以为能够放下，后来发现，自己彻头彻尾地错了。失去深爱的人，很疼、很苦，但最疼、最苦的却是骤然间这个人猝不及防就出现了，出现得让你手足无措。

疏朗的大漠起风了，大风起兮云飞扬，已随风消散的那个熟悉的身影，又随风回来了。

"天涯何处是归鸿，常阳，你在哪里啊！西北的云山脚下？江州的将门河边？常熟的虞山湖畔？还是南安的岸边？你常常想起我吗？我想你一定会，我是这个世界上最懂你的人。

"你知道吗？心里有希望，我才能活下去。希望，没人能证明它是否真实存在，但要相信，因为相信，才可能看到。我相信，但我怎么觉得我再也看不到你了？欧洲婚礼上有这样一句话，没有希望无法跨越的高墙。难道这句话是骗人的吗！

"我知道，你就藏在我的心里，离我一点也不远，但我怎么看不到你。我真的好想看看你，哪怕就一眼。难道你非让我把自己的心从胸膛里取出来，才能看到躲在里面的你吗？"

陈朵甚至产生了幻觉,常阳就是个淘气的小男孩,就是离家出走而已,没几天自己就会回来。小男孩不都是这样吗?

陈朵几乎要喊出了声:"常阳,你为什么还不回来?你这个淘气的小坏蛋!不听话的大狗熊!你不要再和我闹了!

"我想你,特别特别想;我也很乖,特别特别乖。你再陪我玩一次信城玩的那个游戏,好不好?我现在闭上眼睛,默默念三遍,我想你,然后睁开眼睛,你一定要给我一样的惊喜!"

一边念着,陈朵一边闭上了眼睛……

"常阳,我彻底弄丢了你。现在的你就像江州那条小路上的一片银杏叶,落到满地秋叶之中。你就在那儿,我却无法找到你了。"

夜,是大漠才有的墨蓝色的清透的夜。头顶一轮圆月,也是大漠特有的月,特别大、特别圆、特别明亮,也特别纯净,照着地上枯荣由天的骆驼草,照着地上流着泪的同样枯荣由天的陈朵。

"如果只能收藏记忆,我也愿意接受,因为记忆对我而言也弥足珍贵,它的珍贵在于那个人、那段情不再属于我的时候,依然会留在我的生命里,不会逝去。"

所有的痛苦之源都是放不下;所有的放不下,都是因为那些东西已在心里扎了根。曾经的陈朵把常阳像一颗种子般种在了心里,这颗种子已随着阳光、土壤、水分一点点生了根,发了芽,拔不出来了。

"不知道这无边无际的大漠深处还藏着些怎样的故事?我们的故事会不会也永远地留在了这里?"

离开烟波浩渺、黄沙滚滚的大沙漠前,陈朵心里默念了一句:"再入沙国,皆已成沙。"

陈朵的心留在了那里,她觉得,在这个世界上或许也只有那里才能收留她的心。

"看来,心,真的能够停留在胸膛之外的地方。"

"噗噜",一声骆驼的响鼻声,陈朵再一次回过了头。

只有廊阁依旧

为了偿还汪雨欠下的巨额欠款,还要给汪雨治病,常阳必须卖了心爱的云山茶室。

对常阳而言,云山茶室意味着阳光与情怀,那是他精神的一个重要支点。常阳决定住几天,就算是告别吧。

全国各地带回的茶具,存了多年的普洱,雪域高原的唐卡,埃及的树皮画,开封相国寺的吉祥经,福州三坊七巷偶遇的寿山石,塔克拉玛干沙漠中的硅化木,六岁起就开始收集的邮票,不知道收藏了多少年的书……

还有一块陈朵送他的虞石。一遍遍抚摸着光滑细腻的虞石,就像抚摸着过去的光阴……

窗外,映衬在湛蓝天空中白雪覆顶的云山格外圣洁,让人不禁生出一份朝圣的心;棉花糖一般的云朵,偶尔掠过的苍鹰,抚慰着常阳阵阵生疼的心。但常阳的心依然很疼。

夜来了,常阳睡得很早。天气略有些清冷,常阳紧紧地裹着厚厚的棉被,略微蜷缩着身子。四周安静得出奇。似乎昏昏沉沉,又似乎格外清晰,连常阳自己都不知道,这一夜是不是睡着了。

原本打算多住几天，但第二天清晨，常阳就决定离开了。

最后，死死地盯着窗前的茶台几秒钟，倏的一下，常阳转过身，头也不回地走了。走的时候，只带走了那块虞石。

山脚下，山泉汇成的小溪依旧哗哗啦啦地流过布满碎石的河床。

卖了云山茶室，让常阳心痛不已，但最让常阳痛心的却是卖了已经生活了十年的家。

对出租房，常阳早已厌倦，甚至极度厌恶了。这套房是常阳从北宁回来后，买的第一套房，常阳有着很深的感情。

应该是遗传了常阳细腻的情感，八岁的儿子对卖房这件事的反应出乎意料的强烈，甚至超过了常阳。

小家伙偷听到父母悄悄商量卖房的事，但什么也没说。当买房人看房的时候，小家伙突然跑到那个年轻女孩的面前，一脸认真地对她说："姐姐，你走吧，我家的房子不卖。"

听到儿子稚嫩的话，看到儿子渴望的眼神，看着汪雨狠狠地把他拽进了里屋，常阳眼眶发酸，泪腺开始不受控制地涌动起来。他不想儿子看到自己哭，在泪水流出之前转身走开了。

那一夜，儿子知道这件事已无可挽回，一贯听话的他说什么都不睡觉，坐在自己的小床上哭了很久。常阳知道，这是他出生的地方，生活了八年的家，他也舍不得，比自己还舍不得。

这一次，汪雨淡淡地说了句："我对不起儿子。"

"有什么用！"常阳的心里冒出了这句话，但还是硬生生咽了回去。他知道，这句话已经没有了任何意义。

搬家了，临出门时，常阳都不敢看儿子的眼睛，但还是看到了。小家伙回过头对自己从小长大的家投去不舍的最后一瞥，小小的身子跌跌撞撞地被汪雨牵走了。

到了租好的房子，进了门，儿子四下看了看，带着明显的哭腔，又懂事地假装开心地说："这里，其实也挺好的。"

那一刻，常阳的心里充斥着无比的愤恨。但是，他却不知道应该恨谁，还是恨自己吧。这一切，或许都是源于自己与生俱来的原罪，或许自己才是真正的罪人。

可这些还是不够，无路可选的常阳被迫到了湘城。

选择湘城有两个原因，一、常阳曾在这里工作两年，能很快找到支撑开支所需要的工作；二、湘城有陈朵的影子。他曾经与陈朵多次来过湘城，两个人都尤其喜爱爱晚亭如火的枫叶，喜爱武墓书院悠悠的廊阁。

"停车坐爱枫林晚，霜叶红于二月花。"

还是秋天，还是一样的枫叶，还是一样枫叶满径的山路，曾经的枫叶是暖的，现在的枫叶却充满瑟瑟寒意。曾为霜叶随心而动、随性而停的心境，如今在山寒水瘦的武墓山中，只剩下"便纵有千种风情，更与何人说"。

"伊人何处，只有廊阁依旧。"

站在武墓书院浓浓古意又余情缥缈的天井中，两人曾并肩站着，一起听山中秋风、林中鸟鸣的同一个地方。仿佛这书院也在帮着常阳回味陈朵曾经在这里对他说过的那些话。

"我想一辈子都做你的小书童,当你秉烛夜读时给你研墨铺纸,陪你灯下看书,对了,你最害怕蚊子,我就给你拍蚊子,如果蚊子跑得快,我就点艾草熏死它们。"

……

常阳像一条躲在阴暗洞穴里独自痛苦蜕皮的蛇。他始终用自己的方式在默默地挣扎着,在深渊里无声无息地凝视着黑漆漆的夜空。

到了湘城后,常阳重操旧业。

房地产开发,原本是常阳最不愿碰的行业,但现在的他已经没有选择的权利。

房地产行业很累,压力也很大,但收入很高,常阳现在最需要的就是钱,尽管常阳最鄙视的就是被钱所奴役。

她依然在

常阳极度厌恶应酬，讨厌带着阴暗的目的，说着不三不四违心的话，放弃人格尊严应对各色人等的虚伪局面。还得喝大量的酒，常阳心脏不好，多年前就已对烈性酒滴酒不沾，现在却不得不一次次端起酒杯。

第一杯酒流过喉咙时，那辛辣感猛地挑衅了常阳的神经，但这种感觉很快就过去了；第二杯，已没有了刚才那么剧烈的刺激，舒缓了很多，甚至有些舒畅之感；第三杯、第四杯……一杯接着一杯。如同钱德勒说的那样，酒精就像是爱情，第一个吻是魔法，第二个是亲密，第三个开始，就是例行公事。

"少喝一点酒，你的脸色不太好。"

劝阻的是湘城房地产行业一位大姐级人物，也是常阳开展业务要结交的重量级角色。她叫刘欣，略小常阳几岁，坐在了宴席首位。

"你们不要再敬常总酒了。"

看似轻描淡写的一句，在座的各位还真的收敛了很多。

"就让自己放肆地醉一回吧。我的心很疼，疼得受不了了。"

虽然心怀感激，但常阳的心里却这样告诉自己。

常阳又举起了酒杯。刘欣微微皱了皱眉头，没有再说什么。

买醉，更多的时候不是为了麻痹，而是为了躲避那些无法面对且比酒更辛辣的东西。面对无法承受的痛苦，选择逃避是人的天性。

喝完了酒，又有人建议打牌。尽管常阳也喝了很多酒，但还是无法勉强自己放弃一直以来对打牌的厌恶，婉言谢绝了。

刘欣也拒绝了，和同来的闺蜜坐在另一边的茶室里喝茶、聊天，其间，好几次不经意地看了看常阳。

人间百态，此时在常阳的眼中，就像是一个充斥着市侩与焦躁、野蛮与虚伪的集市，周围只有狂躁到声嘶力竭的叫卖声。

常阳无比厌恶现在的时光，他怀念云山喝茶读书的时光，甚至会怀念儿时撕日历的时光，尤其是一边撕一边期盼着红色的日子，那是节假日，那时的自己盼着日子过得快点，再快点，撕一页日历，就意味着自己又长大了一天；但真的长大了，却没了撕日历的兴致，多了无数儿时没有过的烦恼、痛苦……

无数次梦中常阳回到了云山独自看书、喝茶，独自面对灵魂深处的自己；或在山脚下，杨树林边小路上走走，想想什么；耳畔回响着民歌，"在辽阔的草原上，在那静静的小河旁，长着两棵美丽的白杨，这是我们亲爱的故乡……"

常阳的心里始终住着一个魔法无边的魔头,诱惑着他:"什么都别管,去找她,你需要她。放弃吧!你扛不过去的!"

尤其在夜里,那诱惑几乎就要击穿常阳最后的防线。

常阳确定,陈朵一定不会换电话号码,一定会接听所有的电话。因为她不会漏掉任何一个可能是常阳打来的电话;她绝不会让常阳找不到自己。但还是一次一次忍住了。

常阳知道,自己正消耗着唯一只属于自己的东西,生命。虽然内心害怕,但无力改变这种沉沦。已渐绝望的常阳陷入了麻木,现在的他根本无力去听一听自己的灵魂在说些什么。

偶尔想起陈朵,马上转换思维,不敢停留哪怕一秒。常阳知道,所有的曾经已完全不属于自己了,必须忘记,就算欺骗自己也必须忘记,否则是活不下去的。常阳并不想死。

尽管知道陈朵绝不会联系他,常阳还是手机从不离手。不是期待,但为了什么,常阳也说不清楚,或许为了保留期待的感觉吧。

其实,陈朵无时无刻不在。有时,即使常阳的意识完全集中在手中的事物,并没有想她,她依然在;即使常阳有意设置一个思想防护屏,把她挡在意识之外,她依然在;即使常阳非常努力地把她挤出自己的记忆存储空间,她依然在,就在不远处,一直在……

常阳不知道,陈朵去找他了,带着那本沈从文的《在春天,去看一个人》去看他了。

"翠翠不知傩送去了哪里,我却知道,他在何方。我只看他一眼,立刻离开,算是对自己最后一个交代吧。"

陈朵与常阳曾在一家公司共事，陈朵的为人很好，同事们都很喜欢她。以来旅游的名义找到了原来的同事，久别重逢中，陈朵很容易就打听到了常阳的住址。

晚上，陈朵来到了常阳住的小区。专门等到天黑是因为她不想让常阳知道她来了，她只想知道常阳好不好，当然，一定不好，她只想亲眼看看，看看常阳是否安稳，看了，就安心了。

找到了常阳家的窗户，她躲在很远的一棵大树后面。周围有几个居民在遛弯，没有人注意到陈朵。陈朵佯装若无其事地看了一眼那扇窗户，一阵因紧张而剧烈的心跳顷刻间袭来。

长吸了一口气，陈朵抚了抚自己的胸口。

"我的常阳就在里面，就在那扇窗户后面，此刻的他在干什么？在看书？在喝茶？在陪孩子玩儿？或许在发呆，在想我。"

那应该是客厅的窗户，黑洞洞的，不知道里面有没有人。

虽然没有看到常阳，陈朵的心还是因为距离心爱的男人那么近而渐渐地平静了，她发现心已经很久没有踏实地放回自己的胸膛了。

陈朵就这样静静地看着那扇窗，感受着贴近的感觉。

过了很久，突然，那扇窗意外地亮了。接着纱帘后面出现了一个模糊的身影，一个女人的身影。

"一定是她。"陈朵的心里涌出了一丝哀怨。但不一会就平复了，"那扇窗的后面是一个家，一个完整的家。"

此后一周，陈朵每天晚上来，她站在同一个地方，看着同一扇窗。有时，能隔着纱帘看到那个女人的身影，那个身影会在窗前一动不动很久。

"为什么从来看不到常阳的影子？"

陈朵确定只要是常阳的影子，哪怕只有一点光线，哪怕就着月光，哪怕再模糊，她都能第一时间准确无误地辨出。

"我的常阳怎么了？"

……

陈朵不知道，此时的常阳已经离开云山去了湘城。

窗后的那个身影，其实是这房子的新主人。

买下了这套房子后，那个离婚的女孩很快就搬了进来，她很喜欢这套房子的装修风格，她想第一时间躲进来疗伤。

靠近

"上次大家一起去武墓山拍的照片。"刘欣的信息。

只要是男人就不可能不注意到刘欣。

她祖籍河南,十六岁就独自到湘城打工。经过二十多年的打拼,成了现在湘城房地产业翘楚。常阳还在圈内听说了刘欣的经历,曾经,她老公做生意被骗得债台高筑,躲了起来。是刘欣挺身而出,面对所有债务人许下了"人不死,债不消"的诺言。经过几年残酷拼杀,刘欣硬是凭着股韧性与智慧还清了所有欠债,还一跃登上湘城房地产行业的前列,名噪一时。

刘欣身材高挑、匀称,虽长期劳心劳神,皮肤略显暗淡,但五官立体、精致,仍然难掩成熟女性迷人的韵致。

刘欣虽有着很高的江湖地位,却没有一丝财大气粗的庸俗之气,相反有一股温婉、低调的气质,尤其眼神中优雅的沉静颇有知性之味。平日穿着大气、华贵,更增添了几分成熟男人欣赏的典雅之美。

漂亮的女人很多,但集才情、智慧、美貌、气质于一身的女人却少之又少。这样的刘欣被称为湘城商界"第一美女"。

房地产是一个竞争性极强，严格遵循着弱肉强食森林法则的行业，刘欣有着狠辣手段，却没有食肉动物的嗜血残忍。常阳评价她是一头温和的母狮子，绝不是一只吃相难看的鬣狗。

由于工作原因，经同行介绍常阳与她接触过几次。

前不久，几个同行去武墓山，应该是同行的人随手拍的照片。打开来看，果然。

信手翻看着，其中一张照片让常阳停了下来，照片中只有常阳与刘欣两个人，并非专门合影且两人也没有什么互动，只是旁人抓拍。看了看自己明显晦涩的神情，又看了看旁边知性的刘欣，两个人显得有些不怎么协调。

"对了，阳哥，冒昧问你一个私人问题，你从不打牌吗？这在房地产开发的圈子里可不多见。"

不记得从何时开始，刘欣不再称呼常阳"常总"，而是叫"阳哥"，刘欣叫得自然，常阳也听得自然。但常阳并不答应，一方面出于对刘欣江湖地位的尊重，另一方面，还因为刘欣是一个风韵犹存的美丽女人。

原本常阳并不想深入探讨这个问题，对刘欣他却不想敷衍，于是认真回答："打牌全部的目的在于用各种诡计和技巧，不择手段去赢取本来属于别人的东西。所以我不喜欢。"

"阳哥也喜欢叔本华？"

常阳愣了一下，对刘欣的回复颇感意外。

"阳哥是不是觉得像我这样的黑心开发商肯定不会看书，尤其是哲学类的书？你以为，我就是'金樽倒，拼了尽烛，不管黄昏'的主儿，对不对！哈哈！"刘欣调侃着常阳。

被刘欣猜中心里隐藏的东西，常阳尴尬了。

"抱歉抱歉，是我狭隘了。"常阳坦诚地承认了。"我只是觉得，以你的成就与地位，应该不需要叔本华。"

"叔本华认为地位就是一种纯粹世俗的价值，是虚伪的赝品。"

没几天，常阳去市房产局开会，再一次碰到了刘欣。

会议中，根据桌签就座，两人隔得很远，只是礼貌地点头示意。常阳也不愿像其他人那样争先恐后地与刘欣套近乎。

散会后，常阳正往外走，刘欣在身后叫住了他。

"阳哥，回公司吗？"

"刘总，这么巧！我回公司。"

毕竟身在职场，对方还是一个备受尊敬的成功女性，无论内心还是场面，常阳都非常尊重刘欣。

"你好像没开车，上我的车吧，顺路。"

一边说，刘欣一边主动替常阳拉开了车门。

"不敢当！"

"阳哥不要这么客气，就叫我刘欣好了。你一个人在湘城，有什么困难请直接告诉我。毕竟我在湘城二十多年了。"

"谢谢刘总关照。"常阳的尊重不是虚情假意。

一路上，两个人只是简单、礼貌地闲聊了几句房地产市场上无足轻重的话题。不久，常阳就到了公司的楼下。

下了车，礼貌地道了谢，刚要关车门，刘欣也下了车。

"阳哥，稍等一下。"刘欣拿着一个精致的手提袋递给了常阳，"湘城的天凉了，注意保暖。"

说完，刘欣转身上了车，在车窗内向常阳轻轻挥了挥手，尊重，还带有一丝亲近地微笑了一下，便示意司机开车离开了。

常阳愣了片刻，他没有反应过来怎么回事。打开手提袋，里面是质地很好的一件长袖体恤，还有一件加棉的马甲，都是深蓝色，简洁、大方，符合常阳平日的穿衣风格。

常阳感动了，他已很久没有感受到来自女性的细致关爱了。

后来，刘欣总是会在关键时刻给予常阳不动声色的帮助，让常阳的业务相对顺利、平稳地发展起来。而且，那些帮助似乎都是在风轻云淡中自然而为，丝毫不觉得刻意。

常阳知道，那是刘欣不想让自己有受到恩惠的尴尬与不安。

渐渐地，两个人靠近了，联系也明显多了起来。

"我和刘欣已经是十几年的闺蜜了，拍过不知道多少照片，只有这一次，都很晚了，她还主动问我要照片。我看呀，主要因为照片中有你。"

湘城另一位房地产行业的女企业家用有些异样而神秘的神情对常阳说道。那是刘欣特别亲的一个闺蜜，与常阳并不很熟，不过在一起吃过几次饭，刘欣也在场。

不远处的刘欣一定听到了闺蜜这番酒后吐露的真言，但她并没有转过头，什么都没有解释，什么都没有表达。

常阳也什么都没有说。

一缕青丝

在湘城，身边熙熙攘攘的人们似乎与常阳没有一丁点关系，除了刘欣不时送来的一份温暖。

还有，就是远望的武墓山格外亲。

陈朵曾在那里停留过，常阳确信，那里留下了她的气息。

有时，常阳会很早来到武墓山。

天刚擦亮，晨雾还未彻底散去，还没有几个早起晨练的人。

上山的路有好几条，每次，常阳都会选最僻静的那条。那条路也是与陈朵一起来时，常阳选的，也是因为清净。

天已有些冷了，叶露都有些凝结，隐匿山林中的鸟儿已然开始在叽叽喳喳地鸣叫了。鸟儿们都藏在烟气腾腾的枝叶之中，只闻其声，不见其影。偶尔一两只从头顶快速掠过，瞬间就钻入一片空蒙之中，无影无踪，但树影中啼叫鸣唱之声却连绵不断。

晨雾之中，视线不好，鸟的叫声却能传得很远。有的沙哑，有的清脆，有的低沉，有的高亢，有的有些刺耳，像锯木头的声音，有的还有些奇怪，像老人在咳嗽。各种不同的鸟鸣声抑扬顿挫、此起彼伏，如同弹奏着一首大自然的协奏曲。

蝉噪林愈静，鸟鸣山更幽。

好似热闹非凡的山林音乐中，一切显得格外静，也只有在这时，常阳的心才一点点开始腾空，能得到暂时的安宁。

但有时，鸟鸣也会给常阳带来伤感。他清晰听到，时常会有一对鸟儿在对鸣，关关雎鸠，在河之洲……

"鸟儿也有伴儿，而我却已经明日隔山岳，世事两茫茫。"

一阵微风吹过，一缕青丝被吹到了唇边。

常阳轻轻把那缕青丝从陈朵的唇间拂去，别在她的耳畔。陈朵侧了侧头，把脸颊依偎在了常阳的手掌心，瞬间，常阳感受到了那脸颊亲昵的温度。常阳用暖暖的一双大手捧起陈朵的脸颊，陈朵闭上了眼睛……

正要低头吻那有些颤抖的唇，甚至都嗅到了熟稔的气息，常阳醒了。原来，是一场梦。

常阳蜷缩着身子，就像一条在北方寒冬中过冬的蛇。这条"蛇"满足地回味着刚才的梦，那个梦好清晰，就像真的发生了一般。

常阳明知这不过就是一场梦而已，还是感觉好甜。

毕竟，他的陈朵"回来"过。

站在窗前，看着满天星斗，常阳好像一个迷了路的孩子，虽然已彻底地迷失了方向，但依然想家，想回家。

"我的家在哪里？"

望着星空，常阳问自己。

借着透过的昏暗月光，常阳下意识地伸手摸过了习惯放在窗边的烟和打火机，点燃了一支烟。

"看来后半夜又要无眠了。"

常阳使劲摇了摇头，似乎这样就能把一直躲在脑海里的陈朵摇出自己的脑袋，但今天无论怎么摇都无济于事，陈朵好像长在了里面。

喝了一杯浓烈的白酒，常阳准备去睡觉了。

现在，半夜醒来的常阳，如果不喝酒根本就无法继续入睡。

常阳时时觉得自己的内心藏着一座巨大的冰山。

每天，他都努力控制着这座冰山不要浮出水面，不要扰乱自己的心。但时常按下了一个山角，又冒出另一个山角，这座冰山总是倔强地与自己抗争着，自己却越来越无能为力。

常阳认定，现在的一切都是在赎自己曾经犯下的太多太多的罪；常阳认定，自己就是一个脸上刻着黥文、罪孽深重的囚徒，正穿行在一条狭长的夹道中，两旁站满了熟悉的人，每个人的手中都握了一条沾了水的皮鞭……

此时的常阳仿佛看到了古希腊女神克洛托，她已经停止了纺织自己的生命之线。

爱，是连接心灵与世界的一座桥。

常阳觉得，自己的这座桥断了，心，从此没有了路，只能被封闭在胸腔之中，它的跳动也会因为与世隔绝而越来越微弱，最终，归于彻底的寂静。

分寸与亲近

"阳哥，晚上有空吗？"刘欣的信息。

"没什么特别的事，怎么了？"

"晚上一起吃饭吧！就咱们俩，清清静静地吃西北菜。"

"好。"

两人已熟悉，甚至有些亲切的默契，无须多余的客套。

刘欣带着常阳来到了一家新开的西北餐厅。

常阳的兴致明显比平日高。

"我的家乡有个特别的词'硬菜'，指食材实在的饭菜，'硬菜'通常以牛羊肉为主要原料，烤全羊应该是西北最硬的菜。把腌制好的两岁的整只小绵羊放入特制烤坑，封口，用果树做柴，大约烤三四个小时。刚出炉的烤全羊焦黄香脆，肉质细嫩，油亮诱人的模样让人都不舍下手。用小刀割下一块，放入口中，无以言表的香！"

"我听说这里的味道还算得上正宗。当然啦，正不正宗还得你这个西北人来评判。怎么样？"刘欣有些不安地问道。

"没想到，在湘城竟有如此地道的西北味道。"

常阳的确没有敷衍刘欣。

"故乡的味道能抚慰心灵。阳哥,留在湘城吧。"

"流浪那么多年,我还是想回到熟悉的故乡。这种流浪汉的生活我已经厌倦了。"

"你不是流浪汉,不是有句话,此心安处是吾乡嘛。"

"我对自己的定义是,相对体面的流浪汉。"

看到刘欣还想再说些什么,常阳用眼神制止了她。

"就连云山的草香,我都觉得与其他地方截然不同,到底有什么不同,我也说不清,或许就是更亲切吧。"

淡淡地笑了笑,常阳继续向刘欣介绍着家乡美食:"西北羊肉的质地、口感非常好。西北人实在太喜欢吃羊肉了,主要的美食基本都是以羊肉为原料,烤肉、抓饭、烤包子、炒面、拌面……都是用羊肉制作,西北人自己都不够吃,更不会运到别地去销售。记得在天晋工作时,有一晚就是想吃家乡的羊肉抓饭,想得夜不能寐,半夜三点忍不住发了一个朋友圈。没想到有朋友秒回'早晨搭个飞的,中午到云山刚好饭点,一顿抓饭吃完再赶飞的回去'。这应该不是个好主意,还有调侃的成分!但肚里的馋虫一旦勾起来就怎么也回不去了。最后我还真的这么干了!第二天中午见到从天而降的我,惊得朋友下巴都掉了!"

"你一定觉得这里的羊肉不地道。"刘欣面露失望。

"不!不!我尝得出来,这里用的就是西北的羊肉,应该是定期空运到湘城的,很新鲜。"

盯着常阳看了几秒,刘欣故作夸张地长舒了一口气,"我信了,因为我看到了真诚。"

常阳感动了，为刘欣对自己的用心感动了。

说着说着，常阳突然开始沉默了。刘欣想，一定是这故乡的味道让常阳想起了什么特别的往事。

"看得出，你是个有故事的人，愿意讲讲吗？"

"刘总的故事应该更传奇，听起来像神话。我的故事或许在刘总的眼里就是个漫画，不说也罢。"

尽管已经非常熟悉，熟悉中还有着几分亲近，但常阳始终未改对刘欣的称谓。这一点，刘欣也没有勉强过常阳。两个人始终保持着恰当的分寸，而这分寸又丝毫没有影响彼此体会到的亲近。这是一种恰如其分，且微妙、朦胧的分寸与亲近。

两个人聊的话题也比之前深入了很多。

"我们都明白一个道理，越没有故事的人生越幸福。"

常阳没有回答，若有所思地看着刘欣。

"如果我的人生中没有过朵朵，那不是幸福、不幸福的事，而是根本没有任何意义。"常阳的心里暗暗说道。

"对了，来湘城之后，去没去过凤凰古镇？"刘欣换了个话题。

常阳的思绪立刻被拉到了沱江、吊脚楼、边城、沈从文、翠翠，当然还有陈朵……

晚餐结束，常阳让刘欣稍坐，起身去买单。刘欣没有阻拦，这让常阳心里很舒服。虽是刘欣定的餐厅，虽是一顿不菲的晚餐，虽然刘欣很有钱，但刘欣并没有因此剥夺常阳绅士的身份。

常阳知道，刘欣这样做是对自己细心思量后刻意的尊重。

出了酒店，离江边不远，刘欣提议去江边走走，常阳同意了。

伫立湘江畔，两人距离不远不近。不远处的武墓山与湘江不是山高水长，而是山幽水远。微微江风中，刘欣飘逸长发的发梢撩到了常阳的脸上，常阳脸色突然凝重起来。

眼前的刘欣模模糊糊地变成了陈朵。就是这里，两个人曾互相依偎着看湘江落日，江面印着的也是紫红色的灯光。

看到了常阳神色的变化与出神的样子，刘欣什么也没有说，默默转过了头，平静地看着波光粼粼的江水。

常阳知道，刘欣绝不会感情用事，但常阳能清晰感觉到她对自己丰沛的情感，润物无声，绝对安全且不会给自己丝毫的压力。

"刘欣与朵朵是截然不同的两种女人。朵朵更精致，刘欣更大气；朵朵更细腻，刘欣更洒脱；对朵朵是亲昵中包含着疼惜，对刘欣是尊重中包含着亲切。为什么要在心里拿刘欣与朵朵比较呢？朵朵是无可比拟的唯一。"

常阳的心里竟然泛起了一丝负疚。

"我想与你亲密相处。"

说完这句话，刘欣用异常亲近的目光看着常阳。

常阳不能再回避了，他知道，如果自己继续回避，继续装作一无所知，那就是虚伪了。

"你喜欢我什么呢？"犹豫了片刻，常阳坦诚地问道。

"清澈、纯粹的眼神。"

"纯粹。"这是陈朵最爱说的两个字。

"我经历了很多,眼神已经不可能纯粹了。何况,一个人的纯粹之源是诚,'纯粹'用在我的身上,会让我羞愧。"

"别这么说。看得出,你的纯粹是你很多年来刻意为自己保留的,你会带着它走完一生。"

常阳抬起头看着刘欣。还是第一次这样认真地看着这个已经很熟悉的女人,原来她竟如此的美丽,轮廓分明的额头、挺拔的鼻梁、深情的眼睛,尤其线条分明的唇,那是典型的东方女性之美。

刘欣轻轻地伸出了手臂。常阳并没有避开刘欣的手臂,但保持着安全的距离,轻柔地拥了一下刘欣,还轻轻拍了一下她的后背。

刘欣轻声道:"你是一个遇到痛苦不会爱自己,反而会伤害自己的人。别那么为难自己,别紧紧地抓着自己的痛苦不肯松手。每一个人都有爱自己的权利与义务。"

"我的人生已经没有爱的机会了。"

"每个人的人生都是一条寻求自我的坎坷之路,不断迷失,不断上路,谁都无法例外,结果却不尽相同。获得幸福的人是因为具备了面对迷茫重新前行的勇气。当你遗忘了自己时,世界也会把你遗忘;当你找回自己重新走向这个世界时,这个世界也会回馈你很多。"

"不管这个世界是否会遗忘我,我已经遗忘了全世界。现在的我不需要这个世界任何的回馈。"

"常阳,这个世界上没有任何一个人可以保证让你永远不失望,包括你自己;你也无法保证让你深爱并深爱你的人不对你失望,哪怕你们都竭尽全力。所以,请接受失望,包括对自己的失望，并依然对人生保持着希望。人总要和过去告别。"

"人生中几乎所有的痛苦都源于不愿改变自己，但我做不到。"

"那是因为你愿意活在过去里。当一个人试图改变自己时，内心就会有股力量在阻挡着改变的步伐，当阻力大到超过自身的承受力时，就需要外界的帮助。让我来帮助你吧。"

"不……"

"或许，这个世界过去没有珍惜你，但你仍然要珍惜这个世界。因为在这个你认为冷酷的世界上，有人珍惜你。"

"不……"

"最强大的智慧是抓住自己的本能，本能不是野蛮的兽行，有时本能就是一种自救的能力与智慧。伦理的定义不止你认为的那一种，遵从自己的本能吧。"

"不……"

十年

月亮渐渐圆了，又渐渐缺了，圆缺交替，岁月如流。

终于还完所有的债务，还有了一小笔积蓄，常阳不想再挣更多的钱，准备离开湘城了。

临走的时候，只有刘欣送行。

"这一别我们很难再有机会见面。"刘欣明显很伤感。

"我会回来看你的。"这是常阳的心里话。

原本常阳想以拥抱告别，从刘欣的眼神中看出，她也渴望更加亲密的告别方式。但还是与刘欣礼貌地握了握手。

结束了流放的常阳形单影只地回到了家乡。

痛苦，好似已彻底征服了常阳的意志与身体，让他失去了所有的抵抗，也让他慢慢接受了原本始终无法接受的东西。

生活也随之渐渐恢复了平静，一切都好像从未发生过。

偶然收拾旧东西，常阳在一个不起眼的角落里意外发现了一个小木盒。

没有丝毫犹豫，常阳马上回忆起，里面装着的就是陈朵生日那天送给自己，自己始终纳闷的小邮筒。

耳畔马上响起陈朵当时对自己说的话："你别打开，就这样保留着，好不好？"

瞬间，陈朵独有的、辨识度极高且无限温存的三个字"好不好"在耳边响起。常阳觉得，一生所经历过的所有温存都不及这三个字，所有的记忆就停在了这三个字。

常阳痛惜地擦拭着小邮筒并不多的灰尘，来回摩挲着。

仔细端详，仿佛看得到小邮筒下面陈朵的手正捧着它递到自己的面前，能感受到陈朵的手的温热……

控制了一下情绪，常阳认为现在应该可以打开了。

费了好大劲，起掉了好几枚螺丝，常阳才打开这个小邮筒。

里面是一封折成一只小鸟模样的信，慢慢地拆开信，竟然还裹着一枚戒指。常阳的手不由自主抖动起来，他小心翼翼地完全拆开信。满目熟悉的字迹，还有明显的泪水沾湿过的皱痕。

常阳：我最爱的人！

你永远都无法想象我有多爱你。真的希望你永远都不要打开这个邮筒，永远都不要知道这个秘密，不要，永远不要。

现在告诉你，生日那天我对自己许的愿：有一天你能娶我，能为我亲手戴上一枚纪念我们一生情感的戒指。你知道，我是一个很在意仪式感的人，但我也明白，实现这个愿望真的好难。

生日前一天，我为自己买了这枚戒指，偷偷地戴了一天，偷偷地给你当了一天新娘，然后写了这封信连同戒指一起投入了这个邮筒。我知道,我的小邮筒无法把这些邮寄给你,它们只能用这特殊的方式保存在你那里。如果真的有一天我们不得不分开,就让这戒指陪伴着你吧,我清楚地知道,没有我的日子里你会有多难过。

不瞒你,我还偷偷地幻想过,或许还有你亲手给我戴上的一天,毕竟是生日许的愿。这么多年,每年生日许的愿望都没有实现,老天总得给我一次机会吧。好想有那么一天,你就像至尊宝一般身披金甲圣衣在万众瞩目中出现在我的面前,脚踩七彩祥云来把我带走。

常阳,我好想嫁给你!真的好想,好想……

(涌出的泪水滴落在了信纸上,常阳才意识到自己哭了。擦去了泪水,移开视线,长吸了一口气,继续往下读。)

知道我为什么不敢告诉你这些吗?我更怕错过你!我怕你为了想娶我而让我最后失去了你。你说过,幸运不能过度消费。就算今生不能嫁给你,有你陪伴,我也知足了。

但是,当你看到这封信的时候,你已经真的无法陪伴我了。

如果你看到了这封信,就看到了我的最后一个请求,十年之后的那一天,无论发生了什么,我们在江州将门河边见一面,好不好?我想你一定会答应。因为你知道,没有希望的日子,我是熬不下去的。为了那一天,我才能努力地活下去。

那一天,你一定知道是哪一天。

纸短情长,道不尽我对你的爱。

生生世世爱你的朵朵

常阳能够想象得出陈朵含着泪写下最后一个字，把信折成一只小鸟，然后，握着那只小鸟，悲戚地趴在她那张小桌子上，小小的身体抽泣抖动的样子。

这一刻起，日子还在继续，但常阳的生命似乎定格了。

西部旷野的暴雨总是那么猛烈，还夹杂着肆虐呼啸的狂风，犹如无数猛兽从天而降，要把天地之间的一切都撕扯得支离破碎。

暴雨过后，天际虽还有几分惨烈，但更多的是绚烂。

绚烂的天边，一只孤单的苍鹰在盘旋着，飞得并不很高，也没有平日里骄傲的身姿。

或许刚才那场突如其来的暴雨打湿了它无处可躲的翅膀。

黄昏时分，无边的旷野之中一片寂静而深远，火烧云真的像正在天空中燃烧的火焰，把乌黑的浓云都点燃了。

一辆白色轿车不紧不慢地行驶在笔直伸向远方，仿佛永远没有尽头的西部公路上。偌大的旷野中就这一辆车，天上只有一只鹰，眼前的一幕像汽车广告里的场景，有些不真实。

开着车的常阳板着脸，面无表情地目视着前方，一边开车，一边吸一口烟，然后把夹着烟的左手伸出了车窗。

偶尔，常阳会侧过头看一眼车窗外的景致，西北独特的异常清晰的地平线像一把刀，把千古洪荒的天与地整齐地划开了，浓烈的余晖下天地间一片惨烈。

诗人说：世界上没有比自由享受着广阔的地平线更加幸福的事。此时此景，常阳却体会不到丝毫的幸福。

远离人寰的西部公路出奇的静，好像为谁保守着什么秘密。

常阳手指一弹，烟蒂划出了一道弧线。车子突然加速向前驶去，好像是想把什么扔在身后。

他想扔了什么？曾经那些过去，他是断然舍不得扔掉的，或许，他想扔了现在的自己。

随着日落，天空、大地渐渐暗淡下来，最终，进入了一片漆黑。黑暗中只有一对不时轻轻抖动着的车灯伸向远方。

这条路好长，长得好像看不到过去，也看不到未来。

常阳将要驶向何方？或许他自己也不知道；或许，前方并不是他想去的地方，但他却不得不去；或许，要驶向天的尽头？

但是，天，没有尽头……

十年，3650个日出日落，常阳不敢去想有多漫长。熬，这个字的含义，常阳已真正懂得、真正领教了。熬的不仅是时间，更是心，是血，尤其到了夜深人静的时候，熬，就成了一种蚀骨之痛。

但更痛、更苦的却是清晨。

每天清晨，唤醒自己的一瞬，也唤醒了所有的疼痛，唤醒了所有的煎熬。其实，回忆一直就藏在常阳意识的某个不显眼的角落里，一直虎视眈眈地窥视着。他稍稍放松一下警觉，回忆便立刻乘虚而入，攻陷他所有的防线，让他顷刻间一败涂地，溃不成军。

常阳的心口一阵剧痛袭来,他知道,自己的心脏病又犯了。

点燃一支烟,狠狠地吸了几口,剧痛缓解了些许。

常阳的心里冒出了一种要死了的感觉。

父亲

父亲意外出了车祸，常阳来到了三阳。

常阳对父亲有着复杂的情感。

父亲出生在一个贫苦的农村。当时全家人都吃不饱肚子，实在养活不了五个孩子，作为家里的老大，父亲只能离开家，外出要饭，生死就全看造化了。

一路靠着乞讨要饭，父亲意外地参了军。这下总算是有饭吃了。后来，父亲在部队学了文化，上了军校，毕业后，父亲主动申请分配到了艰苦的大西北。

从童年到少年再到青年，父亲带给常阳最多的感受是严，严肃、严厉。面对常阳，他不苟言笑、一板一眼，好像常阳就是他的一个兵。小时候，当常阳调皮闯祸时，父亲会狠狠地揍他一顿，毫不留情，是一个标准的"严父"。

早晨上学的路上，远远看见晨练回来的父亲，马上转到路的另一面躲开他，父亲也假装没看到马路对面的常阳。

整个童年，常阳一直把父亲当成一个感情疏远的人。

这是那个时代的父亲普遍具有的特质，外表冷如冰霜，内心充满温情，就像保温瓶。

常阳小时候最喜欢小人书。当时的小人书尤其连环画是一集一集连续出版，比如三国演义一共有48集，要很多年才能出完。西北偏远，这类小人书在出版后很久西北才会有。每次父亲出差会专门给常阳带小人书。常阳有点纳闷，那么多集，为什么父亲从来都不会买错？后来才知道，父亲随身带个小本，里面有每一套连环画的记录。

让常阳铭记终生的一件事，是父亲所在部队动员干部参战。父亲作为团长亲自做动员，第一个报了名，上了前线。

最终，九死一生，幸运地回来了。

客观地说，父亲身上那股军人的毅力与血性对常阳的性格影响是巨大的。同时，父亲也是常阳人生中的第一个偶像。

直到二十年前，父母的那场婚变。

退休后的父亲好像变成了另外一个人，不苟言笑的他不知从什么时候迷上了跳舞。退休三年后，父亲提出了离婚，而他重新选择的正是他在老年大学的舞伴。

到底是什么，让严谨、严肃了几乎一生的父亲，退休后像着了魔一般，决绝地与生活了近四十年的母亲离婚？当时的常阳认为，应该是另一种感情，父亲一生中从未体验过的特殊的感情。现在回想起来，常阳觉得或许是自己狭隘了。

难道也是一份确切无疑的爱？

在一片众叛亲离的怨声与骂声之中，挣扎了很久的父亲还是咬牙走了。常阳不知道该怎样形容他的离去。柏拉图说过，爱情能让任何懦弱的人变得勇敢。父亲这样做是勇敢吗？

"每个人都有权利选择自己的生活，你放不下是因为受到伤害的是你的母亲。"一位多年老友劝解着常阳。

之后，父亲曾主动联系过常阳，常阳也知道父亲已随着那个女人去了一个叫三阳的地方。这二十三年间，两个人也见过几面，每次见面的感觉就是父亲一次比一次苍老。

常阳简直不敢相信自己的眼睛。躺在病床上，那个曾经像英雄般存在的人已是一个彻头彻尾的老头。牙齿掉光，上唇塌陷，头发所剩无几，剩下稀疏的一些也全都白了。

面对多年未见的常阳，历来刚毅而讷言的父亲还是老样子，没有表现出一点亲昵，还拼着最后一点残力维持着自己的尊严。

那个曾让常阳恨之入骨的女人并非如想象中龌龊而邪恶，看得出她是一个受过良好教育，温良体贴的女人，还隐隐透着年轻时的清秀。

她异常小心地与常阳相处，眼神中不时流露出不安，甚至还有一丝羞愧。常阳对她说了句："阿姨，谢谢您这些年照顾我的父亲。"常阳看到她的眼角有些湿润了。

那个女人轻轻地抚摸父亲的手背，父亲那布满老年斑干枯的手竟翻过来握住了她的手。父母一起生活近四十年，常阳从没有看到过他们之间有任何亲昵的动作。一抬头，父亲看到了有些惊异的常阳，赶紧松开了手。

"情感真的是人世间最复杂也是最折磨人的东西，无论谁似乎都逃不过潘多拉魔盒中的魔咒。"

不幸中的万幸，父亲最终脱离了危险。

常阳意外地发现，三阳竟然距离虞县非常近，只有100多公里。这应该是天意！虞县是陈朵的故乡。

陈朵，这个已有些模糊的名字，瞬间无比清晰地从记忆深处跳了出来，那已有些遗忘的苦涩也跟着跳了出来。

所有最苦的滋味，都是曾经最甜的回忆。

常阳无数次对自己说："没有了朵朵，难过的时候就尝试着自己哄哄自己吧。"常阳发现，时间虽不能融化情感，却能将情感渐渐冰封，封在心灵深处。

尽管知道陈朵肯定不在，常阳还是决定去陈朵的生养之地看看，或许能看到些什么，找到些什么。

想看到什么？想找到什么？常阳自己也说不清楚。

站在站台上，还是不免有些伤感。或许站台，就是一个让人不由自主便心生伤感的地方，因为站台就是演绎悲欢离合的舞台。

常阳想起陈朵曾对自己说过的话："不知道为什么，无论在哪里，每次一看到站台就特别特别想你，心里还有种酸楚的感觉。"

"那是因为站台意味着分离。我们每一次相聚，马上就会面临着再一次别离。我讨厌站台。"

"常阳，别讨厌它，站台或许也有可爱的时候，我经常想，什么时候我能到站台去接你，然后，我们就再也不分开了。牵着你的手，带你回家，永远不分开。"

……

人生长恨水长东

竟然是绿皮车，已经很多年没有坐过这种老式火车了。

虽然只有一个半小时，常阳还是订了卧铺，人少清静。

火车晃晃悠悠，开得很慢，坐在过道的折叠凳上，看着车窗外不慌不忙划过的山岗、田野，不时呼啸而过的列车，还有火车转弯时划出的优美弧线，常阳仿佛回到了遥远的儿时。

拿出手机，找到了陈朵的微信，还是那个独角兽头像。

很久没有这样看过陈朵了，以前，常阳真的不敢看，不敢给回忆留一点缝隙，他知道，只要看一眼，所有的回忆就会在瞬间喷涌而出，自己会立刻沦陷。

用指头轻轻摸了摸"朵朵"，常阳点燃了一支烟。

常阳必须抽一支烟，此时他的心口好疼。

已经很长一段时间了，常阳心绞痛的频率越来越高，抽烟也没有多少缓解的作用了。常阳下意识捂住了心口。

原来，常阳只知道虞县是出产灵石的地方，虞石这两个字也由此而来。这次来，常阳才知道垓下就在虞县。

一提及垓下，一定会想起霸王别姬的故事。

据虞县人说，虞姬自刎之后，悲痛不已的项羽把虞姬的头割下，藏在盔甲中带走了，这里，只有虞姬的身。

"为什么爱到了最后，都是如此惨烈？"

除了惨烈与悲壮，虞县还有柔与绵。

玉河，一条闲品岁月、静读流年的河，一条充盈浓浓眷恋的河，一条让常阳心生家的感觉的河。

映衬着两岸秀丽山林、摇曳树影，落日下的玉河随着夕阳的变化泛出淡淡绯红，草长莺飞，杨柳拂堤，漫漫长河，漫天烟霞。

虞县，变成了一幅斑斓而静谧的版画。

"曾经的时光留不住，更回不去，就像眼前玉河水中随波逐流的花瓣，只能眼睁睁地看着它不慌不忙地流走，只能自语一句：花开花落两由之。原来，人生长恨水长东。"

河边，常阳好像看到了年幼时连饮料瓶盖都拧不开的小朵朵，那个与所有小女孩都没什么不同的小朵朵。

"现在的朵朵，应该更加坚硬与坚韧了吧。"常阳自问了一句，又仿佛看到成熟时那个习惯沉默的陈朵，"沉默的陈朵是坚强的，只有坚强的人，才能一声不吭把所有委屈、疼痛，一一咽下。"

一想到陈朵，一阵寂寞与寒凉从常阳的心底涌出。

"深知身在情长在，怅望江头江水声。"

……

常阳来到了太阳花小区。常阳曾往陈朵的家乡寄过砂糖橘，他有陈朵家乡的地址，一直留着。

一个普通得不能再普通的小区，应该有一些年头了，黄色的大门毫不起眼，门口有些小贩挑着扁担在卖莲蓬。原来，西北长大的常阳从未尝过新鲜莲蓬，第一次还是在湘城陈朵剥开莲蓬取出嫩绿的莲子喂到了他的嘴里。

蹲在莲蓬摊前拿起一只闻了闻，一抹淡淡荷香纯正而清爽。

"我小时候身体的火气特别大，夏天总流鼻血，姥姥经常买莲蓬给我吃，有时，还会采些嫩嫩的竹叶煮水给我喝。新鲜莲子消暑清火，我的老家有很多，你尝尝。"

陈朵的音容笑貌犹在眼前，那双小手好像就在嘴边。

照着陈朵曾经教他的样子，常阳剥了一颗莲子放进了嘴里。

突然，常阳感觉到了什么，他敏感地抬起头。

小区大门走出了一个十多岁的小女孩，就在小女孩身后，一个常阳熟悉得不能再熟悉的身影！

朵朵！

真的是朵朵！

就连那件鹅黄色的薄开衫都是那么熟悉。

那是陈朵特别喜欢的一件衣服，那个春天，常阳第一次去江州时，陈朵穿的也是那件衣服，领边那乳白色的须穗常阳曾抚摸过无数次。

一瞬间，常阳觉得自己的心快要从嗓子眼里蹦出来了！努力了很久才慢慢地咽了下去。

陈朵散发出的依然是曾经最熟悉的平静而知性的味道，那味道恰如一缕青烟，无声无息飘入了常阳的心里，同时也唤醒了常阳所有的记忆。常阳知道，那是时光带不走的味道。

陈朵并没有发现常阳，她对着小女孩的背影说着什么，距离很远，常阳听不到。小女孩停下了脚步，陈朵走到她身边从包里取出了纸巾，帮小女孩擦了擦额头的汗，然后拉过她的手，两个人手牵着手沿着西面的一条大路走去。

不由自主，常阳远远地跟在后面。

大约二十分钟，两个人到了玉河边。河面很宽，两岸郁郁葱葱，一看就是自由生长的各种树木，常阳只认识银杏，对了，还有柿子树，因为挂满了还青涩的柿子，四下里是五颜六色的太阳花。

女孩沿着河岸的一条徒步道无拘无束地跑着、跳着，陈朵跟在后面，用宁静的目光与宁静的笑看着她……

这一幕好宁静。

看着陈朵女儿的身影，常阳想起了陈朵曾对自己讲过的一段往事："在江州，我们已在一起生活了一段时间，后来经过他同意，我把女儿接来了。我曾以为自己将从此彻底摆脱厄运，进入与其他女人一样的正常生活。但我错了，没过多久他就告诉我，他无法面对我的女儿，只要一看到乐乐，他就会想起我的曾经。他对我说，他接受不了这个孩子，因为她是我与别的男人生的。最可怜的是乐乐，当她主动问我能不能叫他爸爸时我大声呵斥了她。我知道，她好想跟其他小朋友一样也有个爸爸。乐乐面对我的呵斥什么都没说，也没掉一滴眼泪。她从小就非常懂事，抱着她，她会看着你笑，放下她，也不哭不闹，依然甜甜地笑。她的懂事让我更加心痛。我想，她应该懂得她的人生生来就必须懂事。"

"不能打破这祥和的宁静，不能再让这个孩子无辜受伤了，不能继续增添我的罪过了。"常阳的心里默念着。

慢慢坐在了草地上，身边的灌木很高，完全遮住了常阳的视线，也遮住了他的身影。

摸出一支烟，点燃，然后深深地吸了几口。

与不远处那个无邪无罪的孩子的幸福相比，常阳觉得自己的儿女情长瞬间就没那么重要了。

"风住尘香花已尽"，常阳知道，现在的自己应该做的就是将一切沉于这潺潺的江水，让这宁静永远地宁静下去。

不远处的陈朵走到了河边。她缓缓蹲下来，把什么东西放在了河面上，原来她的手里一直拿着一只纸做的小帆船。

小纸船在水里一直打着转儿，好像有些犹豫，最后，还是顺着蔓草丛生的河水随波而去，陈朵蹲在那儿宁静地看着水中的小纸船越来越远，越来越模糊……

这只小纸船是陈朵写的一封信。

每天我都用自己的方式给你寄一封信，
你可能收不到，但别人看了也没关系，
因为这个世界上只有你一个人能够看懂。
今天的信里只有两个字，永远。
永远的含义，是永远地期待，
即使永远没有终点，在我的心里也是爱，
因为这期待让我永远在一点点地靠近你，永远不会离开。

余光中先生不是说过"只有你知道"吗？为你写好一封信，怎么送给你呢？你住的地方若有水，会有只纸船向你漂来。

常阳，我会这样一直暗恋着你。或许命中注定，对你只能这样暗恋着，但是，我愿意。我愿在只有我一个人的世界里度过我们俩的一生，这样的爱很美，这样的一生也很美。

常阳离开了虞县，很平静。
他知道，这一次他真的彻底地离开了陈朵。

离开虞县之后，常阳不再害怕回忆了。
想陈朵的时候，常阳就会闭上眼睛，认认真真、一点一点地回忆和她在一起时的所有故事与每一个细节。每一次重温，都是一次无比幸福的体验，而且那幸福越来越浓郁香醇，越来越清透清晰。

现在就是未来

回到家乡后的常阳变了，彻头彻尾地变了；他接受了，彻头彻尾接受了命运的安排。

　　经历了那么多，汪雨似乎变了，没有原来那么尖锐、那么跋扈，身体也开始慢慢恢复，脸上也有了几分红润，身边的人都夸她的气色越来越好，也夸常阳，都说这一切全是有担当的常阳无私付出的结果，汪雨的命真好。

　　听到这些常阳没有任何回应，甚至没有任何表情，连淡淡一笑都没有，只是不慌不忙地继续做着手里的事。

　　刚开始，对于常阳这种平淡而不是冷漠的态度，汪雨会皱皱眉头，本打算说些不满的话，最终还是控制住了自己的情绪，没有再像原来那样呵斥或要求他什么。后来，也就慢慢习惯了。

　　儿子比以前更乖了，好像他也知道这个家曾经历过一次暴风雨，差一点就覆灭了，他谨慎而努力地做着一个懂事的好儿子，学习成绩也越来越好。

　　这个家看上去像绝大多数的家庭一样，四平八稳，波澜不惊。

只有汪珊从来没有夸过常阳，偶尔聚在一起时，她总是不经意地瞥一眼常阳，好似在常阳的眼睛里寻找着什么。

有一次，实在忍不住了，汪珊问他："你真的想好了？"

"什么？"

"你知道我说的是什么。"

"我不想回答这个问题，我的人生已经没有任何问题了。"

"你有……"

"别再说下去了。"常阳打断她的话，"人生就是一个泡沫，在阳光下五颜六色，却逃不过啪的一声，破裂，变成一片无色的水渍，最后在阳光下蒸发得无影无踪。"

汪珊懂了，常阳已经决定臣服于命运的一切安排，不再有任何反抗，甚至不会再有丝毫反抗的念头；不会再抬头看远方，他已经彻底地低下了头。

"人生最大的不幸，是不能承受不幸。接受自己的无能为力，是一种需要培养的能力。"常阳淡然地说道。

"那未来呢？"

"未来？……现在就是未来。"

曾经的常阳是一阵风，陈朵把他化成了雨，而现在的常阳是风雨过后但没有彩虹的寂静。

在常阳到虞县的半年前，陈朵就已回到了老家。

陈朵累了，伤了，疲惫不堪、伤痕累累的陈朵回家了。

回到老家的陈朵调整了一个月后，选择了一处距离县城并不远的偏僻所在，那里山青水明，开满野花。陈朵开始养蜂。

小时候的陈朵曾跟着姥姥养过蜂。

养蜂非常辛苦,每天要戴着挂着面纱的布制大檐帽子,再炎热的天气也要把面纱紧密地掖进衣服里,即使捂得满头满脸都是汗也不能透出缝隙。工作的时候还要戴着厚厚的棉手套,稍不小心就可能被蜜蜂蜇伤。

有时,野花开得不够茂盛,陈朵就带着她的蜂箱去深山里寻找野花密集的地方。为了给蜜蜂躲雨,陈朵还亲手搭了结实的避雨棚。

收蜂、放蜂、转场、收蜜……

陈朵好像不是在收集蜂蜜,更像在精心照顾着蜜蜂。

对于陈朵回家养蜂,陈朵的妈妈很奇怪,虽然这么多年了也盼着陈朵早日结束漂泊回家,但毕竟在外工作了那么多年,干吗一定要养蜂呢?何况陈朵从小就不喜欢甜食,蜂蜜也不例外。

"妈,养蜂能让人明白一个道理,不能向这个世界索取得太多,就像我们收蜂蜜的时候,不能一次性全部收完。人必须学会节制,包括情感。"

对于陈朵的解释,妈妈似乎听懂了。

有时,看着"嗡嗡"飞舞着的蜜蜂,陈朵也会想到常阳。

"看你的肚皮,圆滚滚的,就像我们家小时候养的蜜蜂。"陈朵曾这样调侃过常阳。

看着假装生气的常阳,陈朵又赶紧哄他:"不过,你可比我家的蜜蜂可爱多啦!亲亲胖脸蛋,不许生气了,我的大狗熊!"

天堂对话

一个略显寒涩的雨天的下午，披衣独坐，陈朵手里抱着一本书，还是《边城》，面前放着一杯茶，一杯白茶。

　　她并没有看书，只是把书轻轻地抱在怀里。

　　"最具古风的白茶，有种归隐山林、隐于晨曦的味道，那是清傲、纯粹的常阳最喜欢的茶。人间万事消磨尽，只有清香似旧时。"

　　陈朵依然静静地等待着陌上花开。

　　电话突然响了，是一个陌生号码。

　　"请问，是陈朵吗？"

　　"是，请问您是哪位？"

　　"我叫任军，常阳最好的朋友。"

　　一瞬间，陈朵的心里涌出了一股强烈的不安，伴随着不安，一股寒气升腾在了陈朵的身体里。她好像知道接下来将要发生什么了。

　　虽然陈朵的心一阵狂跳，但她什么也没有说，只是静静地举着电话，静静地等待着。电话那头的任军也停了片刻，两个人好像都在有意给下一个时刻赋予着庄重之感。

任军先开了口，语速很慢："常阳走了。"

听到这句话，陈朵还是什么都没有说，只是把电话移开了耳朵，抬起头，长长地吸了一口气。

两个人都开始了沉默。

还是任军打破了沉默："常阳走的时候说了一段话，我觉得应该告诉你。他说：'该走了，问自己这辈子最想得到的是什么，我很确定，是爱，我得到了。爱，让我对这个世界没有任何遗憾。'"

停了一下，任军继续缓缓说道："最后他说：'现在我很沮丧。这些年，为她活着，是我唯一能为她做的事，现在，就连这一点我都做不到了。我知道，没有我的世界，她会很冷。'我问他，你这辈子经历了太多坎坷，下辈子还愿意来吗？他说，愿意。但要早点遇到你。否则他就不来了。"

陈朵只问了一句："他走得好吗？"

任军也只回答了两个字："不好。"

三天后，陈朵收到了任军从湖南郴州寄来的，常阳交付任军代为保管的那封信，还有一把日式锤纹银壶。

陈朵梦到了常阳临走的那一幕。

穿着干净、洁白的病号服，头发像平日里那样梳理得整齐、得体，刮得泛青的下巴上没有一根胡碴。看着窗外开满的纯白琼花，常阳自言自语道："那是迎接我去另一个世界的仙女。"

陈朵好想问他："为什么不给我打电话？我答应过你，永远都不会让你找不到我。我知道，你一定特别特别想给我打电话，在那个时刻，你一定特别特别想听我的声音。我知道，你怕我伤心；你知道，我一定会痛不欲生。"

陈朵认定，她人生最遗憾的事，是没有在常阳的最后一刻拉着他的手，抱着他的头。她知道，那一刻，骨子里像个孩子的常阳一定特别害怕，一定特别想自己能陪伴着他。

"他会哭吗？不会，他会忍着。但他一定想哭，想对着我哭。"

陈朵哭了……

陈朵知道，尽管常阳一定不想让自己看到他临走前那无比不堪的样子，她的常阳特别臭美，但陈朵也知道，他一定想在自己的怀抱里离开，那样，在那个时刻他就什么都不怕了。

陈朵拿起手机，拨通了任军的电话。

"喂？"

陈朵听出了任军的声音里有意外，也有疑问。她没有犹豫，还是问了最想问的那个问题："他收到我发给他的那条信息了吗？大概两个月前。"

"我不知道，没听他提起过。但我知道他住院的最后阶段已经不看手机了。虽然手机都开着，每天还会认真充电，但他从不会看。有一次，我怕电话铃声吵他，就想帮他把手机关了，他却不让。他说他在等一个人的信息。我很奇怪，等着信息为什么不看电话，他说：'不敢看。如果是她，我想留在最后的时刻再看；如果不是，我怕我受不了这失落。'"

"最后的时刻他看了吗？"

"最后的他已经什么都看不到了。"

陈朵看了一眼手机，里面依然保留着那条信息："大狗熊，我想你了。"

从此，陈朵的世界一直在下雨，她的心已全是秋雨成池的季节。但她什么都不会对其他人提及，只会不时看看窗外，轻轻地说一句："云山的雪，应该已经开始融化了。"

经历了起起落落、生生死死之后，人会变得从容、平静很多。

从容而平静的陈朵，有时也会和"常阳"说说话。

"常阳，情感是一种灵魂深处的拥有，与肉体无关。我拥有的爱、拥有的情感，一生一世都不会失去。"

"苦难，要么毁灭人生，要么拯救人生，取决于对尊严坚持还是放弃。你的朵朵一定会永远有尊严地活下去，不会让你失望。"

放眼远方，有时，陈朵会看到正低头看书的"常阳"，还是一副少年模样；有时，会看到背着厚重旅行包正跋涉着的常阳宽厚的背影。

陈朵知道，旅行，也是常阳最喜欢做的事，他在人世间的尘埃皆已落定，不羁的心从此可以自由地远行了。

"走吧，大狗熊，随着自己的心意走吧，无论你走到哪里，无论你走多远，永远也走不出我的心。但我知道，你也知道，你自由与不羁的躯体里一定要有一个不变的依恋，一个永远等着你，你随时都可以回来的归宿，在你拔脚前行时，才能感受到真正的快乐与自由。"

"常阳，说好了，等着我团聚，你可不许说话不算数。"

后记

愿人世间的爱不早不晚

我们应该相信，在这个世界上迟早有那么一个人，会出现在你的生命里，因你而来，且心甘情愿、无怨无悔。

他（她）就是属于你的，而你就是属于他（她）的。

这个人可能来得早，可能来得晚，但绝不会缺席。他（她）就是你命中注定的那个人，你只要安静地等着，就好。

如果那个人恰好在正确的时间出现了，这就是上苍赐予你生命的礼物，你要守护一生，无论发生什么都不能轻易放手。你一旦不小心放了手，那个礼物会顷刻陨落在茫茫星河，永远都不会再回来。

如果那个人偏偏在错误的时间出现了，那也是上苍馈赠你生命的信物，如不能相依黄昏，相伴一生，你也要一世珍惜，哪怕最后只剩下了思念与回忆。

人生总有些天花板是无法突破的，就像所有的相爱未必都能如愿相守。爱过就应珍视、珍惜，不应遗忘，更不能伤害。

愿人世间的爱，不早不晚，愿往后余生，陪伴你的那个人就是你想陪伴一生的人。

我们一直都被自然规律制约着，时时刻刻都在从事我们认为正当的事业。只有到了后来，在我们回首整个人生旅途及其总体结果时，我们才会最终明白它的所有奥秘。

——叔本华